大河小說 주역 ⑨

다가오는
정마을의 위기

김승호 지음

도서
돌판 선영사

차례 • • •

삼중(三重)의 심오한 뜻

겨울이 채 가기 전 어느 날 정섭이가 손에 뭔가를 들고 건영이를 찾아왔다.

"아저씨, 촌장님! 나예요!"

정섭이는 매우 다급하게 불러댔다. 건영이는 마침 무엇인가 그림을 그리다가 정섭이를 맞이했다.

"오, 정섭이구나! 어서 들어오너라!"

"……."

정섭이는 거리낌 없이 방으로 들어섰다.

"아저씨, 이거 받으세요!"

"이게 뭐니?"

"떡이에요, 아기 엄마가 만들었어요. 그리고 이것도요……!"

"음? 이건 또 뭐야?"

건영이의 얼굴 가득 흥미로운 기색이 엿보였다. 정섭이는 떡을 한쪽으로 치우고 조그마한 보따리를 풀었다. 그 보따리는 무척 소중한 물건이 담긴 듯이 친친 단단히 묶여 있었다.

"……."

정섭이는 조심스럽게 보자기를 푼 다음 그 안에서 또 하나의 천을 꺼냈다.

"자, 이거예요!"

"아니! 이건 팔괘도(八卦圖)가 아니냐?"

임씨 부인이 보낸 것은 뜻밖에도 온갖 정성을 들여 수를 놓은 팔괘도였다. 양효(陽爻)는 빨간색, 음효(陰爻)는 청색이고 전체적인 도형은 선천 복희 팔괘도(先天伏羲八卦圖)로써 적당한 크기로 원을 이루고 있었다.

건영이의 얼굴이 환해졌다.

"아기 엄마가 이것을 만들었다고?"

"그래요! 여길 보세요……."

"음? 이건 또 뭐지?"

팔괘도 밑에는 검은 글씨가 자그마하게 수놓아져 있었다.

"……."

건영이는 그 글을 찬찬히 읽어보았다.

'남편의 귀환을 천지신명께 기원합니다.'

한글로 수놓아진 그 글을 읽은 건영이는 잠깐 동안 생각에 잠겼다.

"……."

건영이는 심각한 표정으로 고개를 끄덕였다. 임씨 부인의 글은 남편이 돌아오기를 학수고대하는 마음과 건영이에게 은근히 남편을 찾아달라는 뜻도 포함되어 있는 듯 보였다. 말하자면 건영이에게 주는 선물인 동시에 천지신명께 바치는 정성 어린 예물인 셈이었다.

건영이는 얼굴빛을 바꾸며 말했다.

"가서 고맙다고 전해라. 그런데 임씨 부인이 어떻게 팔괘도를 알았을까······?"

정섭이가 별일 아니라는 듯이 자랑스럽게 대답했다.

"그거 내가 알려줬어요!"

"뭐? 정섭이 네가?"

"그럼요! 나는 팔괘도를 알면 안 되나요?"

"호, 그거 대단한데! 너는 어떻게 알았니?"

"아버지가 공부하는 책에서 보았어요! 그뿐인 줄 아세요?"

"음? 또 무엇을 알고 있는데?"

건영이는 신기한 듯이 정섭이를 빤히 쳐다보며 물었다. 정섭이는 미소를 지으며 대답했다.

"64괘 이름도 알아요, 뜻은 모르지만······."

"뭐? 64괘 이름을 다 안다고?"

"그렇다니까요! 그게 뭐 어려운 일인가요······. 뜻이 더 중요하지!"

"하긴······!"

건영이는 기가 질려 버렸다. 어느새 64괘를 다 외워버렸을까······? 어깨너머 공부라는 말이 있긴 하지만 정섭이는 박씨의 옆에서 공부를 따라 한 것이다.

강노인의 말에 의하면 정섭이가 비록 학교는 못 다녔지만 혼자 공부하여 이미 초등학교 과정은 다 마쳤고 중학교 2, 3학년 수준이라는 것이다. 이것만 미루어 보더라도 정섭이의 공부하는 능력이 얼마나 뛰어난지 가히 놀랄 만했다. 건영이는 웃으며 다시 물었다.

"정섭아, 한문도 좀 아니?"

"조금요!"

정섭이는 자신 있게 대답했는데 그 태도로 보아 조금 아는 정도가 아닌 것 같았다.

"……."

건영이는 잠시 고개만 끄덕이고 있었다. 그러자 정섭이가 말했다.

"아저씨, 나 주역 가르쳐 줘요!"

"음, 글쎄……!"

"싫으세요?"

"아니 싫다기보다는 네가 너무 어려서……."

건영이는 말끝을 흐렸다. 정섭이의 태도와 능력이 뜻밖이기 때문이었다. 정섭이가 다시 말했다.

"어린 게 뭐에요? 원래 사람의 영혼은 나이가 없다면서요?"

"음? 그거야 그렇지! 하하, 너 아는 것도 많구나!"

건영이는 정섭이가 너무도 귀엽고 당돌해서 함빡 웃어주었다. 건영이는 그동안 마냥 어린아이로만 정섭이를 생각했었는데 지금 녀석의 말은 실로 놀라웠다.

정섭이가 재촉하듯 다시 물었다.

"아저씨, 어떡할래요? 나는 가르쳐 주기만 한다면 잘 따라갈 수 있단 말이에요!"

"……."

건영이는 말없이 고개를 끄덕였다. 인간의 능력 중에 가르침을 주는 즉시 깨닫는 능력보다 더 소중한 것이 무엇이 있겠는가! 성인(聖人)이 원하는 사람도 바로 정섭이 같은 존재일 것이다. 건영이가 진지하게 대답했다.

"좋아, 틈틈이 가르쳐 주지! 하지만 네가 지금 하고 있는 공부를 소홀히 해서는 안 된다, 알겠니?"

"염려 마세요, 전 여러 가지 공부를 한꺼번에 다 할 수 있어요!"

"그래, 그래야지…… 넌 정말 대단하구나!"

건영이는 정말로 감탄했다. 그러자 정섭이가 또다시 말했다.

"아저씨, 지금 좀 가르쳐 주세요!"

"음? 지금?"

"예, 공부란 하루라도 빨리 할수록 좋은 것 아니에요!"

"그래…… 하지만……."

"하지만은 또 뭐예요, 아무거나 가르쳐 주세요."

"음, 글쎄……. 좋아, 팔괘는 다 알지?"

건영이는 정색을 하고 물었다.

"예, 모양과 대강의 뜻 정도는 알아요……."

정섭이는 쉽게 대답했다.

"효(爻)도 알겠구나?"

"예."

"사상(四象)도?"

"예."

"좋아, 그럼 효를 삼중(三重)으로 해서 괘를 이룬 뜻을 알겠니?"

"……."

"왜 하필 삼중으로 해서 괘를 이루었는지 말이야!"

건영이는 다그치듯 물었다. 정섭이는 잠시 생각하는 듯하더니 고개를 갸우뚱하며 대답했다.

"저도 도대체 그걸 모르겠어요. 4중이나 5중으로 해도 될텐데……."

정섭이는 평소 그 생각을 했던 것이 틀림없었다.

팔괘(八卦)는 음양(陰陽)의 효를 삼중으로 해서 이루어졌는데, 이로써 만물의 정(情)을 모두 구별하고 있다. 단지 삼중으로 했다는 것이 애매할 뿐이다. 당초 음양의 기능을 확장할 목적으로 효를 중복시켰다면 삼중이 아니라 4중도 가능할 것이 아닌가……?

물론 그렇게 되면 주역의 기본은 8괘가 아니라 16괘가 된다. 그런데 64괘의 구성은 또 다른 뜻이 있다. 그것은 효가 여섯 번 중첩(重疊)된 것이지만, 사실은 삼중으로 된 팔괘가 이중화(二重和)한 것뿐이다.

그러므로 어디까지나 팔괘가 단위이다. 만일 16괘가 단위거나 또는 그것을 이중으로 할 필요가 있었다면, 주역은 64괘가 아니라 128괘가 되었으리라……! 하지만 이는 막연한 가정일 뿐 주역에는 엄연한 법칙이 있다.

괘상을 이루는 법칙은 효를 삼중으로 해서 만들어질 뿐이다. 이는 필연으로서 누군가 임의로 삼중을 채택한 것이 아니다. 삼중은 원리이지 적당히 잡은 구도가 아니라는 뜻이다.

효의 삼중, 즉 팔괘의 구성 원리는 상당히 고도의 사고를 요구하는 내용으로 이 문제는 박씨에게조차 물은 적이 없었다. 물론 정섭이는 대답을 못하고 있었지만 평소에 이 문제를 생각한 적이 있었다는 것은 분명했다.

건영이는 골똘히 생각에 잠겨 있는 정섭이에게 다정한 표정을 지으며 설명하기 시작했다.

"좋아, 오늘은 쉽게 설명하지……. 나중에 네가 무언가 깨우친다면 더욱 자세히 설명해 주겠어, 괜찮지?"

"예."

"음, 예를 들어보자……!"

"……."

건영이는 잠깐 동안 눈을 감았다가 말을 이었다.

"정섭아! 이각형(二角形)을 본 적이 있니? 물론 삼각형은 있지만……!"

"어? 그렇지……! 이각형은 못 봤어요!"

"왜 그럴까? 삼각형·사각형·오각형 등은 얼마든지 있는데……. 숫자는 1로부터 시작하는데 어째서 도형은 삼각형부터 시작하느냐 말이야!"

"……."

"만약 물체의 다리가 두 개라면 불안정해서 서 있을 수가 없지. 그러나 세 개가 있으면 물체는 바로 설 수가 있어, 네 개일 필요도 없이……."

"……."

"가위·바위·보를 생각해 봐……. 세 개의 모양이 모두 한 번씩 이기고 지는 거야."

"……."

"만일 가위·바위·보 외에 하나가 더 있으면 승패의 법칙이 평등하지 못해……."

"……."

"가위·바위·보가 셋이 아니고 둘이어도 마찬가지야……. 한쪽이 일방적이 되지!"

"……."

"이렇게 3이라는 숫자는 안정·평등·균형을 뜻하는 거야. 그렇기 때문에 괘상을 이루는 원리는 효를 삼중으로 하는 거야……. 이제 알겠니?"

"예, 알겠어요……. 3이라는 숫자는 정말 신기하군요!"

"그래, 무척 신기하지! 주역에서는 이를 삼재(三才)라고 한단다……!"

"천지인(天地人) 말이군요!"

"그래, 바로 그거야……. 많이 알고 있구나."

"……"

정섭이는 잠시 생각에 잠겼지만 건영이가 방해하며 다시 말했다.

"정섭아, 나가 놀면서 생각해라. 나도 할 일이 있어서……."

"예? 가라고요?"

"응, 나중에 다시 와……. 오늘은 그 정도면 충분하니까."

"알았어요, 고마워요……."

"……"

정섭이는 고개를 끄덕이고는 급히 나가버렸다. 건영이는 혼자 미소를 짓다가 다시 그림을 그리기 시작했다. 밖에는 날씨가 화창했고 정 마을은 평화에 싸여 있었다.

역성 정우의 저작(著作)

    정마을의 촌장, 즉 풍곡선은 옥황부의 영역을 벗어난 후 자신의 모든 능력을 동원해 신족을 운행하고 있었다. 그 이유는 물론 평허선공으로부터 벗어나기 위함이었다. 풍곡선이 향하는 방향은 서왕모가 살고 있는 단정궁…….

    풍곡선은 평허선공을 피해 옥황부를 떠났지만, 한편으로는 단정궁을 공식 방문하는 옥황부 특사로서의 임무도 맡겨져 있었다. 옥황부에서는 평허선공의 일과는 별도로 단정궁에 긴밀한 업무가 있었다. 그 업무는 다름 아닌 현 우주의 혼란스런 사태에 관한 자문을 구하는 것이었는데 풍곡선이 이 일을 자청하고 나선 것이다.

    옥황부에서는 이미 풍곡선의 인품을 인정한 바 있어서, 특사로서의 그의 임무도 크게 기대하였다. 다만 풍곡선이 평허선공에게 쫓기고 있다는 것이 염려스러울 뿐이었다. 물론 지금 당장 평허선공이 행동을 개시한 것은 아니다.

    그러나 평허선공은 어떤 일이든 철저하게 처리하는 성격이기 때문에 이번에도 당연히 풍곡선을 제지할 것으로 예측하고 있었다. 더구나 풍곡선이 최대한의 속도로 옥황부를 떠나간 것을 보면 그만한 이유가 있는 것 같았다.

평허선공은 아직 옥황부의 영빈관에서 명상에 잠겨 있었다. 그러나 그의 손아귀에서 벗어나기 위해 최선을 다하고 있는 풍곡선은 지금 막 고야(古野)라는 선시(仙市)에 들어섰다. 고야는 광활한 명원(冥原)의 입구에 자리 잡은 자그마한 선시로 단정궁으로 가는 첫 번째 관문이었다.

명원은 드넓은 허공으로 이곳에는 문자 그대로 암울한 허공이 끝없이 펼쳐져 있다. 멀고먼 단정궁까지 가려면 이 명원을 꼭 거쳐야 하며 앞으로 열세 개의 관문을 모두 통과해야만 단정궁에 도착할 수 있었다. 풍곡선은 신족 운행을 중단하고 경신(經身)으로 보행하였다.

풍곡선은 고야에 처음 와 보았지만, 이곳에 대해 어느 정도의 지식을 가지고 있었다. 그것은 묵정선이 준비해 준 안내 책자를 통해서 알 수 있었다. 묵정선은 풍곡선이 옥황부를 떠나기 직전 단정궁에 이르는 모든 관문과 유의할 사항을 자세히 챙겨주었다.

풍곡선은 오랜만에 한가한 마음으로 천천히 고야로 접근하였다. 그러자 잠시 후 몇 명의 선인들이 마중을 나왔다.

"귀인께서는 어디로부터 오시는 중이옵니까?"

선인들은 일제히 정중하게 인사를 하며 물었다. 그것은 일종의 검문이었지만 공손한 자세로 보아 이미 풍곡선의 정체를 짐작하고 있는 듯 보였다. 그도 그럴 것이 풍곡선의 의상은 옥황부 공식 관복으로, 특사나 신분이 높은 선인이 입는 복장이기 때문이었다.

풍곡선은 일부러 고압적인 자세를 취했다.

"나는 옥황부에서 파견된 특사요!"

풍곡선은 허리를 꼿꼿이 세운 채 거만한 태도로 말했다. 바로 이것이 옥황부 특사의 공식 자세라는 것을 이미 알고 있기 때문이었다. 원래 풍곡선은 겸허한 사람으로 특사의 직책이나 가식적인 태도 등을 못마땅하게 여겼지만 지금은 사정이 사정이니만큼 어쩔 수 없는 일이었다.

그러나 풍곡선의 이러한 태도에도 불구하고 마중 나온 선인들은 오히려 더 정중해졌다.

"몰라뵈서 죄송하옵니다. 저희는 귀인을 마중하러 나온 관선이옵니다."

"음, 그런가?"

풍곡선은 다시 한 번 위엄 있는 자세를 취했다.

"저희가 안내하겠사옵니다. 마을로 들어가시지요."

"……."

풍곡선은 아무 말 없이 고개만 끄덕였다. 상당히 거만한 자세였지만 선인들은 당연한 것으로 받아들이고 공손히 앞장서서 안내했다.

"이곳에서 잠시 머무르시지요."

잠시 후 선인들은 멈추어 서서 한 건물을 가리켰다. 그 건물은 손님을 영접하는 영빈관인 듯하였는데 매우 허름하여 고야가 작은 선시임을 입증해 주고 있었다. 풍곡선이 정문으로 한 발 먼저 들어서고 뒤이어 들어선 선인이 다시 앞장서서 별실로 안내했다.

"이곳에서 쉬십시오. 그리고 죄송한 말씀이옵니다만 신표(信標)를 가지고 계신지요?"

신표는 증명서나 밀서로써 옥황부의 공식 사절이라는 증거 물품을 말한다. 때에 따라서는 물질 이외에 암호 등으로도 대신하지만 풍곡선은 이 두 가지를 다 겸비하고 있었다.

"여기 있네!"

풍곡선은 기분 나쁜 기색을 보이며 서류를 내주었다. 이러한 자세는 으레 특사들의 권위적인 행동으로 선인은 전혀 개의치 않았다.

"죄송하옵니다. 곧 공식 영접사가 찾아뵐 것이옵니다……."

선인은 이 말을 남긴 채 사라졌다. 풍곡선은 특사의 임무가 몹시 번거롭다고 생각하고는 곧 명상에 잠겼다. 선인들의 명상은 휴식과 공부를 겸하는 것으로 특히 풍곡선의 명상은 고요의 극치를 이룬다.

풍곡선이 명상에 들자 곧 영빈관 주변에는 한없는 고요가 서렸다. 하지만 이러한 기운을 느낄 수 있는 존재는 아주 수행이 높은 도인뿐이다. 이곳 자그마한 선시에도 그러한 도인이 있는지는 알 길이 없다.

풍곡선의 시간은 이미 우주에서 사라졌다. 명상 중에는 미래가 곧 과거이고 과거가 곧 미래이다. 뿐만 아니라 내가 머물고 있는 장소와 우주가 따로 존재하는 것이 아니기 때문에 시간과 공간이 절대 하나를 이룬다.

"……."

시간은 외부에서만 흐르고 있었다. 얼마 후 풍곡선의 심정 공간에는 작은 동요가 일어났다. 누군가 자신의 거처로 오고 있는 것이다. 풍곡선은 명상을 거두고 자리에서 일어났다. 그러자 잠시 후 의관을 정제한 선인이 들어섰다.

풍곡선이 보기에 이 선인은 한눈에 인격자임이 드러났다.

"인사 올립니다, 저는 이곳 고야시를 책임지고 있는 좌명(坐冥)입니다."

"좌명이라고요? 그럼 이곳의 시장입니까?"

풍곡선은 위압적인 자세를 풀고 본연의 예의를 갖추었다. 풍곡선을 찾아온 선인은 이 고야 선시의 책임자, 즉 시장이었다. 공식 명칭은 고야 선시 대선관으로서 영접사를 보내지 않고 자신이 직접 찾아온 것이다. 좌명선은 풍곡선의 질문에 고개를 숙인 채 정중히 대답했다.

"예, 제가 외람된 직책을 맡고 있습니다……."

"그렇습니까? 나는 풍곡이라고 합니다."

풍곡선은 상대편의 고매한 인품을 음미하며 부드럽게 인사를 건넸다.

"원로에 고생하셨을 텐데 좀 쉬셨습니까?"

"예, 잘 쉬고 있습니다……. 잠깐 올라오시지요."

풍곡선은 좌명선을 자신이 머물고 있는 방으로 청했다. 이는 특사의 예가 아니지만 친절한 초대였다. 좌명선이 몸 둘 바를 모르며 황급히 말했다.

"아닙니다. 대례에 특사의 방에 들어가서는 안 된다고 했습니다."

"아, 그런가요?"

풍곡선은 미소를 지었다. 자신도 이미 알고 있는 예법이기 때문이었다. 원래 옥황부 특사가 머무는 방은 은밀한 개인적 공간일 뿐 아니라 옥황부의 권위를 상징하는 공간이라서 누구도 함부로 들어설 수 없었다.

"넓은 곳으로 가시지요. 주연(酒宴)이 마련되었습니다만 공무(公務)를 먼저 보시겠습니까?"

좌명선이 예의 바르게 물었다. 이 또한 공식 절차 내지 예법에 맞는 태도였다. 옥황부 특사는 도착한 직후 곧바로 공식 임무에 착수하는 법이 아니다. 그것은 다급한 경우가 아닌 한 관례로 되어 있다.

풍곡선은 고개를 끄덕이며 부드럽게 대답했다.

"공식 업무는 나중에 보겠습니다. 하지만 주연보다는 조용한 곳이
좋겠습니다."

풍곡선은 조용히 사양했다. 풍곡선이 술을 마다하는 것은 특이한
일이었지만 지금은 술이나 마시고 있을 만큼 한가한 처지가 아니었
기 때문이다.

좌명선은 시원스럽게 말했다.

"그럼 제가 모시겠습니다. 조용한 곳이 있습니다."

"……"

풍곡선은 말없이 좌명선의 뒤를 따랐다. 두 선인은 경보(勁步)로
움직여 잠시 후 선시의 외각 지역에 도착했다. 그곳에는 한적해 보이
는 누각이 있었는데 깊은 고요가 서려 있었다.

'오, 고요하구나! 상서로운 기운이 서려 있어!'

풍곡선은 감명을 받으며 누각을 바라봤다.

"이곳은 무척 조용하지요. 그래서 고야루(古野樓)라고 불립니다."

좌명선은 미소를 지으며 정중하게 말했다.

"……"

두 선인은 나란히 누각에 올랐다. 누각에는 자그마한 찻상이 차려
져 있었는데 풍곡선이 이곳을 방문할 것에 미리 대비한 듯 보였다.

"앉으시지요."

좌명선은 스스럼없이 말했다. 어쩌면 좌명선은 이미 풍곡선의 인
품을 간파했을지도 모른다. 인격자끼리는 서로를 바로 알아보는 것
이 자연의 이치이기 때문이다. 풍곡선은 상대방이 거리낌 없이 대하
자 편안한 기분이 되었다.

"매우 조용하군요. 누각도 훌륭하고……."

풍곡선은 차를 한 모금 마시고는 먼저 말을 건넸다.

"아, 예…… 저쪽 일대를 고야라고 합니다."

좌명선이 가리킨 방향으로 훤히 트인 들판이 보였다. 그런데 그 들판은 어둠이 서려 있고 아주 황폐해 보였다. 어두운 사막이라고나 해야 할까……. 그러나 완전히 캄캄한 것만은 아니었다. 다만 고요가 지나쳐 음산한 느낌을 줄 뿐이었다.

고요는 그것을 느끼는 사람의 기분에 따라 암울하거나 음산할 수도 있다. 그러나 풍곡선은 드넓은 고야를 바라보며 오히려 평온함을 느꼈다. 이런 점에 있어서는 좌명선도 마찬가지인 듯 싶었다.

"저는 이곳을 무척 좋아합니다. 고야 외에 또 다른 이름도 있습니다만……."

좌명선은 흥미가 있느냐는 듯이 풍곡선의 얼굴을 바라보며 얘기했다. 풍곡선은 즉시 관심을 나타냈다.

"다른 이름이라고요? 무엇이지요?"

"예, 명야(冥野)라고도 합니다."

"명야라고요? 그럴 듯하군요."

풍곡선은 고개를 끄덕이며 대꾸했다.

들판 전체가 어두워 보이는 이곳을 명야 이외에 달리 무엇이라 부르랴!

그런데 좌명선이 앉아 있는 모습도 또한 일품이었다. 좌명선은 공식 복장을 하고 있었으나 화려하지 않았고 앉음새가 아주 단정하고 고요해 보였다. 풍곡선은 좌명선의 그 모습에도 감명을 받았다.

'훌륭하군. 몸과 마음이 저토록 고요하다니!'

좌명선의 앉아 있는 모습은 마치 저 어둡고 광활한 들판을 지키는 신령처럼 느껴졌다. 그리고 보니 좌명이란 이름은 현재 그의 모습과 아주 잘 어울리는 이름이었다. 어둠 앞에 앉아 있는 선인……!

좌명선은 그 자체가 하나의 누각처럼 보였다. 이는 고요의 극치를 이룬 도인의 풍모에서만 나타나는 일이었다. 이러한 선인의 마음은 저 드넓은 평야보다 더욱 넓은 것이리라!

풍곡선이 찻잔을 내려놓으면서 말했다.

"요즘 근황이 좀 어떻습니까?"

풍곡선은 한가히 안부를 묻듯 말했지만 이는 선부의 상황을 보고하라는 특사로서의 공식 질문이었다. 원래 우주의 모든 선부는 옥황부의 지위를 받는다. 그러나 한편으로는 각 선부에 자율권을 최대한 인정하기도 한다. 그렇기 때문에 선부가 정기적으로 보고하는 일은 없고 가끔 특사가 파견되어 오면 그동안의 정사를 보고하곤 하였다.

옥황부의 특사는 대개 특별한 경우에만 파견되는데 이때마다 특별한 업무를 지시받으며 보고도 겸하게 된다. 그렇기 때문에 풍곡선이 지금 질문한 것은 단순히 안부를 묻는 것이 아니라 정사를 보고하라는 뜻이었다.

풍곡선은 자신의 주요 임무인 단정궁 방문 외에도 특사로서의 임무도 충실히 이행하려 했다. 그렇게 하는 것이 옥황부에 대한 의무요, 더 나아가서는 우주 자연에 대한 책무였다.

선도인(仙道人)의 의무는 대자연의 발전을 제일 먼저 생각해야 하며 대자연의 발전이란 바로 선부의 발전을 의미한다. 선부는 도인을 다스리고 도인은 우주를 다스리기 때문이다.

좌명선은 풍곡선의 공식적인 질문에 옷깃을 여미고 정중하게 대답했다.

"예, 그간의 선부 사업과 별다른 것이 없습니다. 높으신 분부를 내려주십시오."

그동안의 선부 사업과 별다른 것이 없다는 좌명선의 말은 바로 태평성대임을 뜻한다. 그래서 특별히 보고할 내용이 없다는 것이고 옥황부의 지시 사항이 있으면 하달해 달라는 것이었다. 이에 대해 풍곡선은 위엄 있게 말했다.

"좌명선의 인품 때문에 이곳은 더욱 발전하고 있는 것 같소. 옥황부의 특별한 지시 사항도 없으니 정사는 스스로 알아서 처리하시오. 나는 오래 머물지 않을 것이오."

"과찬이시옵니다. 가르침에 힘입어 더욱 노력할 뿐입니다. 그리고 조촐한 연회를 마련할까 하는데 취향이 어떠신지요?"

좌명선은 예의 바르게 응대하고 특사를 대접하는 자리를 마련하겠다고 말했다. 풍곡선은 인자한 미소를 지으며 대답했다.

"무척 아쉬운 일이지만 한가한 시간이 없군요. 그런데 이곳의 명물은 무엇이오?"

풍곡선은 이 지방의 자랑거리가 있으면 말해 달라는 것이었다. 단 한 번의 연회마저 사양할 입장이기 때문에 어떤 아쉬움이라도 있는 것일까? 이 지방의 특색이라도 듣고 떠나고 싶은 심정이리라!

그런데 이에 대해 좌명선의 대답은 아주 당당했다. 마치 기다리기라도 한 듯 매우 자랑스러운 표정으로 말했다.

"특사님, 별다른 것이 없습니다. 다만 이곳 선시에는 미녀가 많고 특별하고 소중한 책이 있습니다."

"특별한 책이라니요?"

풍곡선은 미녀에 대해서는 못 들은 듯 책에 관해서만 관심을 나타냈다.

"예, 역리(易理)에 관한 경서입니다. 모두 열세 종이나 있습니다."

"열세 종류나요? 그 책이 그리 특별한 것이오?"

"그렇습니다. 열세 종류라면 옥황부에 있는 역경(易經)의 전부입니다."

"그래요? 그것이 무엇이지요?"

풍곡선은 좌명선에게서 눈을 떼지 않은 채 궁금한 듯이 물었다. 풍곡선은 옥황부에 열세 종류의 역경이 있다는 것을 처음 들었다.

좌명선은 진지하게 대답했다.

"반고역(盤告易)·귀장역(歸藏易)·연산역(連山易)·주역(周易) 등 모두 열세 종류입니다. 이중에서 반고역은 역성 정우의 저작이고, 귀장역과 연산역은 이미 속세에도 출연했으며, 주역은 속세에 있는 것과 같습니다. 그러나 이곳에 있는 경전들은 옥황부에서 전수된 것이 아닙니다. 태고 적부터 이곳에 있어 왔던 것이지요."

"오, 그래요? 그것 참 대단하군요! 내가 직접 볼 수 있는지요?"

풍곡선은 놀란 표정을 지으며 책을 보고 싶다는 뜻을 피력했다. 도인으로서는 당연한 관심이었다. 역리에 관한 한 우주에 있는 모든 경전이 이곳에 있는데 도인이 어찌 그것을 보고 싶지 않겠는가!

이 일은 풍곡선에게도 견문을 넓힐 수 있는 계기가 될 것이다. 특히 귀장이나 연산 등은 속세에도 출현했었지만 이미 수천 년 전에 자취를 감춘 것이다. 그러나 반고역이라는 것은 풍곡선도 처음 들어보는 경서였다. 더구나 이것이 역성 정우, 즉 건영이의 작품이라니 얼마나 기이한 일이냐!

하기야 건영이는 전생에 역성 정우였고 그 역성 정우는 온 우주에 이미 알려진 존재였다. 풍곡선이 건영이의 작품에 대해 각별한 관심을 가지는 것은 당연한 일이었다. 내용도 내용이지만 특별한 감회가 있는 것이다.

역성 정우는 자신의 전생을 잊고 타락하여 속세에 떨어져 있지만 그 위대한 작품이 이곳 멀고먼 선시에 있다니! 좌명선은 풍곡선의 표정을 보고 즐겁다는 듯이 대답했다.

"물론입니다. 지금 가서 보실까요?"

"그럽시다. 그런데 혹 폐가 되지 않는지요?"

"아닙니다. 특사님의 분부인데 누가 감히 거역하겠습니까!"

"……."

풍곡선은 다행이라는 생각이 들어 말없이 천진한 미소를 지었다.

'특사의 직책이 좋은 점도 있구나. 저토록 귀한 책을 손쉽게 볼 수 있다니!'

풍곡선은 이러한 생각을 하며 누각을 내려왔다. 앞서 안내하는 좌명선은 뒤도 돌아보지 않고 갈 길을 재촉했다. 좌명선은 특사의 관심사를 수행해 주는 것이 즐거웠다. 아니 정확히 말해 특사이기 때문이 아니라 자신이 관찰한 바에 의하면 풍곡선은 존경할 만한 대도인이었다. 그러한 도인에게 보람 있는 일을 제공한다는 것이 즐거운 것이었다.

두 선인은 고야 선시의 남쪽에 있는 한적한 건물에 도착했다. 이곳은 대서각으로 누군가 입구를 지키는 선인이라도 있음직한 곳이었지만 전혀 인적이 없었다.

"……."

풍곡선은 경건한 마음으로 좌명선의 뒤를 따라 서각 안으로 들어섰다.

서각 안에는 드넓은 정원이 있었고 연못과 나무숲이 우거져 있었다. 서각의 중앙 본관은 주변 경관에 압도된 것처럼 나무숲의 입구에 들어앉아 있었다. 길게 이어져 있는 연못 주변에는 아름다운 꽃과 식물들이 제각기 아름다움을 한껏 뽐냈고 몇 군데 정자도 보였다.

그러나 풍곡선의 눈에는 이러한 경관이 얼른 들어오지 않았다. 다만 고요함과 평화로운 느낌이 마음에 와 닿았을 뿐이다. 평화로움은 이 서각 내의 특별한 느낌이었고 이곳까지 오는 동안 선시의 어느 곳이나 고요함이 배어 있음을 느꼈다. 선인들은 모두 어디에 있는 것일까?

풍곡선은 선시에 들어온 이래 소란한 인적을 전혀 느끼지 못했다.

"올라가시지요!"

앞서가던 좌명선이 뒤를 돌아보며 서각의 층계를 가리켰다.

"저쪽입니다."

좌명선이 다시 말했다. 서각은 여러 개로 나뉘어져 있었는데 풍곡선이 관심을 두고 있는 역경은 서각의 뒤편에 있는 별관에 비치되어 있는 듯 좌명선이 그곳으로 안내했다. 두 선관은 서각의 측면을 돌아 별관에 당도했다.

이곳에 도착하자 좌명선이 먼저 문을 열고 들어섰다. 그 뒤를 따라 들어선 풍곡선은 청정하고 굳건한 기분을 느꼈다.

'책에서 나오는 느낌일까……?'

풍곡선은 잠깐 이런 생각에 잠겼지만 위대한 책에는 상서로운 기운이 서려 있는 법, 당연한 느낌으로 받아들였다.

좌명선이 앞에 놓여 있는 한 권의 책을 가리키며 말했다.

"이 책이 그것입니다. 천천히 살펴보시렵니까?"

"예, 괜찮으시다면……."

"여부가 있겠습니까. 저는 나가 있겠습니다."

좌명선은 미소를 지으며 물러갔다. 풍곡선은 즉시 그 책을 꺼내들었다.

반고역! ······바로 이 책이 저 위대한 역성 정우가 지은 책이다. 그런데 제목이 좀 특이했다.

반고······! 이는 풍곡이 잠시 머물렀던 하계의 전설에도 등장하는 인물이었다. 온 세상을 떠받들고 있는 신을 일컬어 반고라고 했다.

'어째서 이런 이름이 붙여졌을까?'

풍곡선은 궁금해 하며 첫 장을 넘겨보았다. 거기에는 제목에 대한 약간의 부연 설명이 있었는데 세상을 떠받들고 있는 이치라는 뜻에서 반고로 명명(命名)했다는 것이었다. 그리고 반고역에 또 다른 제목도 있었는데 그것은 정도역(井圖易)이었다. 이 이름도 역시 특이했지만 이유는 매우 단순했다.

반고역의 이치는 64괘를 정자(井字) 모양으로 배치하여 설명되고 있기 때문이었다. 풍곡선은 선 채로 그림, 즉 정도(井圖)를 살펴보고 당장에 그 이치를 궁리하기 시작했다. 그만큼 풍곡선의 관심을 이끄는 이론이었기 때문이다.

"······."

순식간에 시간이 흘러갔다. 풍곡선이 느끼기에는 잠깐이었지만 외부에서는 상당한 시간이 흐른 것 같았다.

문이 열리고 좌명선이 들어왔다.

"책이 마음에 드십니까?"

좌명선은 은근한 미소로 물었고 풍곡선은 고개를 끄덕이며 대답했다.

"평생 처음 보는 대단한 책입니다."

"더 보시렵니까?"

"아닙니다. 책은 다 살펴보았습니다."

"다른 책은요?"

"아, 이 책으로 충분합니다. 다른 책은 또 다른 기회가 생기면 그때 보기로 하지요."

"그렇습니까? 그럼……."

좌명선은 밝게 말하고 풍곡선의 의중을 잠시 살폈다. 그러자 풍곡선이 말했다.

"한 가지 부탁을 해도 되겠습니까?"

"예, 분부만 내리십시오. 무엇이신지요?"

"저…… 책을 한 권 얻어도 되겠습니까?"

풍곡선은 잠시 망설이다가 조심스럽게 말했다.

"반고역 말입니까?"

"예…… 필요한 데가 있어서……."

"걱정 마십시오. 필사본을 드리지요."

좌명선은 흔쾌히 미소를 지으며 대답했다.

"고맙습니다. 곤란케 한 것은 아닌지요?"

풍곡선은 상기된 표정으로 물었다.

"아, 아닙니다. 필사본은 얼마든지 만들 수 있지요. 요는 그 책을 읽을 사람이 있다는 것이 즐거울 뿐입니다."

"그렇군요. 그런데 저…… 책은 제가 가지려는 것이 아닙니다."

"예? ……무슨 말씀이신지요?"

풍곡선은 또 한 번 망설이며 말했다.

"한 가지 부탁을 또 드리고 싶은데요……."

"······아, 예, 무엇이신지요?"

"예, 어려운 부탁을 해야겠습니다······. 저는 지금 특사의 임무로 상당히 시간에 쫓기고 있어서······."

풍곡선은 난감함과 송구스러운 표정을 얼굴 가득 나타냈다.

"······."

좌명선은 풍곡선의 표정을 살피며 정중히 듣고 있었다. 잠시 후 풍곡선의 말이 이어졌다.

"저 책을 전달할 곳이 있습니다."

"아, 예······. 분부를 하시지요."

좌명선은 궁금하다는 표정으로 말했다. 이에 풍곡선은 생각을 굳힌 듯 담담하게 말을 이었다.

"속세입니다."

"예? 속세라고 하셨습니까?"

좌명선은 적이 놀라며 반문했다.

"그렇습니다. 이 책을 꼭 읽어봐야 할 사람이 있어서······."

"그래요? ······누구인데요?"

좌명선은 이해할 수 없다는 듯이 말을 막으며 물었다. 풍곡선은 좌명선을 빤히 바라보며 대답했다.

"건영이라는 사람입니다!"

"건영이요······. 저, 속인입니까?"

좌명선은 난감한 표정을 지으며 조심스럽게 물었다.

하늘의 법에 의하면 하계(下界)의 사람에게는 천서(天書)를 전하지 못하게 되어 있다. 이러한 일은 비록 특사의 명이라 해도 거부할 수가 있었다. 사실 풍곡선의 입장도 마찬가지로 속인에게 천서를 전할 수는 없는 일이었다. 하지만 거기에는 미묘한 점이 있다.

풍곡선은 태연하게 말했다.

"건영이는 바로 역성 정우입니다."

"예? 역성 정우가 건영이라고요?"

좌명선은 크게 놀라며 목소리를 높였다. 풍곡선은 여전히 낮은 음성으로 대답했다.

"그렇습니다. 건영이가 바로 정우입니다. 지금은 인간으로 태어나 생활하고 있지만……."

"아니, 역성 정우가 도탄에 빠져 있다는 것입니까?"

"바로 그렇습니다."

"그럴 수가……. 어째서 그렇게 되었습니까?"

좌명선은 이해할 수 없다는 듯이 풍곡선을 빤히 바라봤다. 풍곡선은 고개를 저으며 말했다.

"자세한 사연을 다 말할 수가 없군요……. 단지 건영이는 예전의 자기 자신을 찾아야 합니다. 그래서 자기가 지은 저 책이 필요하지요!"

"아, 예, 그렇군요. 하지만 현재는 속인이 아닙니까?"

좌명선은 명분을 논하고 있었다. 전생에 누구였든 지금은 속인이므로 하늘의 선인이 함부로 나설 수 없다는 뜻이었다.

풍곡선은 단단히 결심을 한 듯 말했다.

"물론 그렇습니다. 하지만 중요한 사정이 있습니다. 건영이의 회복은 바로 태상노군(太上老君)의 뜻입니다."

"예? 태상노군이요?"

좌명선은 또다시 놀라고 말았다.

"……."

풍곡선은 천천히 고개만 끄덕였다.

좌명선은 잠깐 생각에 잠겼다가 마침내 결심을 한 듯 밝게 말했다.

"알겠습니다. 저 책을 역성 정우, 아니 건영이에게 전하라는 것이군요?"

"그렇습니다. 빠른 시일 안에 그렇게 해야 합니다."

"예, 분부에 따르겠습니다. 다른 분부는 없으신지요?"

"고맙습니다. 다른 일은 없습니다. 이 일은 은밀하게 진행시켜 주십시오."

"염려 마십시오. 제가 직접 하계로 가겠습니다."

좌명선은 두 손을 맞잡으며 대답했고 풍곡선은 고마운 시선을 보냈다. 잠시 후 두 선인은 서각을 떠나 밖으로 나왔다.

밖으로 나오자 풍곡선은 즉시 말했다.

"저는 이만 떠나야겠습니다!"

"예? 이렇게 빨리 가시렵니까? 곡차라도 한잔 안 하시고요."

좌명선은 아쉽다는 표정을 지었다. 풍곡선은 미소를 지으며 인사를 했다.

"훗날을 기약하지요. 급해서 이만……."

"……."

좌명선은 하는 수 없다는 듯 쓸쓸한 미소를 지었다. 풍곡선은 사라졌다.

평허선공의 출행

옥황부 특구에 자리 잡은 영빈관의 청실에서 평허선공은 혼자 차를 마시며 골똘히 생각에 잠겨 있었다. 얼핏 마음이 편안한 것처럼 보였지만 평허선공의 마음속에는 의문이 꼬리에 꼬리를 물고 일어났다.

'염라대왕이 돌아왔다고? ……속계를 다녀왔나 보군? 그래도 소지선은 만나지 못했을 거야!'

평허선공은 차를 한 모금 마셨다. 그러고는 다시 생각에 잠겼다.

'이제 염라대왕은 가진 물건이 없어, 그러니 도망 다닐 필요가 없는 거야! 하지만…….'

평허선공의 얼굴에 냉엄한 미소가 번졌다. 염라대왕이 소지선을 찾아 속계를 다녀왔으나 아무 소득도 없었으리라는 것이 평허선공의 생각이었다. 그러나 평허선공은 여기서 생각을 멈추지 않았다.

'……무엇인가 생각이 있어서 되돌아온 것이야. 속계에 가서도 반드시 어떤 일이 있었을 거야……. 그렇지! 정마을에 갔었는지도 모르겠군. 가만 있자…….'

평허선공은 남은 차를 한 입에 다 마시고는 또 한 잔의 차를 따랐다.

'나를 이곳에 끌어들인 자는 풍곡선이지. 그렇다면 염라대왕은 정마을에 가서 정우(汀雨)를 만났겠군. 일이 매우 복잡해졌는걸, 정우마저 이 일에 끼어들다니……. 앞으로 그 자는 천상의 일에 적극 개입하겠지! ……온 우주가 얽히고설켜 복잡하겠군! 그럼 나는……?'

평허선공은 아직 한 번도 만나보지 못한 건영이의 모습을 잠깐 그려보고는 다시 생각을 진행시켰다.

'우선 소지선부터 찾아야겠는데…….'

평허선공이 소지선을 찾고자 하는 것은 당연한 일이었다. 특별한 사연이 있어서가 아니라 단지 처음에 소지선을 찾아 나선 일에 결말이 나지 않았기 때문이다.

모든 선인은 자신이 정한 목표를 도중에 포기하는 경우가 거의 없다. 특별한 사유가 발생하여 자신의 목표를 수정해야 할 경우를 제외하고는 처음에 계획했던 목표를 향해 계속 나아가는 것이 선인들의 공부인 것이다.

이것은 더 나아가서 자기 자신에 대한 신용 문제였다. 선인들은 한 가지 목표를 정할 때 매우 신중하기 때문에 도중에 바꾼다는 것은 변덕에 지나지 않는다. 따라서 신용이 으뜸인 선인들의 인격에 비추어볼 때 평허선공이 스스로 정해 놓은 목표를 바꿀 리가 없었다.

'어딘가로 잠적했을 텐데……. 아무튼 염라대왕부터 만나봐야겠어, 처음부터 내 일을 방해했으니 가만둘 수는 없는 일이야……. 그리고 풍곡선은 나에게 공격을 가한 셈이니 이 자도 찾아야겠는데……. 그런데 이 풍곡선이라는 자는 심상치 않은 인물이야, 몹시 수상하단 말이야…….'

평허선공의 눈초리가 예리하게 빛났다. 순간 청실에 있는 모든 사물도 긴장하는 것처럼 느껴졌다. 평허선공의 생각은 계속 이어졌다.

'……지금은 어디에 갔을까? ……필경 많은 일을 꾸미고 있을 거야. 당초 정우를 도와 정우의 정신을 일깨워준 장본인 아닌가……. 천상에 올라와 있을지도 모르겠군!'

여기에 생각이 미친 평허선공은 잠시 눈을 감았다. 잠시 후 문 앞에서 인기척이 느껴지고 말소리가 들려왔다.

"어른께서는 안에 계신지요?"

"음, 자넨가?"

평허선공은 문을 열지 않고 말했다. 문 밖에 서 있는 선인이 정중한 음성으로 대답했다.

"예, 부르심을 받고 왔사옵니다. 무슨 분부가 계신지요?"

평허선공은 마음속의 염파로 당직 선인을 불렀던 것이고 당직 선인은 근방에 대기하고 있다가 급히 나타난 것이다. 안에서 평허선공의 인자한 음성이 들려왔다.

"묵정선을 불러오게나."

"아, 예, 묵정선 말씀이시옵니까? 현재 근방에 와 있기 때문에 곧 불러오겠사옵니다."

"……."

당직선은 물러갔다가 묵정선과 함께 나타났다. 묵정선은 마침 영빈관 밖에 와서 시간을 보내다가 부름을 받고 금세 나타난 것이다.

"어른께 문안 여쭈옵니다."

묵정선이 문 앞에 서서 정중한 목소리로 고하자 스르르 문이 열리며 평허선공의 모습이 보였다. 묵정선과 당직선은 평허선공을 향해 급히 한쪽 무릎을 꿇고 두 손을 맞잡으며 예의를 갖추었다.

"일어나게! 그리고 자네는 물러가 있게."

평허선공은 두 선인을 일으켜 세운 후 당직선을 물러나게 했다.

"……"

평허선공은 당직선이 물러가기를 잠시 기다렸다가 묵정선을 바라보며 말했다.

"자넨 이곳에 웬일인가?"

"예? 저는 부르심을 받잡고 왔습니다만……."

"허, 이 사람 시치미 떼지 말고 사실대로 얘기해 보게……. 어떻게 해서 이렇게 빨리 올 수 있었느냔 말일세!"

평허선공은 가벼운 미소를 지으며 힐책하듯 물었다. 평허선공은 자신이 머물고 있는 이 영빈관과는 멀리 떨어져 있는 묵정선의 집무실에서 사무를 관장해야 할 사람이 무슨 일로 이곳에 와 있었느냐는 물음이었다. 묵정선이 잠시 머뭇거리다가 황급히 대답했다.

"아, 예…… 조만간 어른께서 저를 부르실 것으로 생각되어 이곳에 와서 삼가 대기하고 있었사옵니다……."

"오, 그런가! 짐작은 했네만…… 자네는 착한 마음에 민첩한 행동도 겸비했군!"

"과찬이시옵니다. 더구나 저는 어른께 지은 죄도 있기 때문에 대죄하고 있었을 따름이옵니다……."

"음, 좋아……. 지난날은 다 잊어버리세……. 그건 그렇고 내 자네에게 물을 것이 있다네……."

평허선공은 부드럽게 말했다. 묵정선은 여전히 자세를 풀지 않은 채 정중히 대답했는데 이것이 존귀한 사람에 대한 예법이기 때문이다.

"하문해 주십시오."

"자네는 풍곡선을 알고 있으렷다?"

"예, 근래 새로 교분을 맺었사옵니다……."

"흠, 끼리끼리 모인다더니……. 그럼 풍곡은 지금 어디에 있는가?"

"출장 중이옵니다……."

"출장이라니?"

"예, 현재 옥황부 특사로서 서왕모를 배견하기 위해 단정궁으로 떠났사옵니다."

"정말 뜻밖이군! 풍곡은 일개 야선인데 어떻게 그런 신분이 될 수 있었나?"

"제가 추천했사옵니다."

"허허, 이해가 안 되는군. 풍곡은 그런 자리를 분명 싫어할 텐데……."

평허선공은 미소를 지었지만 마음속으로는 예리하게 판단하고 있었다.

'풍곡은 원래 야선으로서 관직뿐만 아니라 잡다한 일에 얽매이는 것을 싫어할 것 같은데 무슨 생각으로 그 번거로운 특사가 되겠다고 했을까?'

묵정선이 대답했다.

"죄송하옵니다. 다시 한 번 사죄드리옵니다만 풍곡선은 어른께 죄를 짓고 도주하기 위해 일부러 그런 임무를 자청했사옵니다."

"대단하군, 나를 피해 단정궁으로 가다니!"

"……."

"좋아, 묵정……. 그럼 그 자를 다시 옥황부로 불러들일 수는 있겠나?"

"예? 아, 예…… 사람을 보낼 수는 있으나 풍곡선은 돌아올 것 같지 않사옵니다."

"어째서 그런가?"

"풍곡선은 당초 어른을 피해 도망가겠다고 뜻을 밝힌 뒤 지금의 길을 선택했사옵니다……."

"음, 무슨 뜻인지 알겠네. 그렇다면 내가 갈 수밖에……. 그 자는 일을 번거롭게 만드는군!"

"……."

"그건 그렇고, 묵정 자넨 소지선과 가까운 사이지?"

"예, 그렇습니다만……."

"소지는 지금 어디로 갔나?"

"저도 모르옵니다. 현재 옥황부 내에서 소지선의 행방을 아는 선인은 아무도 없사옵니다……."

"음, 그럴 테지……. 자네 주변에는 도망 다니는 사람도 참 많군!"

"죄송하옵니다……."

"자네 탓은 아니지. 하지만 자네와 소지는 친분이 두터우니 그 자가 갈 만한 곳을 짐작할 수 있지 않겠나?"

"죄송하옵니다, 저나 소지선이나 어리석고 물정이 어두워 갈 만한 곳을 알지 못하옵니다……."

"호, 알겠네……. 바보가 숨어버렸으니 더 모르겠다는 말이로군!"

"……."

평허선공은 쓸쓸한 미소를 지었다. 그러나 이내 뭔가를 결심한 듯 냉엄한 표정으로 바꾸며 말했다.

"묵정, 나는 떠나야겠네. 어디부터 갈지 모르겠으나 나에게 연락할 일이 있으면 동화궁으로 하게……."

"예, 명심하겠사옵니다."

"좋아, 자네의 발전을 빌겠네……."

"황송하옵니다……."

"……."

어느새 평허선공은 소리 없이 사라졌다. 상서로운 무지개를 남긴 채 어디론가 떠나간 것이다.

옥황부의 긴급한 현안들

평허선공이 어느 곳으로인가 떠나가자 옥황부에서는 즉각적인 회의가 열려 현안들을 정리하기 시작했다. 그동안은 혹시나 평허선공의 비위를 건드리지 않을까 염려되어 정무(政務)를 최소한으로 줄였기 때문에 해결해야 할 문제들이 수북이 쌓여있었다.

옥황부 중앙정무회의, 즉 천명관 회의 첫 번째 의제는 동화궁의 독주에 관한 것이었다. 동화궁은 옥황부의 권위에 정면으로 도전하여 인연의 늪에서 전쟁을 일으켰고 속세에 함부로 선인들을 파견하는 등 임의적인 행동이 극한 상태에 이르러 있었다. 그러므로 이에 대해 징벌을 논의하는 것은 당연한 일이었다.

의장 상일선이 서두를 꺼냈다.

"그간 경황이 없어 회의를 열지 못했습니다. 그 점 널리 양해하시고 여러분께서는 좋은 견해를 피력해 주십시오. 현재 논의해야 할 현안은 많습니다만 우선 동화궁에 관한 일부터 시작하겠습니다……. 어느 분이 먼저 말씀하시겠습니까?"

상일선이 의제를 내놓자 광을선이 나섰다.

"제가 먼저 시작하지요……. 저는 이 자리에서 동화궁의 주인인 고곡선(古谷仙)을 고발하고자 합니다. 그는 옥황부의 명령에 정면으로 대항하여 공식 업무를 수행하던 선인들을 살상했을 뿐 아니라, 옥황부에서 구제하려던 소지선을 오히려 체포하기 위해 남선부와 전쟁을 벌이기도 했습니다……. 이는 하늘의 뜻을 거스르는 일입니다……. 마땅히 체포 압송하여 처형해야 마땅하다고 봅니다……."

"……."

광을선은 단호히 말을 하고 자리에 앉았다. 그러자 이번에는 평원선(平原仙)이 일어났다. 평원선은 멀리 변방에 나가 있다가 최근에 옥황부로 돌아온 선인으로 옥황부에서 옥명(玉命)의 시행을 담당하고 있었다.

옥명이란 성명(聖命)이나 천명(天命), 즉 옥황상제의 명령을 말한다. 다만 천명은 자연의 순리에 의해 나타나는 현상 그 자체를 말하기도 하는데 이럴 때는 옥명과 다른 뜻이 되기도 한다.

평원선의 임무는 옥황상제의 명령이 내려지면 그것을 기록하고 시행 여부를 감독하는 것이다. 옥명은 온 우주를 통틀어 최고의 공식 명령으로 이에 불응한 선인은 즉각 그 죄를 심판 받게 된다.

평원선이 말했다.

"방금 광을선께서 말씀하신 일에 저도 동감입니다……. 다만 하늘의 법에는 절차가 있으므로 체포니 처형이니 하는 단어는 가당치 않습니다. 압송이란 말도 마찬가지로, 고곡선은 마땅히 소환되어 자신이 한 일에 대해 변명할 기회를 가져야 할 것입니다……."

평원선이 조리 있게 말하고 자리에 앉자 상일선이 다시 일어났다.

"다른 의견이 없으시면 고곡선을 소환하는 것으로 결정하겠습니다."

"……"

잠시 침묵이 흘렀다. 이로써 동화궁의 주인인 고곡선의 소환이 결정되었다. 회의는 다시 진행되었고 이번에는 측시선이 일어났다. 측시선은 안심총의 책임자로서 평허선공을 옥황부에 불러들인 장본인이기도 하다. 이제 평허선공이 떠나갔으므로 무엇인가 할 말이 있을 것으로 기대되었던 선인이다.

"주지하다시피 우리 옥황부 안심총에서는 평허선공을 초청한 바 있습니다. 이는 시의 적절한 일이었습니다만……."

측시선은 평소의 습관대로 은근한 강조법을 사용하며 발언을 진행했다.

"……지금 평허선공이 떠나간 시점에서는 또 하나의 특별한 사안이 발생했습니다."

"……"

장내에는 조용한 흥미가 일고 있었다. 측시선은 언제나 그렇듯이 이번에도 무엇인가 관심거리를 내놓으려는 것이다.

측시선의 말이 다시 이어졌다.

"……또 한 번 평허선공을 만나야 할 일입니다. 우리는 최근 속계로부터 전달되어 온 어떤 물건을 접수한 바 있는데 이것은 평허선공께 배달되어야 할 물건입니다……. 그 물건은 바로 이것입니다……."

"……"

측시선은 하나의 물건을 꺼내 보였는데 그것은 바로 고휴선이 남선부를 통해 전달해 온 녹석이었다. 선인들은 두 가지 흥미를 가지고 녹석을 바라보고 있었다. 첫째는 속계에서 물건이 올라왔다는 것이고, 둘째는 그것이 평허선공께 배달될 물건이란 것이다.

도대체 높고도 높고 귀하기도 귀한 평허선공이 속계와 무슨 연관이 있을까……? 더군다나 물질을 초월한 평허선공이 받아봐야 할 물건은 도대체 무엇이란 말인가……? 측시선은 모든 선인들이 자세히 살펴볼 수 있도록 한동안 녹석을 높이 들어보였다.

　선인들은 특별한 능력의 눈이 있으므로 멀리 앉아 있어도 바로 자신의 손 안에 들고 살피는 것처럼 자세히 볼 수 있었다. 그러나 녹석은 아름다울 뿐 그 의미는 알 길이 없었다. 선인들이 알고자 하는 것은 물건의 모양이 아니라 그것의 의미였다.

　측시선이 여러 선인들의 마음을 꿰뚫기라도 한 듯 그 의미를 말하기 시작했다.

　"……이것은 그저 아름다운 녹석입니다만, 그 의미가 매우 중요한 것입니다. 저희 안심총에서는 오랜 연구 끝에 마침내 그것을 알아냈습니다……."

　"……."

　장내는 긴장이 고조되었다.

　"우선 이 녹석이 속계에서 올라온 배경부터 설명하겠습니다……. 근래에 평허선공은 속계의 명산인 지리산에 내려가신 적이 있는데, 그것은 고휴선의 죄를 사면하기 위해서였습니다……."

　"……."

　"……고휴선으로 말하면 속계의 천소를 담당하고 있으므로 완전히 야선(野仙)이라고는 할 수 없으나 이렇다 할 관직도 없는 평범한 선인입니다. 그러나 이 선인은 상당히 주목할 필요가 있는 인물입니다……."

　"……."

"……이 선인은 일찍이 연진인을 배견한 일이 있었습니다. 그로 인해 죄를 지었던 것인데 평허선공이 이를 사면하기 위해 지리산에 내려간 것입니다. 평허선공은 난진인의 영패를 가지고 내려갔습니다만 당초 고휴선의 죄는 평허선공으로 인해 만들어진 것이었습니다……."

"……."

측시선의 얘기는 점점 흥미를 더해 갔다. 그의 이야기에는 평허선공·연진인·난진인 등 평상시에는 볼 수조차 없는 대단한 인물들이 등장하는 까닭이었다.

측시선은 잠시 주위를 둘러본 후 말을 이었다.

"……잠깐 고휴선의 죄를 말씀 드리자면 이 선인은 연진인의 명을 받들어 평허선공을 체포하려 한 적이 있었는데 그 일을 실패했던 것입니다."

"……."

"평허선공은 연진인의 명마저 거역하고 도주했습니다……."

"……."

좌중은 술렁거렸다. 연진인의 명을 거역하다니……! 선인으로서는 감히 상상도 못할 일이었다. 측시선은 좌중을 다시 한 번 둘러보았다.

"……당시 평허선공은 동화궁에 계셨습니다만, 고휴선이 평허선공을 체포한다는 것은 처음부터 무리한 일이었습니다. 결과적으로 고휴선은 연진인의 명을 이룩하지 못한 죄인이 되었는데, 이에 대한 벌은 연진인께서 내린 적이 없었습니다……. 이것도 무척 궁금한 일이 아닐 수 없습니다. 연진인께서는 분명히 고휴선이 이행하지 못할 명령을 내렸던 것 같습니다. 말하자면 명령의 실행보다는 다른 뜻이 있었을 거라는 사실입니다……. 그것을 여기서 자세히 말씀 드릴 수는 없습니다만……."

"……."

"아무튼 고휴선은 스스로를 자책하며 금동에 갇혀 있었습니다. 그리고 평허선공은 이를 사면해 주었고 그로 인하여 오늘날 고휴선으로부터 녹석이 올라오게 된 것입니다……."

"……."

"물론 녹석은 단순한 물건이 아닙니다. 이것은 특별한 의미가 있는 것입니다……. 얘기가 길어졌습니다만 저는 이 의미를 발표하고자 합니다……."

"……."

선인들은 자세를 가다듬었다. 드디어 녹석의 비밀이 밝혀지는 순간인 것이다. 측시선의 말이 들려왔다.

"……우선 녹석의 성분을 말씀 드리자면 이것은 속계의 물건이 아닙니다. 말하자면 선계의 물건인데 그렇다면 누군가 이 물건을 속계에 가져갔던 것입니다……. 그것이 문제입니다, 과연 누가 이것을 속계에 가져다 놓았을까요?"

"……."

측시선은 좌중을 압도하고 있었다. 이렇게 선인들의 궁금증을 최고조로 유발시키는 것이 측시선의 습관이었지만 이야기에 장애가 되지는 않았다.

얘기는 다시 진행되었다.

"……결론부터 말씀 드리자면 그 물건은 태상노군의 동자가 하계에 갖다놓은 것입니다."

"······."

좌중은 다시 한 번 술렁였다. 얘기는 점점 미궁으로 빠지더니 마침내는 태상노군마저 등장시켜 전혀 예측할 수 없는 상황으로 치달았다. 측시선은 좌중을 쳐다보지 않고 아무렇지도 않은 듯이 이어 나갔다.

"제가 생각건대 평허선공은 일찍부터 이러한 일들을 예견, 혹은 기대했던 것 같습니다. 저희 안심총 분석관들의 연구에 의하면 연진인과 난진인은 서로 모순된 행동을 일으키면서 실은 묘한 공조(共調)를 이루고 있다는 것입니다······. 예를 들자면 연진인은 고휴선이나 평허선공으로 하여금 죄를 짓게 하고 난진인은 그것을 용서하는 식입니다. 다만······."

"······."

"고휴선의 경우는 핵심을 이루는 것으로, 난진인은 평허선공에게 영패를 주어 고휴선의 사면을 유도하고 그로 인해 평허선공과 고휴선의 인연을 맺게 하였으며 또한 이때 평허선공이 고휴선에게 특별한 일이 있을 것이라는 암시를 준 것 같습니다. 그것이 바로 녹석으로 나타난 것입니다······."

"······."

"······녹석은 바로 이런 배경에 따라 출현한 것입니다. 태상노군의 동자가 이것을 평허선공이나 우리들에게 전달한 것으로 보여집니다······."

"우리라니요?"

상일선이 갑자기 나서며 반문했다.

"예, 그 뜻은······."

측시선은 미소를 지으며 대답했다.

"······말 그대로입니다. 저희 안심총 분석관들의 판단에 의하면 태상노군께서는 우리 옥황부에 비밀한 뜻을 전달했다는 것입니다. 그리고 그 과정에 평허선공이 활용되었다는 것이지요!"

"비밀한 뜻이 무엇인지요?"

상일선이 다시 물었다. 얘기가 너무 흥미로웠기 때문에 잠시의 침묵도 기다리지 못한 채 다소 급하게 채근했다. 측시선이 상일선의 질문에 난감한 표정을 지으며 대답했다.

"비밀한 뜻은 저희도 아직 밝혀내지 못했습니다. 다만 태상노군께서 비밀을 남겨놓은 것을 연진인과 난진인이 풀어내고 그것을 옥황부에 전달하는 과정에서 평허선공이 움직였음을 알아냈을 뿐입니다······."

"······."

"······평허선공은 연진인과 난진인 사이에 이루어진 비밀 묵계를 간파하고 그것을 탐색하던 차에 녹석에 이르게 된 것입니다. 녹석은 또 다른 시작입니다. 이번에는 우리도 끼어들었습니다만 녹석의 비밀은 반드시 밝혀져야 할 것입니다······. 단지······."

"······."

"녹석은 평허선공께 전달해야겠지만 우리는 이미 그것을 상세히 점검했습니다."

"······."

"녹석이 평허선공에게 전달된 후에 어떤 다른 의미로 바뀔지는 아직 모릅니다. 다만 우리는 평허선공보다 먼저 그 녹석의 비밀을 상당 부분 알아냈습니다······."

"······."

좌중은 숨을 죽였다. 녹석의 출현 배경은 상세히 알았지만 그보다는 그것의 뜻이 더욱 궁금해졌다.

측시선이 다시 말했다.

"먼저 말씀 드릴 것은 녹석이 이번 시석회에 출품되어 최우수작으로 선정된 수석의 일부분이라는 사실입니다."

"……."

"그 수석은 평허선공에 의해 최우수작으로 평가, 선정되었습니다만 저희는 녹석과 그 작품이 같은 성분일 뿐만 아니라 원래 한 덩어리였다는 것을 알아냈습니다……. 이것은 우리가 녹석과 시석회에 출품된 작품을 함께 붙여보고 내린 결론입니다……."

"……."

"……물론 녹석과 작품은 인위적으로 분리된 것이 아닙니다. 그것은 세월의 힘과 풍화작용에 의해 자연적으로 분리된 것입니다. 단지 태상노군의 동자가 그것의 한 조각을 속계에 갖다놓았을 뿐입니다."

"그 작품의 출처가 어딥니까?"

상일선이 다시 조급하게 나왔다. 측시선은 정중히 고개 숙여 보이고 나서 대답했다.

"……저도 그것을 말씀 드리려고 합니다. 그 작품은 운화선국(雲花仙國)에서 출품된 것인데 그것에는 이름이 붙어 있습니다……."

"이름이 무엇이오?"

상일선이 차분히 다시 물었다.

"예, 그것은 불은(不隱)이었습니다. 그것의 뜻은……."

측시선은 상일선이 다시 묻기라도 할까 봐 급히 말을 이어 나갔다.

"……문자 그대로 숨지 않는다는 뜻입니다만, 운화선국에서 그 이름을 붙인 것은 다른 뜻이 있었습니다……. 우리는 그것을 운화선국의 출품관에게 직접 물어서 알아냈습니다……."

"……."

"그 뜻은 문자 자체에 있었던 것이 아니었다고 출품관은 말하더군요. 그 작품명은 실은 아주 단순하게도 그 수석이 발견된 곳의 지역 이름을 그대로 붙인 것입니다……. 그런데 그게……."

"……."

"아주 흥미롭습니다. 운화선국은 그 관리 영역에 하나의 속계를 수용하고 있는데 그 속계의 이름이 바로 불은이라고 합니다……."

"호, 그런 이름의 속계가 있었습니까?"

상일선이 고개를 갸우뚱하며 물었다. 그러자 측시선은 미소를 지으며 좌중을 향해 대답했다.

"저는 속계 전문이 아니라서 잘 모릅니다. 다만 그런 이름의 속계가 있다고 하니 믿는 수밖에 없지요……. 그래서 저희는……."

"……."

"운화선국의 관리 영역인 불은이라는 속계에 특별 수색대를 긴급 파견하였습니다……."

"그 이유가 무엇입니까?"

"예? 이 녹석은 태상노군의 동자가 가져온 것이므로 그 자체로서는 뜻이 없다고 봅니다. 그러니 그 녹석의 출처에 뜻이 있는 것이 아니겠습니까?"

"과연 그럴까요?"

상일선은 도전적으로 물었다. 인품 좋은 상일선이 이렇게 물은 것은 대단히 재미있는 일이었다. 회의에 참석한 몇몇 선인들도 그렇게 생각했는지 미소를 지었다. 측시선은 겸손하게 대답했다.

"저희도 실은 여러 가지 뜻으로 해석하고 있습니다. 문자 자체로 불은을 풀이해 본다면 숨지 않았다는 뜻이니, 태상노군을 찾는 문제와도 연관하여 가까운 곳부터 찾고 있습니다. 또한 숨지 않았다는 것은 공개되었다는 뜻이니 무엇이 공개되었는지 열심히 연구하고 있습니다……."

"……."

"우리는 특히 두 번째 의미, 즉 공개되었다는 뜻에 관심을 많이 두고 있습니다. 이는 태상노군께서 당신의 일보다는 무엇인가 천하에 밝히고 있는 중이라고 생각되어집니다. 물론 이런 해석도 가능합니다……."

"……."

"……즉, 불은이라는 땅 그 자체에 어떤 것을 밝혀놓았으니 그곳을 살펴보라는 계시일지도 모릅니다. 아무튼 우리는 백방으로 연구 조사하는 중입니다. 다만……."

"……."

"이곳에서 제가 말씀 드리고 싶은 것은 불은이라는 땅으로 대대적인 탐색 선관을 파견하고 그곳의 모든 것을 연구해야 한다는 것입니다. 그리고 아울러 말씀 드릴 것은 녹석이 평허선공께 전달된 연후에는 그 어른께서 연구를 하실 테니 또 다른 여지가 있을 수 있다는 것입니다."

"그렇습니까? ……녹석은 언제 전달됩니까?"

상일선은 이해가 간다는 듯이 고개를 끄덕이며 편안히 물었다.

"예, 저도 그것을 말씀 드리려던 참이었습니다. 사실상 저희는 녹석을 평허선공께 전달할 입장이 아닙니다. 녹석은 당초 옥황부 집정관에게 올라와 평허선공께 전달되도록 되어 있었는데, 저희가 잠시 인수하여 먼저 조사했을 뿐입니다. 물론 이는 평허선공께서 모르시는 일입니다. 그래서 그 녹석의 전달만은 안심총이 아니라 일반 외교관을 통해 전달하고자 합니다. 상일선께서 담당해 주십시오……!"

"아, 그래요? 알겠습니다……. 평허선공은 지금 어디에 계십니까?"

상일선은 흔쾌히 받아들이고 평허선공의 행방을 물었다.

"예, 그 어른께서는 이동 중에 계십니다. 방향은 아마 세 곳 중 하나일 것입니다……."

"……"

"첫째는 서왕모의 단정궁일 것이고, 둘째는 염라부일 것입니다. 그리고 셋째는 동화궁일 텐데, 아무튼 곧 행방이 정해질 것입니다……."

"알겠습니다, 녹석은 제게 맡기십시오……. 측시선께서 더 할 말씀이 계십니까?"

"아니 됐습니다."

측시선은 자리에 앉았다. 그러자 좌곡선이 일어났다. 좌곡선은 옥황부 외곽의 집정관으로서 천명관 회의에는 임시적으로만 참석할 수 있었다. 이번의 참석은 사전에 승인을 받은 것으로 그만한 사연이 있었다. 좌곡선은 일어나서 상일선에게 먼저 예의를 표하고 좌중을 향해서도 고개를 숙인 다음 정중히 서두를 꺼냈다.

"……먼저 말씀 드리겠습니다. 외람되지만 저는 염라대왕의 대리로 이곳에 참석하였습니다."

"……"

선인들은 의외라고 생각하였다. 염라대왕은 본래 이런 회의를 좋아하지도 않았고, 또한 선인을 대리로 참석시키고자 한다면 염라부에 속해 있는 선인을 파견했을 것이다. 그런 염라대왕이 왜 옥황부의 집정관을 대신 참석시켰을까?

좌곡선이 침묵을 깨고 말하기 시작했다.

"염라대왕께서는 지난번 도피 중에 평허선공을 불러들여 자신의 입지를 편안케 해 준 일에 대해 옥황부 중앙정무회의에 정식으로 감사의 말씀을 전달하셨습니다. 아울러……."

"……"

"한 가지 의견을 제시하겠답니다. 저는 인편에 그 내용을 듣고 이 자리에서 직접 보고 드리는 바입니다."

"……"

"그 의견이란 연진인과 난진인, 나아가서는 태상노군을 찾는 문제로써 상당히 시사적인 내용입니다. 당초 염라대왕은 연진인의 비밀한 섭리를 깨닫기 위해 소지선을 평허선공으로부터 도피시켰습니다."

"……"

"누구나 아시는 바이겠지만 염라대왕은 평허선공이 난진인의 이름으로 소지선을 사면하려는 것을 사전에 짐작하고 소지선과 평허선공을 격리시켰습니다. 지금은 그 일이 이미 성공하여 소지선은 어느누구도 알지 못하는 곳으로 완전히 자취를 감추었습니다."

"……"

선인들은 당시 일을 재빨리 회상하였다. 당초 인연의 늪에서의 전쟁도 소지선의 도피와 이를 찾으려는 평허선공 때문에 일어난 것이었고 그 일 이후 소지선의 행방은 그야말로 오리무중이었다……. 현재 소지선의 행방은 평허선공과 염라대왕의 깊은 통찰을 피해 있으며 안심총의 드넓은 수색 작업에도 그 흔적을 드러내지 않고 있다.

좌곡선의 말이 이어졌다.

"……현재 옥황 천하의 사태는 소지선이 행방을 감춘 것과는 크게 관련이 없습니다만 하나의 중대한 일이 있습니다. 이는 우리가 유의해야 할 일이고 염라대왕께서 이번 회의에 저를 대리로 참석시킨 것도 바로 그 일 때문입니다."

좌곡선의 서론이 다소 길어지고 있었다. 그러나 좌곡선의 자격이 염라대왕의 대리인만큼 충분히 재량권이 있었다. 설명이 다시 이어졌다.

"……소지선의 행방에 대한 궁금증은 몇몇 선인들을 제외하고는 관심의 대상이 되지 않았지만 그를 감추어 준 존재가 있습니다. 그 존재는 속인입니다만 온 우주의 모든 선인들의 능력을 능가해서 소지선을 완벽하게 도피시킬 수 있었던 것입니다……"

"……."

좌중은 좌곡선이 밝힌 속인의 존재에 대해 잠시 술렁였다. 사실 소지선이 숨은 것은 개인적인 문제로 고작해야 연진인이 내린 벌을 끝까지 받겠다는 성실한 마음뿐이었다. 그 일과 평허선공과 염라대왕의 각축은 별개의 문제이다. 그러나 현재에 이르러서는 평허선공이나 염라대왕 둘 중 어느 누구도 상대방을 이기지 못했고, 소지선은 자신을 도와주던 염라대왕마저 피해 잠적해 버렸기 때문이다. 그런데 소지선의 도피를 도와 준 속인이 있다니……!

상일선이 궁금증을 이기지 못한 채 재빨리 물었다.

"그 속인이 대체 누구요?"

"아주 유명한 인물입니다. 이 자리에 있는 선인들께서도 익히 알고 계실 것입니다. 그 속인의 이름은 바로 건영이입니다. 정마을에 사는 속인이지요……!"

상일선이 다시 물었다.

"건영이는 역성 정우가 아닙니까? 정우가 어떻게 했다는 것이오?"

"예, 소지선은 속계까지 찾아가 정우에게 숨을 곳을 물었습니다. 역성 정우는 주역의 지혜를 구사하여 소지선을 도피시킨 것입니다. 그런데 지금 그것이 문제가 아니라……."

"……."

"우리에게 닥친 문제는 연진인 등 어른을 찾는 것입니다. 여기에서 한 가지 집고 넘어가야 할 것은 모든 선인들을 따돌리고 소지선을 그토록 잘 감출 수 있는 능력의 사람이라면 몸을 숨긴 선인을 찾는 것도 가능하지 않겠느냐는 겁니다……."

"……."

"말하자면 역성 정우를 통해 연진인 등 여러 어른들의 행방을 탐문해 보자는 것입니다. 이는 염라대왕의 의견입니다만, 염라대왕은 정우를 만나본 후 그 능력을 실감하고 이런 제안을 하기에 이른 것입니다……."

"……."

"그러므로 역성 정우에게 현 옥황부의 중요 현안인 연진인 등 어른을 찾아달라고 부탁해 보자는 것입니다."

"……."

좌곡선은 좌중을 돌아보고 자리에 앉았다. 상일선은 잠시 생각해 보고는 좌중을 향해 말했다.

"방금 우리는 염라대왕의 고견을 들었습니다. 내용인즉 역성 정우에게 의뢰하여 어른들의 행방을 탐문해 보자는 것인데 여러분의 의견은 어떠하신지요?”

“……”

좌중은 잠시 침묵했다. 곧이어 곡정선이 일어났다. 곡정선은 옥황부의 공식 복관(卜官)으로서 누구나 존경하는 선인이었다. 곡정선은 주역 부분에서 옥황부의 일인자이므로 역성 정우를 평가하는 데 있어서도 적격이 아닐 수 없었다.

“빈도의 의견을 말씀 드리겠습니다……”

곡정선은 정중히 서두를 꺼냈다. 좌중들은 이 기회에 역성 정우의 실력을 평가해 보려는 마음으로 상당히 흥미를 느끼며 경청하였다.

“……방금 염라대왕이 전해 온 의견에 대해 저는 매우 상서롭다고 생각하는 바입니다. 물론 그 의견에도 찬성합니다. 생각건대 숨기는 방법이란 찾을 수 없게 하는 것이 그 목적이므로 찾는 방법 또한 숨을 수 없게 하는 것입니다. 그러므로 결국은 찾는 지혜나 숨기는 지혜는 서로 순환하고 있다고 봐야합니다. 그렇기 때문에……”

“……”

“역성 정우는 선인을 찾는 문제도 탁월한, 아마도 온 우주를 통해 최고의 경지를 이룩한 존재일 것입니다. 저는 다시 한 번 염라대왕의 제안에 동의하며 이제 행동으로 옮기기를 바라는 바입니다……”

“……”

좌중은 조용했다. 곡정선의 의견이 그렇다면 더 이상 두말할 필요가 없었다. 옥황부 내에서 곡정선은 이토록 존경을 한 몸에 받고 있었다. 곡정선은 자리에 앉고 상일선이 말했다.

“여러분의 이견이 없으시다면 중앙회의 결의로 채택하겠습니다……”

회의는 계속 진행되었다. 다음으로 문제를 제기한 선인은 무유선(無由仙)으로 옥황부 안정선관(安定仙官)이었다. 안정선관이란 옥황부 중앙 집정 자문관으로 부서간의 공백을 보충하고 특별 사안을 수집·점검, 또는 업무의 분담 기능을 맡는다.

무유선이 말했다.

"저는 긴급한 사안을 보고 드리려고 합니다만 좋은 소식은 아닙니다. 최근 청정 지역에 혼마가 출현했다는 보고가 있습니다."

혼마의 출현……! 이는 전혀 새로운 일이 아니었다. 다만 청정 지역, 즉 옥황부 근처에 혼마가 출현했다는 것이 문제일 뿐이다.

"……"

좌중은 잠시 긴장하고 있었다. 그런데 한 선인이 느닷없이 질문을 했다.

"혼마란 정확히 무엇입니까?"

이 질문을 던진 선인은 옥황부 감찰부서를 담당하고 있는 원여선(原如仙)이었다.

"좋은 질문을 하셨습니다. 사실 혼마가 정확히 무엇인지는 알 수가 없습니다……. 다만 현재까지의 연구에 의하면 혼마는 화생(化生)으로 태어나며 육체는 있는데 그 영혼이 불분명 합니다……."

"불분명하다니요? 그게 무슨 뜻인지……?"

"아, 예…… 불분명하다는 것은 그 영혼이 존재하는지, 안 하는지 알 수가 없다는 말입니다. 어쩌면 혼마에게도 영혼이 있는데 일시적으로만 존재하는 것 같습니다. 다시 말씀 드리자면 혼마의 영혼은 영원히 존재하는 것이 아니라 짧은 시간 안에 붕괴된다는 뜻입니다. 따라서 어떤 제재를 가할 수도 없는 존재입니다……."

"호, 그런가요? 아주 무책임한 존재로군요!"

"예? 아, 예……."

"……."

좌중에서 웃음소리가 들렸다. 무책임한 존재라는 것은 죄를 짓고도 그 영혼이 벌을 받을 수 없다는 뜻인데 그렇다면 아무 짓이나 거리낌 없이 저지르는 존재가 아닌가……! 이것은 결코 가볍게 웃어넘길 일이 아니었다. 만일 이러한 존재가 우주에 자주 나타난다면 그들을 무엇으로 다스릴 수 있겠는가……?

현재 혼마를 없애기 위해서는 그 몸 자체를 파괴하는 것만으로도 가능하였지만 다시 부활되는 것이 문제였다. 혼마의 부활은 일정한 법칙에 따른다는 것이 지금까지 밝혀진 내용의 전부였다.

무유선은 무겁게 말을 이었다.

"혼마는 그러한 존재입니다. 이제까지 체포되었던 혼마는 그 혼령이 모두 사라져 버렸습니다. 허공으로 붕괴된 것이지요. 그런데 문제는……."

"……."

"최근 들어 혼마가 다수 출현하여 집단행동을 보인다는 점입니다……."

"집단행동이라니요?"

상일선이 염려스럽다는 듯이 물었다.

"우려할 만한 규모는 아닙니다. 현재까지 밝혀진 최대 규모는 열 명 정도인데 출현 즉시 그 지역의 선인들에 의해 퇴치되었습니다……."

"다행한 일입니다, 세속의 혼마는 어떻습니까……?"

"예, 세속의 경우에 다수의 혼마가 출현한 예는 아직까지 보고된

바 없습니다. 그러나 혼마에 의한 피해가 아주 큰 것으로 나타나 있습니다……."

"……."

선인들은 난감한 표정을 지었다. 이 회의에 참석한 선인들은 대개 혼마를 직접 경험해 보지 못했기 때문에 그 심각성을 실감할 수가 없었다.

무유선이 계속했다.

"……제 생각입니다만, 혼마는 차츰 청정 지역으로 밀려들고 있는 것으로 보입니다. 우리는 이에 대비해서 혼마 전담 부서를 만들어야 할 것 같습니다."

"잠깐, 제가 말씀 드리겠습니다……."

"……."

무유선의 말을 막아서고 나선 선인은 광을선이었다.

"저는 옥황부의 방위를 책임지고 있는 입명총 대선관의 입장에서 말씀 드리겠습니다. 저희 입명총은 우주 최대 최강의 조직입니다. 저희 조직은 어떠한 일이 발생한다 하더라도 옥황부를 보호할 만반의 준비가 되어 있습니다."

광을선의 음성은 다소 격앙된 듯했다. 하지만 여러 선인들은 묵묵히 침묵을 지켰다. 광을선은 무유선과 상일선을 번갈아 보며 말을 이었다.

"겨우 혼마 정도의 세력을 두려워하여 새로운 부서를 만든다는 것은 참으로 불행한 일입니다. 만일 새 부서를 신설한다면 입명총의 병력은 도대체 어디에 써야 하는 것입니까……? 우리는 어떤 강대한 적과 상대한다 해도 결단코 물리칠 힘을 갖추고 있습니다."

"저도 한 마디 할까요……."

광을선이 말을 끝내자마자 나선 선인은 측시선이었다. 측시선은 미소를 지으며 부드럽게 말을 이었다.

"방금 광을선께서 발언하신 내용은 대체로 지당하신 말씀입니다. 입명총은 과연 우주 최대 최강의 조직이지요. 저도 그것을 믿어 의심치 않습니다. 다만, 입명총의 대선관이신 광을선께 몇 가지 묻겠습니다……."

"……."

"만일 혼마가 출현해서 옥황부의 관문을 통과한다면 입명총에서는 그것을 어떻게 알아낼 수 있겠습니까? 혼마란 겉으로 봐서는 우리들의 모습과 다름이 없습니다……."

"……."

"……입명총의 병력은 보이는 적을 무찌를 수는 있을 것입니다. 하지만 정체를 모르는 적, 즉 보이지 않는 적은 어떻게 무찌르겠습니까……? 여기서 중요한 것은 적의 발견이 아니겠습니까? 입명총은 누구를 향해 힘을 행사하겠습니까……?"

"……."

측시선은 광을선을 은근히 쳐다보며 자리에 앉았다. 무유선도 자신의 주장에 측시선이 찬성한 것은 물론 보충 설명까지 해 주었으므로 더 이상 할 말이 없었다. 다만 광을선은 답변을 생각하기 위해서 잠시 망설였는데 상일선이 먼저 말했다.

"……그렇군요! 혼마는 은밀히 나타나기 때문에 거리를 활보해도 겉모습으로는 전혀 알 수 없으니 입명총의 병력은 필요할 것 같지가 않군요. 이에 대해 광을선께서는 의견이 있으신지요?"

상일선은 광을선을 바라보며 말했다. 광을선은 생각에 잠겨 있다가 적당히 얼버무렸다.

"저는 이미 혼마라고 밝혀진 무리가 집단으로 출현하여 못된 행동을 할 때를 대비해서 한 말입니다……. 혼마의 탐색은 저의 부서의 일이 아닌 것 같군요!"

"……."

좌중은 혼마 탐색을 위한 전담 부서가 필요하다고 느꼈다. 상일선이 말했다.

"혼마에 대한 문제는 다시 검토하기로 하지요. 다음 문제로 넘어갑시다……."

상일선의 말은 무유선이 제시한 문제를 긍정적으로 검토한다는 뜻이었다. 광을선도 더 이상 자신의 의견을 주장하지 않자 회의는 자연스럽게 다음 문제로 넘어갔다.

"제가 말씀 드리겠습니다……."

잠시 이어졌던 침묵을 깨고 일어난 선인은 광연선(廣然仙)으로 최근에 천명관으로 임명된 선인이었다. 그의 담당 부서는 운명총으로 시간의 운행을 주관하는 곳이었다.

"저는 이 자리에 처음 참석했습니다. 먼저 인사부터 올리겠습니다……."

광연선은 좌중을 향해 깊이 고개 숙이고 밝은 어조로 말을 이었다.

"저는 운명총을 담당한 지 그리 오래 되지 않았습니다. 그런데 최근에는 무척 애를 먹고 있습니다. 주지하다시피 저희 부서는 시간의 흐름을 기초로 해서 합리적인 역사를 만들어 나갑니다. 하지만 어찌된 일인지 최근에는 계획된 현상이 발생하고 있지 않습니다. 즉, 천명이 심하게 어긋나고 있다는 것입니다……."

"……."

좌중들의 심기는 매우 흐려졌다. 여기서 천명이란 옥황상제의 명령을 뜻하는 것이 아니라 자연의 흐름, 즉 인과 관계를 의미한다. 현재온 우주에 이런 현상이 발생하고 있다는 것은 이미 모든 선인이 알고있는 사실이었다. 광연선은 무엇을 말하려는 것일까……?

"……전임 대선관께서도 이런 현상에 비관하고 자리를 떠났습니다만 저도 애로가 많다는 것을 말하지 않을 수 없습니다. 다만……."

"……."

"사정이 이러하다 보니 우리의 관리 영역을 축소할 수밖에 없습니다. 그 이유는 우리의 힘을 보다 정밀하게 활용하기 위함입니다. 따라서 앞으로는 많은 속계가 우리의 운명 관리에서 제외될 것입니다."

광연선은 말을 마치고 자리에 앉았다. 그가 발언한 내용의 핵심은바로 옥황부 관리 영역의 축소를 의미하는 것이었다. 좌중의 분위기가 몹시 침울한 가운데 상일선이 다시 말했다.

"잠시 쉬었다가 회의를 진행할까 합니다……."

회의는 잠시 중단되었다. 몇몇 선인들은 일어나서 회의장 밖으로나갔고 어떤 선인들은 자리에 앉아 골똘히 생각에 잠겼다.

정마을을 찾아온 불길한 손님들

천상의 회의에서 건영이의 이름이 거론되고 있을 즈음 속세의 건영
이는 강변에 앉아 있었다.

'또다시 봄이 왔구나! 자연의 운행은 끊임없이 순환하는데 임씨는
왜 돌아오지 않는 것일까?'

건영이의 마음속에는 봄의 정취와 임씨의 문제가 함께 공존하고
있었다.

무겁고 침울했던 겨울이 가고 봄이 다시 찾아와 강물의 흐름은 새
로운 기운을 함유하고 있는 것 같았다. 다만 임씨의 소식은 여전히
알 수가 없어 임씨 부인뿐만 아니라 정마을의 모든 사람들을 애태우
게 하였다.

건영이도 이 문제에 매달리고 있었지만 봄이 찾아오니 임씨가 더욱
그리워졌다.

'반드시 찾아내고야 말겠어! 가엾은 아저씨!'

건영이는 자리에서 일어났다. 그러나 어디로 가야 할지 마음의 결
정을 내리지 못해 잠시 망설였다. 갈 곳은 단 두 곳뿐, 상류 아니면

하류 쪽이었지만 그리 쉽지 않은 결정이었다. 단순한 산책이라면 어느 쪽이든 상관없을 텐데⋯⋯! 하지만 건영이에게 있어서는 이런 문제조차도 단순하지만은 않은가 보았다⋯⋯!

산책의 방향에도 길흉화복이 있는 것일까⋯⋯? 그러나 그렇게 단순한 것은 아니었다. 건영이의 마음속에 어떤 잡념이 일고 있었던 것이다. 그 잡념의 원인은 금방 밝혀졌다. 건영이가 상류 쪽으로 방향을 잡으려 할 찰나 강 건너편에서 인기척이 난 것이다.

무슨 소리가 들린 것도 아니고 들릴 턱도 없었다. 다만 어떤 느낌이 전달되어 온 것뿐이었다. 그 느낌이 방금 전 건영이의 마음속에 혼란을 일으켰던 것이다.

이 혼란스러운 일들은 마음속에서 순간적으로 느껴졌지만 건영이는 산책을 하기 직전 숙영이를 생각하고는 상류 쪽으로 발걸음을 옮기려 했었다. 상류 쪽에는 예전에 숙영이와 함께 쌓아놓은 돌탑이 있었기 때문에 그 방향으로 몸을 돌렸던 것이다. 그런데 갑자기 하류 쪽에서 뭔가 조금 전보다는 좀 더 구체적인 느낌이 전달되었다. 그것은 바로 사람들의 흔적이었다. 건영이는 잠시 서서 강 건너편을 바라봤다.

그러자 어김없이 사람들의 모습이 나타났다. 그들은 모두 세 명이었고 숲에서 불쑥 튀어나와 강 건너 건영이가 서 있는 쪽을 바라보았다.

"⋯⋯."

건영이는 즉시 나루터로 내려갔다.

'박씨 아저씨가 나와 있었으면 좋았으련만⋯⋯.'

건영이는 마음속으로 박씨를 떠올렸다. 박씨는 언제나 강 건너편에 사람이 나타나기를 기다리지 않는가⋯⋯! 하지만 박씨를 부르기 위해 정마을까지 갈 수는 없는 일이었다. 강 건너편에 이미 손님이 나타나 배를 기다리고 있기 때문이다. 그리고 배를 움직이는 일은 건영이 혼자서도 할 수 있었다.

"……."

강 건너편의 손님들은 물가로 나와 손을 흔들고 있었다. 건영이는 배를 띄웠다. 노 젓는 솜씨는 박씨를 따라갈 수 없었지만 좁은 강을 건너가는 데는 별 차이가 나지 않았다. 배는 어느새 손님들이 기다리고 있는 강 이쪽 편에 당도하였다. 건영이는 금년 들어 처음 강을 건넌 것이다.

'첫 손님이군! 어떤 사람들일까……?'

건영이가 이런 생각을 하는 도중에 배는 정지했다.

"안녕하세요, 수고 많으십니다."

손님들은 건영이에게 먼저 인사를 건넸다. 건영이도 미소를 지으며 답례를 했다.

"아, 예……. 어디서 오신 분들입니까?"

"저희 말입니까? 저희는 춘천에서 올라왔습니다. 이곳에 놀러왔거든요……."

그들의 말투는 다소 이상하게 들렸다. 뭔가 머뭇거리기도 하고 혹은 눈치를 살핀다고나 할까……? 아무튼 오랜만에 찾아온 손님이기 때문에 건영이는 주의 깊게 생각하지 않고 다시 물었다.

"강을 건너실 거예요?"

"예, 저희는 저쪽에 꼭 가보고 싶어요! 그곳에 마을이 있지요?"

그들은 당연한 것을 묻고 있었다. 건영이는 작은 목소리로 대답했다.

"예."

"그럼 건너갑시다."

손님들은 다급한 듯 말했다.

"……."

건영이는 이상한 기분을 느끼면서 떠날 차비를 했다. 손님들은 잘 됐다는 듯이 배에 올랐고 건영이는 즉시 노를 젓기 시작했다.

"아, 좋군요……. 강이 멋있어요!"

손님들은 들뜬 목소리로 저마다 한 마디씩 했다.

"……."

건영이는 아무 대꾸도 하지 않고 열심히 노만 저었다. 이윽고 정마을 쪽의 강가에 도착, 손님들이 먼저 내리고 건영이는 뒤에 남아 배를 나루터에 잘 매어두었다. 그때 마침 박씨가 나타났다. 손님을 바라본 박씨의 얼굴이 금방 환해졌다. 박씨는 정마을을 찾아오는 사람들을 보면 무조건 반가워하곤 했다.

"아니! ……손님이 오셨군. 건영이가 건네줬구나. 내가 좀 더 일찍 나올걸 그랬지!"

"안녕하세요, 아저씨가 사공인 모양이지요?"

손님들은 부자연스러운 인사를 건넸지만 박씨는 별 느낌이 없는지 대수롭지 않게 여기는 듯했다.

"예, 내가 사공입니다. 어디서 오셨습니까?"

"서울, 아니 춘천에서 왔습니다."

"아, 그래요? 마을로 가실까요?"

박씨는 친절하게 그들을 안내했다. 손님들은 박씨에게 바싹 붙어서 나란히 걸었다.

"예, 저희는 놀러왔는데 마을을 좀 구경하고 싶어요."

"그럽시다!"

박씨는 신이 나서 앞장섰다. 그러자 건영이가 뒤떨어져서 말했다.

"아저씨, 먼저 들어가세요……. 저는 산책 좀 할래요!"

"음? ……그래, 먼저 들어갈게."

박씨는 이렇게 말하며 손님을 안내했다.

"……."

건영이는 그들의 뒷모습을 잠깐 바라보다가 하류 쪽으로 걸어갔다. 처음에 예정했던 산책 방향이 바뀐 것이다. 물론 갑자기 나타난 손님들 때문이었다. 건영이가 느끼기에 그들은 왠지 진실되지 못한 것처럼 보였다. 하지만 이를 길게 생각하지는 않았다.

돌탑을 보지 못하게 된 것은 아쉽지만 상류 쪽은 방금 자신이 강을 건네준 손님들을 생각나게 하기 때문에 무심코 하류 쪽으로 향했을 뿐이다. 그 손님들은 시야에서 사라질 때까지 계속 떠들어댔다. 이윽고 모든 잡음이 사라져 조용해지자 건영이는 한가한 기분을 느끼며 걸었다. 주변에는 많은 봄꽃이 피어 있었다.

"……."

건영이는 꽃을 보며 가끔씩 무한한 우주를 생각하곤 했다. 꽃은 아름다움의 상징이자 완성의 상징이다. 그리고 그 작은 곳에 온 우주의 신비를 담고 있다. 꽃을 통해 무한한 과거와 미래도 통찰할 수 있다. 그러나 바람이 와서 꽃을 흔들어대면 왠지 애처로운 생각이 들기도 했다.

건영이는 발아래 돋아난 새싹들을 보면서 개울을 건넜다. 개울은 산에서 흘러나와 강으로 들어간다. 건영이는 이 개울을 보며 주역의 괘상, 산수몽(山水蒙:☶☵)을 생각했다. 산수몽의 괘상은 새로 태어난 어린 존재를 뜻하므로 건영이는 여기서 그 어린 존재의 성장을 그려보고 있었다.

성장, 그리고 자연에의 합류, 개울물은 강으로 들어가 더 멀리 흘러 간다. 건영이는 어디로 흘러가는 것일까……? 그리고 그 과정 중에 무엇을 만나게 되는 것일까……?

한 점 바람이 지나갔다. 바람은 때로 어떤 소식을 예견하기도 하는데 지금은 한껏 생기를 머금고 있었다.

건영이는 잠시 서서 강 쪽을 바라보았다. 강물은 무한히 먼 곳을 향해 흐르기 때문에 조급함이 없다. 끊임없이 움직이는 도중에도 평정이 있다. 건영이의 마음도 이 강물처럼 한가한 가운데 여러 가지 생각이 떠오르고 있었다.

'임씨와 촌장님은 어디 계실까……? 정마을은 이제 평화로울까 ……? 숙영이와 나는……?'

봄이 되면 만물이 소생하듯 건영이에게도 많은 생각이 일고 있었다. 그러나 그 생각의 결말은 보이지 않았고 꼬리에 꼬리를 문 채 계속되었다. 그래도 좋았다. 건영이는 생각하는 것으로 만족할 뿐 일부러 답을 만들기 위해 애쓰지 않았다.

작은 생각은 인간이 하고 큰 답은 자연이 내놓는다고 하지 않던가……! 마음속에 있는 생각은 꽃이 피듯 언젠가는 답이 찾아오기 마련이다. 건영이는 평화로운 마음으로 나무 그늘에 앉았다. 그리고는 자기도 모르게 잠이 들었다.

"……."

시간은 건영이를 비켜 가고 있었다. 건영이의 마음은 비록 잠에 빠져 있었지만 맑고 한가했다. 하늘의 구름은 천천히 강을 거슬러 올라갔다. 이때쯤 박씨는 손님들을 데리고 강노인의 집으로 향했다. 도중에 숙영이를 만났는데 그 모습은 처절하리만큼 아름다워 보였다.

　손님들도 숙영이의 빼어난 아름다움에 놀랐는지 그녀를 한참 동안이나 넋 놓고 바라봤다. 숙영이는 박씨의 소개로 상냥하게 인사를 하고는 급히 스쳐 지나갔다. 손님들과 박씨는 강노인의 집에 도착하여 싸리문 안으로 들어갔다.

　"할아버지, 저 왔어요!"

　박씨가 큰 소리로 불러댔다. 그러자 문이 열리며 강노인의 모습이 보였다.

　"오, 박씨……. 아니, 손님이 오셨구먼!"

　강노인은 반가운 표정을 지으며 급히 밖으로 나왔다.

　"안녕하세요?"

　손님들은 싹싹하게 인사를 건넸다. 강노인은 박씨를 보며 미소를 짓고 손님들에게 말했다.

　"어디서 오셨나요? 이 먼 곳까지 찾아오시다니……!"

　"예, 저희는 춘천에 살고 있습니다. 봄도 되고 해서 놀러 나왔지요……."

　"잘하셨습니다. 요기는 하셨나요?"

　강노인이 친절하게 묻자 손님들은 기다렸다는 듯이 재빠르게 대답했다.

　"아니요, 한참 굶었습니다."

　"허, 그래요? 자, 여기 앉아요. 금방 준비해 줄 테니……."

　강노인은 손님을 마루에 앉혀 놓고 할머니를 불렀다.

　"할멈, 나와 보구려……. 손님이 오셨어!"

　"아, 예……."

할머니가 급히 나오자 손님들은 재빨리 인사를 건넸다.

"안녕하세요, 할머니……. 저희는 춘천에서 왔습니다."

"먼 데서 왔구려! 고생이 많았겠습니다."

"아닙니다, 경치가 좋아서 계속 걷다 보니 이곳까지 오게 되었습니다……."

"잘하셨어요, 잠깐 앉아 계세요. 식사를 준비할 테니……."

할머니는 서둘러 부엌으로 들어갔다. 그러고는 잠깐 만에 술상을 들고 다시 나왔다.

"자, 우선 이것부터 들어요. 음식은 곧 마련될 테니……."

할머니는 조촐하게 차려진 술상을 내려놓고 다시 부엌으로 들어갔다.

"……."

강노인과 박씨를 비롯한 세 명의 손님들은 술상 주위에 둘러앉았다.

"자, 손님부터 한 잔……."

강노인이 술병을 들어 먼저 술을 권했다. 그러자 손님들은 극구 사양했다.

"아닙니다, 어른부터 드셔야지요."

손님들은 형식만큼은 아주 민첩하고 철저하게 지키는 것 같았다. 박씨는 이들의 모습을 흐뭇하게 바라보다가 술병을 받아들었다.

"자, 손님들 잔을 받으세요."

"어, 아저씨가 먼저인데요."

"아니, 괜찮아요……. 이곳에선 편안히 지내요."

박씨가 인자하게 한 마디 하자 모두들 술잔을 들고 건배를 했다.

"……."

손님들은 단숨에 술잔을 비워냈다. 이들은 매사가 시원스럽게 보였다. 그리고 얼굴 생김새나 모습이 다소 날카롭기는 했지만 행동은 부드러웠다. 나이는 이십대 후반쯤으로 보였고 옷차림은 부유한 도시인, 말하는 태도는 청산유수…….

술이 몇 순배 돌아가자 손님들의 말이 많아졌다.

"할아버지, 이곳에 사시니 좋겠어요……. 경치 좋고 조용하니 말입니다."

"……"

"아저씨, 이 마을엔 사람이 많이 사나요?"

"웬걸요, 모두 열두 명뿐입니다."

박씨는 평소 외워둔 마을 주민 수를 스스럼없이 말했다. 손님들은 신기한 듯이 다시 물었다.

"그것밖에 안 돼요? 마을이 상당히 넓은데……. 어떤 분들이 사시는데요?"

"아, 뭐 평범한 사람들이지요!"

강노인이 흐뭇한 표정을 지으며 대답했다. 그러나 그 표정은 마을 사람들이 결코 평범하지 않음을 말하는 것 같았다. 손님이 다시 물었다.

"할아버지, 저희들 가끔 놀러와도 돼요?"

손님들은 아주 붙임성 있게 말하였다. 정마을이 어떤 곳인가! 사람이 오고자 할 때 결코 말리는 법이 없다. 강노인의 대답은 분명하고 정다웠다.

"좋아요, 자주 놀러오세요……. 그리고 오늘은 이 마을에서 자고 가도록 해요."

"예, 고맙습니다."

손님들은 서로를 쳐다보며 좋아했다. 이때 할머니가 새로 밥을 지어 내왔다.

"자, 식사들 해요. 젊은 사람들이 무척 배가 고팠을 거야."

"어이구, 할머니 감사합니다……."

손님들은 밥상을 끌어당겨 게걸스럽게 먹어댔다. 이를 지켜보던 박씨와 강노인은 흐뭇한 표정을 지었다.

"……."

강노인과 박씨는 그동안 술만 몇 잔 더 들이켰다. 이윽고 손님들이 식사를 마치자 술도 바닥이 났다. 손님들도 더 이상 마신다는 것은 불가능한 상태였다. 손님들은 밥상을 물리며 말했다.

"할아버지, 잘 먹었습니다. 그런데 저……."

"……."

"아저씨! 이 마을 구경 좀 해도 될까요?"

"아, 예, 물론입니다. 내가 안내를 하지요."

박씨는 흔쾌히 그들의 요구를 받아들였다. 강노인은 방으로 들어가고 박씨와 손님들은 밖으로 나왔다. 강노인의 집 앞쪽으로는 널찍한 밭이 전개되어 있고 더 멀리는 자잘한 숲이 그들을 맞아주었다.

"마을은 저 숲 뒤쪽에 있어요. 그래 봤자 몇 가구 안 되지만…… 한번 가 봅시다."

박씨가 앞장서며 설명을 해 주자 손님들은 싱글벙글 뒤따라 걸었다. 잠시 후 우물가에 도착하자 박씨가 자랑스럽게 말했다.

"이곳은 이 마을에서 가장 중요한 곳이지요."

"예? 아, 우물이 있어서 그렇군요!"

"글쎄요, 이 우물은 단순한 우물이 아니에요……. 하늘의 기운도 내려옵니다."

"……."

손님들은 박씨의 설명에 과장된 놀라움을 표시했다. 그러자 박씨는 더욱 신명이 난 듯 진지하게 설명하였다.

"우리 마을 이름이 뭔지 알아요? ……바로 정마을이지요, 이 우물을 상징하는 겁니다."

"이 우물이 그토록 깊은 뜻이 있단 말인가요……?"

"그렇습니다. 이 우물은 촌장님이 만드셨는데 그분은 지금 마을에 안 계시지요."

"돌아가셨나요?"

"천만에요, 그분은 신선이라서 죽음이 없어요. 저 하늘에 가셨습니다……. 물맛 좀 볼래요?"

박씨는 우물을 가리키며 자랑스럽게 말했다.

"예, 고맙습니다. 그런 신성한 우물이라면 당연히 물맛을 봐야지요……."

"……."

손님들은 두레박을 던져 물을 퍼 올렸다. 그러고는 돌아가며 벌컥벌컥 마셨다.

"와, 시원해라……. 물맛이 정말 좋군요!"

"그럴 겁니다, 저쪽으로 가 볼까요?"

"어딘데요?"

"마을의 형님 댁이지요. 그분은 이 세상에서 글씨를 제일 잘 쓰시는 분입니다."

"예? 설마……. 그런 분이 계세요?"

"하하하, 못 믿겠지만 사실입니다……. 서울에서 글씨 공부하는 사람도 와 있어요."

"몇 분이나 와 있는데요?"

손님들은 이모저모 관심도 많아서 뭐든지 캐어물었다. 박씨는 몇 달 만에 외지 사람을 만났기 때문에 아무런 의심 없이 모두 말해 주었다.

"글씨 공부하는 사람은 한 분뿐이지요. 우리 형님은 제자를 많이 받아들이지 않습니다……."

"아, 예……. 그런 분이라면 저희도 한번 뵙고 싶습니다."

이 말을 듣고 박씨가 앞장서서 남씨의 집으로 안내하려는데 저쪽에서 이일재 씨가 나타났다.

"오, 이씨!"

"안녕하십니까? 어딜 가시는 중인가요?"

이일재 씨가 먼저 정중히 인사를 하자 박씨는 미소를 지으며 말했다.

"그쪽으로 올라가는 중입니다. 선생님 계신가요?"

선생님이란 바로 남씨를 말한다. 박씨는 이씨에게 그의 스승인 남씨를 일컬을 때는 언제나 선생님이라 부르곤 했다.

"예, 선생님은 댁에 계십니다."

"그래요? 잘됐군요……. 아, 참, 인사하세요…… 이분들은 춘천에서 오셨답니다."

"예, 안녕하십니까?"

"안녕하세요…… 공부를 하시는 분이군요?"

"아, 공부랄 게 뭐 있겠습니까! 그럼 올라가 보시지요."

이씨는 박씨를 향해 손짓해 보이고 급히 사라졌다. 네 사람은 언덕을 향해 올라갔다. 잠시 후 박씨가 또 멈추어 섰다.

"……."

"이 방이 예전 촌장님의 방입니다. 지금은 내가 사용하고 있지요……."

"그렇습니까? 지금은 아저씨가 촌장이신가요?"

"아, 아닙니다……. 촌장은 없어요. 하지만 촌장 대리가 있지요!"

"예?"

"하하하, 작은 촌장 말입니다……. 아까 강변에서 봤던 그분 말이에요. 이 마을의 촌장이나 다름없지요!"

"그래요? 아주 젊으시던데……."

"나이가 무슨 상관이 있겠습니까? 그분은 아주 위대한 분이에요……."

"위대해요? 어떤 분인데요?"

"말로 다 못합니다, 그분은 세상에 모르는 게 없어요."

"아, 예……."

손님들은 감동한 듯 고개를 끄덕였다. 그러는 사이 길은 왼쪽으로 한 번 꺾이었다. 건너편에는 숲, 그 숲 아래에는 개울이 흐르고 있다. 하지만 이곳에서는 숲과 그 뒤쪽의 높은 산이 보일 뿐이고 오른쪽으로는 낮은 언덕이 펼쳐져 있다. 길은 다시 오른쪽으로 완만하게 꺾이었다.

이윽고 남씨 집에 도착, 박씨는 한 걸음 나서며 큰 소리로 불렀다.

"형님, 안에 계세요?"

"……."

"형님, 저예요……."

"……."

그러나 아무 대답이 없었다.

"안 계신가 봅니다, 신발이 없잖아요!"

"예? 아, 그렇군요······. 어딜 가셨을까?"

"······."

"저 위쪽으로 가 봅시다. 길은 이곳밖에 없으니 아마 저쪽으로 산책 나갔나 봅니다······."

"예, 올라가 보지요."

네 사람은 언덕 위쪽으로 향했다. 잠시 후 막다른 길에 도착하자 왼쪽은 숲으로 막혀 있고 오른쪽은 가파른 산이 전개되어 있었다. 박씨는 오른쪽의 산으로 방향을 잡았다. 그러고는 남씨가 있는 곳을 알고 있는 듯 서슴없이 앞장서서 올라갔다.

"······."

손님들도 열심히 박씨의 뒤를 따라갔다. 남씨를 만나서 어쩌자는 것일까······? 앞서가던 박씨가 드디어 남씨를 발견했다. 남씨는 저쪽 언덕 가에 앉아 있었는데 혼자가 아니었다.

그 사람이 누구인지 얼굴이 보이지는 않았지만 짐작할 수는 있었다. 마을의 남자는 모두 여섯 명, 거기다가 강노인, 이일재 씨, 건영이는 이미 만나봤으니 남은 사람은 인규밖에 없다.

"형님!"

박씨는 한 걸음 앞으로 나서며 남씨를 불렀다. 남씨는 옆 사람과 얘기를 끝냈는지 천천히 일어났다. 이때 옆 사람의 모습도 보였는데 짐작대로 인규였다. 이 근처에는 인규의 개인 수련장이 있기 때문에 이곳에서 우연히 만나게 되었으리라.

"어! 박씨, 웬일인가?"

남씨는 급히 다가온 박씨를 향해 미소를 지으며 물었다.

"형님, 여기 계셨어요? 인규와 얘기를 나누고 있었군요!"

"음, 저분들은 누구야?"

손님들은 저만치 떨어져 있었는데 남씨가 그들을 가리키며 물었다.

"예, 손님들이에요……. 춘천에서 놀러왔대요!"

"그래? 그럼 내려가 봐야지……!"

남씨도 손님이라고 하니 무조건 반가워했다.

"……."

그들은 언덕에서 내려와 손님을 만났다.

"안녕하세요, 마을을 한번 둘러보다가 여기까지 왔습니다."

손님은 능숙하게 인사를 건넸다. 남씨는 은근한 미소를 지으며 친절히 맞이했다.

"아, 예, 마을이래야 보잘것없습니다……. 우리 집으로 내려갈까요?"

"……."

이제 여섯 사람이 된 일행은 남씨 집으로 내려왔다. 그런데 남씨의 방은 여섯 사람이 들어가 앉기에는 매우 비좁았다.

"돗자리에 앉을까……?"

남씨는 멋쩍은 미소를 짓고 마당에 돗자리를 깔았다. 잠시 후 여섯 사람은 그 위에 둘러앉았다.

"식사는 했습니까?"

남씨가 물었다.

"예, 할아버지 집에서 잘 먹었습니다."

손님은 박씨를 흘끗 보며 대답했다. 남씨가 다시 얘기를 꺼냈다.

"춘천에서 오셨다고요? 금년 들어 이 마을에 온 첫 손님이군요."

"아, 예……. 죄송합니다."

"죄송하다니요! 우리는 언제나 손님을 환영합니다……."

"……."

손님들은 싱글벙글하였다.

"가만 있자…… 손님이 오셨는데 대접할 게 없군! 여긴 술도 없고
……."

"아, 아닙니다……. 술도 할아버지 집에서 마셨습니다……. 마을 얘
기나 해 주십시오."

손님들은 남씨를 만류하며 편안한 자세를 취했다. 남씨는 고개를
끄덕이고는 말을 이었다.

"저녁때 강가에나 가 봅시다……. 낚시는 좋아하는지요?"

"예, 할 줄은 모르지만……."

손님은 멋쩍은 듯이 머리를 긁적거렸다.

"우리 마을은 아주 심심해요, 별 재미가 없을 겁니다……."

"아니에요, 이렇게 경치가 좋은데 뭐가 어떻습니까……. 그런데 마
을 사람들이 많지 않은가 봐요!"

"그렇지요! ……손님은 마을 사람들을 거의 다 봤어요, 이제 남은
사람이라곤……."

박씨가 나서며 말했다.

"……아주머니 두 분과 아이와 아기뿐이에요, 하하……. 조용하지
요?"

박씨는 마을 사람들이 적다는 것을 조용하다고 표현했는데 이는
아주 여유 있는 표현이었다. 예전 같으면 박씨의 마음속에는 고독이
서려 있었을 것이다. 지금은 고독을 못 느끼는 것인지……!

손님이 대답했다.

"정말 조용하군요! 이런 데서 살면 정말 근심 걱정이 없겠습니다……."

"글쎄요……. 걱정 없는 곳이 있겠어요?"

박씨는 남씨를 흘끗 쳐다보며 말했다. 자신은 별로 걱정이 없다는 뜻일까……? 손님이 고개를 끄덕이며 다시 말했다.

"이 마을은 신비한 느낌이 들어요. 좀 전에 아저씨가 말씀하시길 이곳엔 아주 위대한 분도 있다던데……."

"하하하, 아까 강변에서 봤던 그분인데 우리가 여기서 얘기하는 것도 아마 듣고 있을지 모르지요!"

"예? 그분에게 그런 신통력이 있나요?"

손님들은 박씨의 말에 상당히 놀라는 표정을 지었다. 박씨는 재미있다는 듯이 한술 더 떠서 말했다.

"그분은 풍운조화를 부립니다, 겉으로 봐서는 매우 평범하지만……."

"어이구, 그런 분이라면 가서 큰절을 올려야겠네요……."

"하하, 그건 마음대로 하세요……. 하지만 소용없을 겁니다."

"……"

"그분은 아무나 사귀지 않아요!"

박씨의 이 말은 다소 지나친 면이 있었다. 건영이가 아무나 사귀지 않는다면 지금 앞에 있는 손님들은 보잘것없다는 뜻이 아닌가! 이 점에 대해 인규가 민망하게 생각하며 나섰다.

"아저씨, 농담 심하게 하지 마세요……. 이분들도 훌륭하잖아요!"

"아, 그런가? 내가 사람을 무시했군요! 미안합니다."

"아닙니다, 우리가 보기에도 그분은 범상치 않았어요……! 마을엔 훌륭한 분이 또 있습니까?"

"글쎄요……."

이번에는 인규가 먼저 나섰다. 박씨가 과장을 하는 것이 싫어서였다.

"……이곳에 있는 사람들은 다 평범합니다……. 숨어 사는 사람이 뭐가 대단하겠어요!"

인규의 이 말은 특히 자신에 대해 나타낸 표현인 것 같았다.

"……."

남씨도 고개를 끄덕이며 수긍했다. 다만 건영이에 대해서만은 겸손이 필요 없다고 느꼈는지 한마디를 덧붙였다.

"강가에서 건영이를 만났나 본데…… 그분은 공부를 아주 많이 한 분입니다."

"아, 예, 그렇군요! 저희는 그런 분이 존경스럽습니다. 우리가 워낙 공부를 못 해 봐서요……."

"……."

남씨는 또다시 고개를 끄덕였다. 인규가 화제를 돌렸다.

"아저씨, 강변에 나가려면 뭘 좀 준비해야 하지 않겠어요?"

"글쎄……."

남씨가 머뭇거리자 인규가 일어나면서 말했다.

"아저씨, 제가 가 볼게요……. 할머니한테 가서 술도 얻어놓고 아기 엄마한테 가서 음식도 부탁할게요!"

"음…… 그게 좋을까?"

남씨는 마을 사람들에게 폐를 끼치기가 싫어서 망설이고 있는 것이리라……! 인규는 대꾸 없이 마을로 내려가 버렸다.

"……."

박씨는 손님을 향해 미소를 지어 보이고 다시 이야깃거리를 만들었다.

"우리 형님은 낚시를 기가 막히게 잘한답니다. 이곳은 고기도 아주 잘 잡혀요……."

"큰 고기가 많은가요?"

손님들은 화제가 바뀔 때마다 무척 흥미로운 듯 질문을 해댔다. 남씨도 낚시 얘기가 나오자 즐거운 표정을 지으며 끼어들었다.

"이곳엔 언제나 고기가 잘 잡혀요, 봄에는 말입니다……."

남씨는 물고기에 대해 얘기를 시작하고 있었다.

특사 풍곡의 위기

천하는 넓고도 넓었다. 풍곡선은 이 천하를 돌아 서극(西極)에 있는 단정궁에 이르는 것이 그의 임무였으므로 그 행보가 여유로울 수만은 없었다. 게다가 평허선공의 추적이 예상되기 때문에 더더욱 급하게 앞으로 나아갈 수밖에 없었다.

사실 옥황부 특사쯤 되면 위세를 떨치고 사전에 방문지에 기별하는 등 단단히 형식을 갖출 수도 있다. 뿐만 아니라 환영 행사에 참가하거나 사람을 동원하여 수행을 시키는 것도 가능하다. 하지만 풍곡선의 경우는 처음부터 수행하는 사람이 없었고 현지에 도착해서도 일체의 행사를 생략하고, 방문지의 대표 선관을 잠시 만나는 것으로 그쳤다.

지금 풍곡선은 두 번째의 관문인 풍익(風益)에 다가가고 있었다. 풍익은 명원(冥原)을 거쳐 처음 나타나는 선시이다. 이곳은 고야시보다는 조금 넓으며 속세로 통하는 관문도 있어 선인들 사이에 제법 잘 알려져 있었다.

속세는 온 우주에 선시만큼이나 많아서 속인과 선인은 향상과 타락 속에 서로 순환하는 것이 우주의 법칙이다. 물론 속인이 선인으로 되는 일이 매우 어려운 만큼 선인이 속인으로 되는 일도 아주 어렵다.

풍곡선 앞에 선시의 관리가 나타났다.

"……."

풍곡선은 잠시 멈추어 서서 그 선인이 다가오기를 기다렸다. 선시의 관리는 모두 세 명으로 한 명은 앞서고 두 명은 약간 뒤에 처져서 있었다. 그들은 제대로 형식을 갖추어 나타난 것으로 미루어 풍곡선이 오는 것을 미리 알고 마중 나온 공식 영접사인 듯했다.

영접사는 풍곡선 앞에 다다르자 정중히 예의를 갖추었다.

"원로에 고생이 많으시겠습니다, 특사님을 뵈옵니다."

"오, 고맙소……. 이렇게 마중까지 나오다니……."

"무슨 가당치 않은 말씀이시옵니까? 자, 이쪽으로 가시지요."

"……."

풍곡선은 선시로 향했다. 앞에는 영접사, 풍곡선의 뒤에는 수행선 두 명이 뒤따르고 있었다. 이것이 바로 공식 행차의 형식이었고 수행선 두 명은 풍곡선이 원한다면 다음 행선지까지 대동할 수도 있다. 당초 고야시에서 이곳까지 올 때도 고야시의 수행을 붙일 수 있었다.

하지만 풍곡선은 이런 일을 번거로워한다. 물론 한가하게 특사의 업무만 생각한다면 모든 형식을 갖춰야 하겠지만 현재 풍곡선의 입장은 그럴 만한 여유가 없었다. 앞서가던 영접사가 관문 통과를 알렸다.

관문을 통과하자 많은 선인들이 차례로 나와서 풍곡선의 입성을 환영했다. 풍곡선이 우선 안내된 곳은 영빈관이었다. 영접사 고일선(古壹仙)이 말했다.

"이곳에서 쉬십시오. 잠시 후 대선관께서 배견하실 것이옵니다……."

"……."

풍곡선이 만족한 듯이 고개를 끄덕이자 고일선은 돌아갔다. 이러한 형식 절차를 모두 마친 풍곡선은 잠시 쉬면서 생각에 잠겼다.

'이곳엔 어두운 기운이 서려 있어……. 고매한 인품의 선인들이 많은데 이 상서롭지 않은 기운은 웬일일까……? 이 선시의 운수가 나쁜 것일까?'

풍곡선이 지금 느끼고 있는 것은 선시 풍익의 미래였다. 대규모의 재난이 닥칠 것 같은 막연한 느낌을 받았던 것이다. 하지만 이에 대해 깊게 관여할 생각은 없었다. 분명히 이곳에도 그러한 일을 알아차린 선인이 있을 것이고 어쩌면 그 원인과 대책을 이미 연구해 놓았을지도 모를 일이었다.

풍곡선은 앞으로 닥칠 재난에 대해 그 내용을 확실히 아는 것도 아니고 다만 상서롭지 못한 기운을 느낄 정도일 뿐이었다. 그리고 잠시 이곳을 스쳐 지나가는 특사로서 선시의 미래에 대해 크게 관심을 가질 일이 아니었다.

풍곡선은 일단 생각을 고쳐먹고 명상에 돌입했다.

"……."

원래부터 고요했던 영빈관은 그 정적이 가중되고 평화가 깃들이었다. 시간은 여전히 흘렀다. 단지 명상자의 마음은 영원한 현재와 합일되어 있기 때문에 일일이 시간의 흐름을 느끼지 못한다. 명상의 순간에는 이곳과 저곳이 없으며 자타의 구분도 없다.

얼마나 시간이 흘렀을까? 풍곡선은 갑자기 자기 자신과 우주가 서로 다른 존재라는 것을 느꼈다. 명상에서 깨어나고 자타의 구분이 생긴 것이다. 그러자 영접사 고일선이 다시 모습을 나타냈다.

"특사님, 좀 쉬셨습니까? 시장님이 오셨습니다."

"오, 들라 하시오."

"예, 그럼······."

잠시 후 시장, 즉 선시 풍익의 대선관이 나타났다.

"인사드리옵니다. 제가 이곳을 책임지고 있는 무거(戊擧)입니다."

"오, 무거선! 고명은 익히 들었소이다."

풍곡선은 명상대에서 내려와 청실 안에서 무거선을 맞이했다. 무거선은 일부러 밝은 표정을 지으며 예의를 갖추었다.

"과찬이십니다. 특사님이야말로 대덕이 아니십니까! 이렇게 만나 뵙게 되어 광영입니다."

"허허, 자리에 앉으십시오."

풍곡선은 무거선에게 자리를 권하고 자신도 마주 앉았다. 그러자 무거선이 먼저 말을 꺼냈다.

"특사님께서는 원로에 수고가 많으시겠습니다."

"······."

무거선은 정중히 서두를 꺼내고 이어 주연이 마련되었음을 은근히 밝혔다.

"공사(公事)를 잠시 지체해도 좋으시다면 휴식의 자리가 마련되었습니다만······."

풍곡선은 이 말을 듣고 잠깐 생각에 잠겼다.

'이곳은 왠지 심상치가 않아. 어떤 곳인지 잠시 살펴보는 것도 나쁘지 않겠지! 하지만 그만한 시간이 있을는지······.'

풍곡선은 자신의 처지를 가늠해 보고 망설이듯 결정했다.

"대선관! 나는 한가한 입장이 아니오. 하지만 이곳의 풍치를 구경하고 싶으니 안내를 해 주오."

"아, 예, 감사합니다. 지금 곧 자리를 옮기시지요."

무거선은 정중히 말하며 일어나서 밖으로 안내했다.

…….

잠시 후 두 선인은 연회장에 도착했다. 연회장은 풍곡선이 의도한 대로 드넓은 야외에 마련되어 있었다.

무거선은 실내와 야외에 각각 자리를 마련하여 특사의 취향에 대비한 것이다. 음식은 아직 차려지지 않은 상태였으므로 풍곡선과 무거선은 넓은 들판이 내려다보이는 정자에 잠시 앉았다. 무거선이 먼저 말을 꺼냈다.

"특사님께서 하문해 주십시오. 이곳 정사(政事)를 보고 드리겠습니다."

이는 특사를 대하는 정중한 형식이었다. 특사가 어떤 사안에 대해 알고자 한다면 즉시 대답하겠다는 의도였다. 풍곡선이 말했다.

"대선관, 이곳 일은 대선관께서 잘하시리라 믿고 있소. 다만 이곳에 요즘 특별한 근심이 있나요?"

"예? 그런 일은 없습니다만……. 특사님께서는 무엇을 하문 하시는지요?"

무거선은 의아스러운 표정을 지었다. 이곳의 시장인 무거선 자신은 아무 일도 없다는 뜻이었다. 물론 무엇인가를 감추려는 의도는 아니었다. 단지 무거선의 심안(心眼)에는 아무것도 보이지 않는다는 뜻이다.

선인들의 심안은 대개 시간을 초월해서 미래를 꿰뚫어보는 힘이 있지만 풍곡선이 바라보는 능력에 비해 무거선의 그것은 뒤떨어지는 바가 있다.

이에 대해 풍곡선은 화제를 돌렸다.

"아, 별일 아닙니다……. 워낙 평화스러워 보이기 때문에 물어봤을 뿐입니다."

"그렇군요, 이곳은 사실 평화스럽습니다. 다른 분부가 안 계시면 연석(宴席)을 꾸밀까 하는데요!"

무거선은 풍곡선을 정면으로 바라보며 정중히 말했다.

"……."

풍곡선이 말없이 고개를 끄덕이자 무거선이 어디론가 염파를 보냈다. 필경 누군가 근처에 보이지 않게 대기하고 있는 것이리라!

잠시 후 한 무리의 선녀들이 나타나기 시작했다. 모두들 화려한 옷차림으로 치장한 여인이었는데 연회장으로 사뿐히 걸어오고 있었다.

선녀들은 연회장에 들어서자 풍곡선을 향해 고개를 숙여 예를 표하고 다시 흩어져 각 방향으로 가서 섰다. 이어 어디선가 음악이 흘러들었다.

잠시 후 또 다른 선녀들이 나타나 음식을 차리기 시작했다.

"……."

풍곡선은 잠시 그 광경을 바라보았다. 그러자 무거선이 술병을 집어 들고 술을 권했다.

"특사님, 잔을 받으십시오. 술이 일품이랍니다……."

"고맙소! 선녀들이 무척 아름답군요!"

"……."

무거선은 풍곡선의 치하를 미소로 받아들이며 정중히 술을 따랐다.

"자, 그럼……. 이곳의 안녕을 빌겠소!"

풍곡선은 즉시 잔을 들어 건배를 나누었다. 그 사이 연회장 중앙으로 무희들이 들어섰다. 모두 여덟 명의 선녀들로서 먼저 특사에게 예를 갖추고 난 다음 순식간에 춤을 추기 시작했다. 이른바 문곡무(文曲舞),

이는 북두칠성의 운행을 기리는 뜻으로 만들어진 선녀들의 춤이다.

한 명의 선녀가 두 팔을 머리 위로 모으고 율동을 시작했다. 이어 다른 일곱 명의 선녀들도 어느새 북두칠성의 모양을 이루었다. 홀로 떨어져 율동을 시작했던 처음의 선녀는 북극성인 것이다. 북두칠성은 서서히 회전하였다. 선녀들은 각자 다른 동작을 전개하고 있었는데, 율동의 변화는 북극성으로부터 시작되었다.

'오, 아름답고 절묘하구나!'

풍곡선은 춤에 담겨진 의미와 선녀들의 모습에 감동하였다. 그 사이에도 음식은 끊임없이 날라져 오고 있었다. 음악은 끊어졌다가 천천히 이어지면서 절묘한 조화를 이루었다. 그 음악에 따라 북두칠성은 축소되고 끝내는 선녀들이 한 곳에 모여 한 덩어리로 율동하기 시작했다.

이는 천지자연의 현상이 원점으로 되돌아간다는 의미이다. 이어 선녀들의 집합체는 한없이 아름다운 꽃을 이루고 조금씩 그 모양이 커졌다. 이는 한 곳의 섭리가 지극한 곳에 이르는 것을 뜻한다. 풍곡선은 이 모습을 바라보며 자연의 섭리를 되새기는 한편 자연의 아름다움을 한껏 음미하며 술잔을 들어올렸다.

이때 커다란 그릇에 꽃을 가득 담은 한 선녀가 상 앞으로 다가와서 무릎을 가볍게 낮추었다. 이는 일상적인 예법이었으므로 풍곡선과 무거선은 그 선녀의 행동에 신경 쓰지 않고 북두칠성의 운행만을 바라보았다. 그런데 바로 이 순간 기막힌 사건이 발생했다.

꽃을 장식하던 선녀가 옆으로 쓰러지는 것이 아닌가……! 그리고 이와 동시에 또 하나의 사건이 발생하였다. 그것은 날카로운 기합 소리와 함께 전개되었다.

"얏 ——"

꽃을 장식하던 선녀가 갑자기 오른쪽으로 쓰러지면서 어느새 칼을 손에 쥐고 풍곡선의 옆구리를 찌른 것이다. 이때 풍곡선은 선녀의 오른쪽에 앉아 있었고 그 선녀는 신속하게 달려들 듯 옆으로 쓰러지며 칼을 내뻗었던 것이다.

실로 번개와 같은 속도……. 풍곡선은 선녀들의 춤에 매료되어 정신없이 바라보고 있었다. 마침 음악도 절도 있게 커지며 춤의 동작이 변화하였다. 칼은 피할 사이도 없이 파고들었는데 풍곡선은 미동도 하지 않았다.

하지만 선녀가 내뻗은 칼은 풍곡선의 몸에 부드럽게 박히지 않고 갑자기 정지하였다. 그러나 딱딱한 물체에 부딪친 것은 아니었다. 다만 풍곡선이 간발의 차이로 칼을 잡은 것이었다. 풍곡선은 왼손으로 칼날을 피해 칼끝을 잡고 이어 장풍으로 그 선녀를 공격했다.

"꽈당 ——"

선녀는 뒤로 나가자빠졌다.

"아니, 무슨 짓이냐! 당장 체포하라!"

무거선도 뒤늦게 눈치 채고 고함을 질렀다. 위험한 자객은 옆에 서 있던 선녀들에 의해 체포됐다. 연회장 중앙에서는 아무 일도 없다는 듯이 북두칠성 춤이 계속되고 있었다. 무거선은 자객이 체포되는 것을 지켜보며 당황한 자세로 풍곡선에게 말했다.

"특사님, 이런 끔찍한 일이 어떻게 일어났는지 당장에 문초를 해야겠습니다……."

"아, 잠깐……. 저 춤이나 끝까지 관람합시다."

풍곡선은 춤추는 선녀들에게서 눈을 떼지 않은 채 담담하게 대답했다.

"……."

무거선은 무거운 마음으로 한숨을 쉬며 잠시 기다렸다. 자객은 어디론가 조용히 끌려갔고 풍곡선은 평온한 모습으로 술을 한 잔 들이켰다. 연회장 중앙에서 춤추는 선녀들은 모였다 흩어지며 북두칠성의 모양을 만들어 내고 있었다.

드디어 춤의 절정, 선녀들은 천천히 회정하면서 몸의 동작을 기묘하게 바꾸는 한편, 전체적인 공전을 이루고 황홀하게 모양을 전개했다. 그리고 마침내 음악과 함께 모든 동작을 멈추었다.

"……."

선녀들은 춤이 멈춤과 동시에 일렬로 늘어서서 특사를 향해 무릎을 꿇어 예의를 갖추었다. 이윽고 춤추던 선녀들이 물러가자 풍곡선은 연회를 끝낸다고 선언했다.

"무거선, 술은 잘 마셨소……. 이제는 좀 전에 벌어진 일에 대해 조사해 봅시다."

"예, 죄송합니다. 직접 심문하시겠습니까……?"

"……."

풍곡선은 말없이 고개를 끄덕였다. 그러자 무거선은 염파를 보냈고 자객은 풍곡선 앞으로 다시 끌려 나왔다. 풍곡선은 자리를 옮겨 심문을 시작했다.

"자네의 이름은?"

"미소(彌素)입니다."

"음, 미소선이군……. 왜 나를 죽이려 했나?"

"미워서입니다."

"밉다니? 나를 처음 보지 않았나?"

"옥황부 관리는 모두 다 밉습니다……."

"어째서?"

"지금 천하가 혼란하지 않습니까? 이를 수습할 생각은 하지 않고 한가히 주연이나 즐기고 있기 때문입니다……."

"호, 그런가? 하지만 혼란한 때라고 해도 마음의 여유가 있어야 하지 않겠는가!"

"……."

"또한 개인적인 이유가 있다 하더라도 그것은 천하의 이유가 아닐진대 함부로 살의를 품어서 되겠는가!"

"……."

"자네가 저지른 죄로 인해 이곳의 시장과 동료들까지도 문책 받게 되는데 그들에 대한 사랑은 어디로 갔는가!"

"……."

"자네에게 이 일을 사주한 배후 인물은 있는가?"

"없습니다, 저 혼자 한 일입니다."

"음, 지금 심정은 어떤가?"

"편치 않습니다."

"자신이 한 일에 대해서는 어떻게 생각하는가?"

"후회합니다."

"후회? 너무 빠르지 않나?"

"모르겠습니다, 정신이 어지러워서……."

"좋아, 자네의 말을 믿고 조사를 마치겠네. 그러나 자네는 벌을 받아야 할 거야……."

"예, 달게 받겠습니다……."

"음, 자네의 일을 옥황부에 보고하겠네……. 일단은 자네를 풀어주겠지만 이 선시를 떠나서는 안 되네, 그리하겠나?"

"예, 신의를 지키겠습니다……."

"좋아, 여봐라…… 미소선을 석방하라. 그리고 무거선!"

"예, 죄인 여기 있습니다."

무거선은 급히 무릎을 꿇고 대죄했다. 그는 관리를 소홀히 한 죄로 마땅히 벌을 받아야 한다. 하늘의 법에 의하면 이번 일의 경우 대선 관직에서 파직되고 옥황부로 압송되어 재판을 받게 된다. 재판의 결과는 대개가 중형, 필경 유명부로 끌려가 선명(仙命)을 박탈당한다.

특사를 박대하여도 죄가 되는데 살해까지 하려 하였으니 이는 중죄에 해당되는 것이다.

풍곡선이 말했다.

"무거선, 나는 당신에게 개인적인 유감은 없소."

"황송하옵니다, 저에게 벌을 내려주십시오."

"좋소, 특사의 권리로 판결을 내리겠소……. 옥황부의 재판을 대신하는 것이오!"

"……."

"시장에게 특별 명령을 내리겠소……. 이제부터 당분간 이 선시를 폐쇄하겠소. 일체의 출입을 금하는 바이오."

"예? ……선시 전체를 말입니까?"

"그렇소, 옥황부의 지시가 있을 때까지 이곳 선시는 폐관 상태를 유지하시오. 어떠한 선인도 선시 밖으로 나가서도 안 되고 들어와서도 안 되오……. 알아듣겠소?"

"예, 하오나 그만한 이유가 있는지요? 저와 관리들에게만 벌을 내리시면 될 것을……."

"이유는 충분하오, 내 지시에 따르시오……. 중요한 일이니 반발은 하지 마시오."

"예, 명심하겠습니다. 제 임무로 돌아가도 되겠습니까?"

"그리하시오, 그리고 지금 당장 선시를 폐쇄하시오."

"……."

무거선은 급히 떠나갔다. 잠시 후 신시 풍익에는 계엄령이 내려졌고 도시는 폐쇄되었다. 이 순간부터 풍익시는 외부와의 출입이 금지되어 완전히 고립된 것이다.

풍곡선은 왜 이런 명령을 내린 것일까……? 그러나 풍곡선은 이에 대해 한마디의 설명도 하지 않았다. 다만 옥황부에 올리는 정식 보고서에 그 내용만을 간략하게 적었다.

무거선이 비상조치를 실시한 후 다시 나타났다.

풍곡선은 그동안 준비해 둔 서찰을 시장에게 건네주며 말하였다.

"시장, 이건 극비 문서이니 아무도 뜯어보아서는 아니 되오. 이 서찰을 옥황부의 안심총에 전달하시오."

"예? 안심총이라고 하셨습니까?"

무거선은 다소 의아스럽다는 듯이 고개를 갸웃거리며 반문했다. 풍곡선이 언급한 안심총은 특별한 일을 취급하는 보안 부서이므로 지방 도시의 계엄령 따위의 하찮은 일에 관여할 입장이 아니었다. 그러므로 이 일은 마땅히 옥황부의 집행처에 보고하는 것이 일반적인 관례였다.

풍곡선이 다시 준엄하게 말했다.

"내 명령에 따르시오. 시장이 가장 신임하는 선인에게 이 서찰을 맡겨 신속하게 처리하시오."

"예, 명령에 따르겠습니다. 다만 개인적으로 궁금하니 사연을 좀 알려주시면 안 되겠는지요?"

"음, 대선관의 마음은 알겠소. 하지만 이는 천기라 누설할 수가 없소. 단지, 시장의 죄는 이미 사면되었으니 본연의 임무에 충실하시오."

"……"

무거선은 생각에 잠기며 고개를 끄덕였다. 그러자 풍곡선이 자리에서 일어났다.

"이제 떠날 때가 된 것 같소. 그동안 베풀어 주었던 환대는 감사하는 바이오."

"송구스럽습니다, 부디 먼 길에 조심하십시오."

"……"

풍곡선은 그 자리에서 사라졌다.

평허선공, 염라대왕과 겨루다

선인들의 세계는 흐름이 완만하고 광대하다. 그리고 여기에서는 일의 능률보다는 의전(儀典) 문제가 우선 적용된다. 선인들은 아무리 멀리 떨어져 있다 해도 마음을 통해 찰나적으로 대화할 수 있으며, 한없이 먼 거리도 단시간 내에 이동할 수가 있다.

하지만 선인들은 서로 간에 통신과 왕래를 최대한 자제하고 있다. 여기에는 각 지역을 독립시키려는 뜻이 있는데 특별한 일이 없는 한 각 지역이 독립되어 있는 것이 우주 발전에 더 기여하기 때문이다.

대개 자연의 섭리(攝理)는 독립된 곳에서 창조(創造)가 발생하고, 연합된 곳에서 질서가 이룩된다. 세계는 곧 창조와 질서로 이루어진 것이다. 그런데 창조와 질서는 서로 배타적 관계에 있어서, 지나친 창조와 독립은 질서를 마비시키고 지나친 질서와 연합은 창조를 마비시킨다.

하지만 크게 보면 창조와 질서는 상보적(相補的) 관계로써, 질서가 약하면 창조된 것이 유지되지 못하고, 창조가 약하면 질서는 발전이 유지되지 못한다.

이는 주역에서 말하는 음양의 섭리이며, 우주는 음과 양이 어우러져야만 제대로 운행이 되어간다. 이와 마찬가지로 옥황부가 전 우주를 다스리는 원칙은 때로는 독립을, 때로는 연합을 유지하면서 무궁한 세월에 조화를 이룩하는 일이다.

대개 선치(仙治)의 묘(妙)는 전 우주에 자율권을 최대한 보장하는 것으로, 미비점이 있을지라도 각 지역에 대한 간섭을 강력히 자제하고 있다. 이것은 아예 선인들의 인격이 될 만큼 다스림보다는 자체적으로 문제를 풀어나가도록 방치를 선호하고 있다.

결국 우주는 자연스럽게 올바른 방향으로 나아가야 할 뿐, 일시적인 간섭은 오히려 더 큰 흐름을 방해하게 된다. 따라서 선인들은 작은 잘못을 저지르는 것보다 큰 선(禪)을 놓칠까 두려워한다.

평허선공도 이 점에 있어서는 마찬가지이다. 평허선공은 현 우주의 당면 문제인 혼란스러움을 바로잡기 위하여 자신이 악행을 저지르는 한이 있더라도 행동을 거리낌 없이 전개하여 우주의 대의에 충실하려는 것이다.

평허선공은 옥황부를 떠난 지 얼마 지나지 않아 염라부의 영역에 모습을 드러냈다. 보통의 선인들이라면 열흘이 족히 걸릴 거리를 단시간 내에 돌파한 것이다. 평허선공은 자신의 특별한 능력인 명행보를 운행하여 매우 빠른 속도로 이동하다가 상황을 살피기 위해 잠시 속도를 줄였다.

평허선공이 나타난 곳은 염라부의 분위기를 살필 수 있는 외곽 지역이었다.

"……"

저 멀리 광대한 암흑산이 보였다. 염라부의 본전(本殿)은 그 산 아래에 있을 것이다. 암흑산은 은저산만큼 크지는 않지만 옥황부 근방에서는 가장 큰 산이다. 그 산의 지하에는 수많은 감옥과 시설물이 있어 그 자체만으로 하나의 거대한 건물을 이루었다.

평허선공은 암흑산을 바라보며 잠시 상념에 잠겼다. 그 사이 어디선가 한 무리의 선인들이 나타났다.

평허선공은 이들의 출현을 이미 알고 있었지만 피하지 않았다. 어차피 이제부터는 공개적으로 행동하기로 방침을 정했기 때문에 자신의 존재를 감춘 채 은밀히 행동하지는 않으리라 생각했던 것이다.

나타난 선인들은 염라부의 관리들로서 평허선공을 보자 급히 예의를 갖추었다.

"어른을 뵈옵니다. 어인 행차이신지요?"

염라부의 선인들은 한쪽 무릎을 꿇고 두 손을 맞잡으며 고개를 숙였다. 평허선공이 인자한 음성으로 말했다.

"일어나게!"

"예, 감사하옵니다."

선인들은 공손히 일어나서 평허선공의 분부를 기다렸다. 그런데 이때 또 한 무리의 선인들이 나타났다.

"……."

평허선공은 이들을 물끄러미 바라보았다. 이번에 나타난 선인들은 다소 직위가 높은 듯 색다른 복장과 위엄 있는 태도를 보였다. 그들은 평허선공에게 다가와 정중하게 예의를 갖추었다.

"어른을 뵈옵니다."

"일어나게!"

"예, 감사하옵니다."

"자네들은 웬일인가?"

"예, 저희는 어른을 뫼시러 왔사옵니다만……."

"호, 그래? 누구의 지시인가?"

"염라대왕님의 지시이옵니다. 평허선공께서 이곳에 나타나실 거라고 하시며 저희에게 잘 모시도록 명령하셨사옵니다."

"음? 재미있군! 좋아, 안내를 하게."

"……."

평허선공은 염라부의 관리들을 따라 어디론가 잠시 이동했다. 얼마 후 이들이 도착한 곳은 염라부 정문 앞이었다. 이곳에는 이미 많은 선인들이 마중을 나와 있었다.

"……."

평허선공은 미소를 지으며 속으로 잠깐 생각을 했다.

'염라대왕이 이토록 태연스레 행동하는 것을 보니 분명 무슨 일인가를 꾸며 났군!'

염라대왕은 그동안 평허선공을 피해 도주 상태에 있었기 때문에 지금의 이 당당한 환영 행사는 다소 엉뚱한 면이 있었다. 평허선공이 생각에 잠긴 사이 모여 있던 선인들 사이로 영접사가 모습을 나타냈다.

"어른의 행차를 환영하옵니다."

"음, 자네는 누군가?"

"예, 저는 영접사로서 태강이라고 하옵니다."

"태강선이군. 그래 대왕께서는 잘 계신가?"

"예, 염려 덕분입니다. 지금 안에서 기다리고 계시옵니다."

"가 보세."

"……."

평허선공은 수많은 선인들이 서 있는 사이를 천천히 걸어갔다. 이윽고 도착한 곳은 염라부 별관으로 제법 경치가 좋고 맑은 곳이었다.

"……."

염라대왕의 모습은 아직 보이지 않았다. 평허선공은 절차가 복잡하다고 느꼈다. 하지만 이렇게 하는 데도 염라대왕의 의도가 숨어 있을 것이므로 좀 더 두고 볼 일이라고 생각했다. 평허선공은 자리에 앉아 잠시 암흑산을 바라보았다.

평허선공이 앉아 있는 바로 앞에는 술상이 차려져 있었는데, 소박한 안주와 큼직한 술잔이 평허선공의 취향을 만족시켰다. 다만 손님을 대접해야 하는 당사자인 염라대왕이 나타나지 않는 것이 문제였다.

평허선공은 속으로 생각했다.

'일부러 기다리게 하는군! 내가 온 줄 알고 마중까지 보내놓고 지금까지 나타나지 않다니……. 그 이유가 뭘까……? 가만 있자…… 이유는 없을 거야. 이유가 있다면 나로 하여금 공연히 생각을 하게 만드는 거겠지! 왜? ……아니야, 왜라는 것은 없어! 상대방은 무작정 해 본 일이야……. 재미있는 사람이군, 하지만 나를 우습게 보면 안 되지…….'

평허선공의 얼굴에는 미소와 냉엄함이 함께 나타났다. 무엇인가 앞으로의 방침이 정해진 것이리라! 그 순간 인기척과 함께 염라대왕이 나타났다. 화려한 옷을 차려입은 염라대왕이 미소를 지으며 평허선공을 바라보았다.

"……."

두 위인의 눈빛이 순간적으로 강렬하게 부딪쳤다. 그러고 나서 염라대왕이 먼저 말을 꺼냈다.

"평허공, 실례했소이다. 잠시 생각을 하느라고 그만⋯⋯."

"허허허, 무슨 생각을 그리했나요?"

"별일 아닙니다, 나의 운명을 생각해 봤습니다."

"운명이라⋯⋯! 현재 잘 되어 나가고 있지 않습니까?"

"고맙습니다. 바쁘시지 않으면 곡차라도 한 잔 어떨까요?"

"좋소, 하지만 한 가지 부탁이 있소이다."

"⋯⋯."

"이 일대에 있는 선인들을 모두 물리쳐 주시오."

"예? 어인 일이신데요?"

"나중에 알려드리리다. 사방 천리 이내에 있는 모든 선인들을 말입니다."

"이상한 요청을 하는군요⋯⋯. 좋아요, 그렇게 합시다!"

"⋯⋯."

염라대왕은 잠시 눈을 감고 어디론가 염파를 보냈다. 평허선공은 편안히 기다리며 경치를 구경하였다. 이윽고 조치가 끝난 듯, 염라대왕이 밝은 음성으로 말했다.

"조금 있으면 조용해질 것이외다. 자, 시작할까요!"

"⋯⋯."

염라대왕이 먼저 술병을 들자 평허선공이 술잔을 들었다. 이는 손님에 대한 주인의 예법으로 인간이나 선인이나 마찬가지였다. 첫 잔은 이렇게 서로 주고받으면서 시작되었다. 그러나 두 번째 잔부터는 서로가 거리를 두고 앉아 있기 때문에 각자 따라 마실 수밖에 없었다.

"⋯⋯."

순식간에 술이 몇 순배씩 돌아갔다. 그렇지만 염라대왕도 술을 좋아하고 즐겨 마셨기 때문에 취흥은 은근했다. 잠시 후 평허선공이 얘기를 꺼냈다.

"염라공……!"

"……."

"우리들 사이에는 빚이 남아 있지 않소?"

"그런 것 같소이다. 이제 면제해 주실 수는 없는지요?"

염라대왕은 매우 진지하게 대답했지만 평허선공은 고개를 저으며 말을 이었다.

"안 될 일! 다만 성의를 보인다면 어느 정도 감면은 해 줄 수 있소이다."

"……."

"염라공, 이제부터 내가 묻는 말에 거짓 없이 바른 대로 대답해 주시오!"

"난진인의 이름으로 말입니까?"

"아니오, 손님으로서 묻는 것이오."

"……."

두 위인은 잠시 날카로운 눈빛을 교환하였다. 염라대왕의 물음은 난진인의 영패를 사용하겠느냐는 것이었고, 평허선공이 손님 운운한 것은 부탁을 한다는 뜻이었다.

잠시 후 염라대왕이 고개를 끄덕였다. 그러자 평허선공이 묻기 시작했다.

"그동안 어딜 다녀오셨소?"

"속계에 다녀왔소이다."

"무슨 일로?"

"정마을에 갔었습니다. 그곳에서 역성 정우를 만났지요!"

"점을 쳤나요?"

"그렇습니다."

"무슨 일로 점을 쳤지요?"

"내 자신의 앞날이외다."

"허허, 대단하군요. 그런데 왜 정우한테 의뢰를 했나요?"

"뭐 별다른 뜻은 없었습니다. 단지 역성을 만난 김에 기념 삼아……."

"그런가요? 괘상은 어떻게 나왔습니까?"

"천화동인(天火同人:☰☲)이었습니다."

"오, 천화동인이라, 축하합니다. 큰 섭리와 합치게 되는 것 아닙니까?"

"……"

염라대왕은 미소로 답하고 술잔을 들어 한 모금 마셨다. 평허선공도 그와 똑같이 하고는 다시 물었다.

"소지선도 그곳에 다녀갔소?"

"그렇습니다."

"왜지요?"

"숨을 곳을 찾기 위해서이지요. 정우가 숨을 곳을 알려줬답니다."

"저런! 그럼 소지선이 숨은 곳을 정우에게 물어봤습니까?"

"물론입니다. 하지만 안 가르쳐 주더군요."

"그럴 테지요. 하지만 궁금하지 않소?"

"허허허, 궁금하다 뿐이겠습니까? 그렇지만 내 능력이 미치지 못해 찾을 수 없으니 어쩔 수 없는 일 아니오!"

"그렇군요, 나도 마찬가지요. 그런데 염라공……!"

"……"

"무엇 때문에 소지선을 빼돌렸소?"

평허선공은 다소 날카롭게 물었다. 말하자면 지난날의 죄상을 심문하는 격이었다. 염라대왕이 정중히 대답했다.

"평허공이 그를 사면해 줄 것 같아서 도피시킨 것입니다."

"허, 그래요? 그럼 내 행동이 잘못된 일입니까?"

"글쎄요, 잘못이라기보다는 모순이지요."

"모순이라니요?"

평허선공은 웃으며 물었다. 염라대왕도 미소를 지으며 대답했다.

"당신이 더 잘 알지 않소. 연진인은 벌을 내리고 난진인은 그것을 사면하려 하니 어찌 모순이 아니오?"

"그렇군요! 하지만 당신이 그 일에 무슨 관계가 있소?"

"글쎄요, 내가 이미 그 사실을 알았으니 관계가 되겠지요. 나는 단지 두 어른의 숨은 뜻을 알고 싶었을 뿐이오!"

"그래, 알아냈습니까?"

"아니오, 그래서 답답할 뿐이외다."

염라대왕은 고개를 설레설레 저었다. 평허선공의 질문은 계속되었다.

"계속 소지선을 찾을 생각이오?"

"그렇습니다."

"왜지요? 예전에는 숨겨 주려고 애쓰시더니……."

평허선공은 힐책하듯 말하며 염라대왕을 의미심장하게 쏘아보았다. 그러나 염라대왕은 개의치 않고 먼 곳을 바라보며 대답했다.

"요즘 와서 생각한 일입니다만……."

"……."

"우리가 서로 쫓고 쫓기는 동안 소지선을 잃어버린 일은 숙명인 것 같습니다. 그런데 문제는……."

"……."

"소지선 자체가 아니라 그 과정입니다. 소지선의 행방을 찾으면 연진인·난진인 두 분의 비밀이 풀릴 것 같은 느낌이 제게는 있습니다."

"호, 그래요? 어째서 그렇습니까?"

"이유는 없습니다. 단지 느낌일 뿐입니다. 하지만……."

"……."

"생각해 보세요, 소지선의 의미가 무엇일까요?"

"……."

염라대왕은 잠깐 말을 끊었다가 다시 이었다.

"우리가 그를 찾은들 무엇합니까! 평허공께서는 그를 사면해 주려 할 것입니다. 그러나 그것은 단순한 사면일 뿐 그로써 끝입니다. 그럼 우리한테는 무엇이 남지요? 그래서 다시 생각해 본 것입니다만……."

"……."

"난진인이 평허공에게 영패를 주어 소지선을 사면시키려 했던 것은 결국 실패로 예정되어 있는 일을 일부러 시킨 것입니다. 지금은 소지선이 우리가 찾지 못하는 곳으로 숨었기 때문에 새로운 국면에 접어들었습니다. 사실 나는 난진인의 뜻은 이제부터라고 봅니다."

"……."

"난진인께서는 소지선을 찾는 과정 중에 일어날 어떤 사건을 우리에게 알리기 위해 이 모든 일을 꾸며 놓은 것입니다. 평허공의 생각은 어떻습니까?"

염라대왕은 평허선공을 진지하게 바라봤다. 평허선공은 고개를 끄덕이며 대답했다.

"나도 그렇게 생각하고 있습니다. 다만 소지선을 어떻게 찾느냐가 문제인데, 염라공은 어떤 방식으로 소지선을 찾을 겁니까?"

"글쎄요, 우리가 서로 협력해야 하지 않을까요?"

염라대왕은 평허선공을 빤히 쳐다보며 물었다. 평허선공은 눈을 가늘게 뜨고 천천히 고개를 끄덕이며 대답했다.

"그게 좋을 것 같군요. 염라공 생각에는 소지선이 어디에 숨은 것 같소?"

"허허허, 평허공 생각은 어떻소?"

"허허허……."

두 위인은 서로 웃고 말았다. 소지선의 행방을 어찌 알겠는가! 그것은 지금부터 풀어나가야 할 문제인 것이다. 평허선공이 다시 물었다.

"염라공은 어떤 방법으로 찾을 겁니까?"

"나요? 나는 이곳에 앉아서 찾을 겁니다."

"그게 가능합니까?"

"글쎄요, 가능할 수도 있겠지요. 나는 이곳에서 여러 소문을 들어볼 겁니다. 어쩌면 소지선이 제 발로 이곳에 찾아올지도 모르지 않소?"

"예? 허허허, 염라공은 생각이 깊은 것 같소!"

"별말씀을…… 평허공은 어떻게 소지선을 찾을 생각이오?"

"나는 돌아다닐 것이오. 소지선이 한 곳에 머물러 있지 않고 돌아다닐지도 모르지 않소?"

"허허허, 평허공께서도 생각이 깊은 것 같소!"

"……."

평허선공은 아무 대꾸도 하지 않은 채 잠시 허공을 응시했다. 그러고는 갑자기 염라대왕을 쏘아보았다.

"……."

"염라공, 이제 대화는 어느 정도 마무리된 것 같소이다."

"……."

"……지금부터는 빚을 받아내야겠소."

"예? 빚이라니요?"

염라대왕은 의아스럽다는 듯이 물었다. 평허선공은 싸늘한 표정을 지으며 다시 말했다.

"시치미 뗄 생각 마시오. 어찌 됐든 염라공은 내 일을 방해한 것이 아니오! 만일……."

"……."

"염라공이 방해하지만 않았다면 나는 소지선을 당장에 사면했을 것이고 지금쯤은 난진인의 뜻도 깨달았을 게 아니오? 그러니……."

"……."

"염라공의 죄가 크다고 할 수 있소. 이는 도저히 묵과할 수 없는 일이오."

"죄송합니다. 지난 일이니 부디 너그럽게 용서해 주시오."

염라대왕은 멋쩍어하며 평허선공을 바라봤다. 그러나 평허선공은 냉엄한 표정으로 고개를 저었다. 그 순간 갑자기 술상이 공중으로 떠오르는 하나의 사건이 발생했다.

염라대왕은 깜짝 놀라 당황하며 물었다.

"평허공, 왜 이러시오? 아직 술도 남았는데……."

평허선공은 아무 대답 없이 술상을 사뿐히 날려버렸다. 술상은 천천히 날아가 멀리 떨어진 곳에 내려앉았다. 잠시 후 평허선공이 싸늘한 음성으로 말했다.

"염라공, 당신은 내 일을 방해했으니 이제는 나와 결투를 해야겠소."

"예? 아니, 잠깐만……!"

"더 이상 쓸데없는 소리 마시오……. 힙!"

평허선공의 기합 소리는 아주 부드러웠다. 그러나 몸에서 발출된 기운은 극강을 초월해 살기로 가득 차 있었다.

'쌩 ——'

무망(无妄)의 기운은 예리하게 염라대왕의 목덜미를 향해 날아왔다. 이와 동시에 염라대왕의 등 좌우에는 뇌화풍(雷火豊:☲☲)의 기운이 은근히 닥쳐왔다. 이 기운은 태산보다 더 무거운 힘으로 염라대왕을 움직이지 못하게 하였다. 평허선공은 염라대왕을 꼼짝 못 하게 묶어놓고 공격할 생각이었다.

위기일발……! 무망의 기운은 순식간에 염라대왕의 목으로 몰려들었다. 이 위기의 순간에 염라대왕은 생각했다. 만일 등과 좌우로 조여 오는 풍력을 해소하기 위해 기운을 쓰면 그 순간 목에 또 다른 기운이 꽂힌다. 그렇다고 공중으로 치솟아 피하려 해도 너무 늦는다.

그렇다면 방법은 한 가지뿐, 아공간(亞空間)으로 사라지는 것이다. 하지만 평허선공이 어떠한 존재인가! 평허선공은 분명히 이 아공간을 막아놓았을 것이다. 지금 염라대왕의 근처 모든 공간은 철벽처럼 굳어 있으리라!

어떻게 이 위기를 피할 것인가? 염라대왕은 잠깐 동안 생각하고 마침내 하나의 결단을 내렸다. 이 결단이 틀린다면 염라대왕의 목숨은 순식간에 사라지게 된다.

"얍!"

염라대왕의 기합 일성이 천지를 뒤흔들었다. 염라대왕은 자신의 모든 기운을 두 손에 집중시켰다. 이때 양손의 기운은 각각 다른 기운이면서도 하나의 조화를 이루었다. 왼손은 뇌화풍의 기운, 그리고 오른손은 풍수환(風水渙：☴☵)의 기운이었다.

염라대왕은 두 가지 기운을 손에 품고 날아드는 빛줄기를 잡아냈다. 마치 손뼉을 치듯 두 손을 부딪쳤는데 빛줄기는 그 사이에 정확히 잡힌 것이다. 빛줄기는 바로 목 근처까지 도달해 있어서 조금만 늦었어도 염라대왕의 목을 꿰뚫어 버렸을 것이다.

이제 평허선공이 발출한 무망의 기운은 염라대왕의 오른손으로 빨려들어 갔다. 이는 당연한 이치로 한쪽 손으로 밀고 한쪽 손으로는 당겼기 때문에 일어나는 현상이다. 그러나 이 무망의 기운은 몸속으로 흡수되어 염라대왕은 이를 내공의 힘으로 견뎌야 한다.

염라대왕의 내공이 약하다면 몸은 순식간에 파열될 것이다. 하지만 염라대왕의 내공은 무상(無上)의 경지로 무망의 기운과 싸우고 있었다. 이로 인해 염라대왕의 몸은 안팎으로 화염에 휩싸였다.

염라대왕은 눈을 부릅뜨고 안광(眼光)을 발산하였다. 잠시 후 화염은 사라졌지만 염라대왕의 전신에는 한기(寒氣)가 서렸고 순식간에 온 몸이 꽁꽁 얼어붙었다. 이는 염라대왕 스스로가 발출한 기운이 너무 강한 나머지 화염을 잠재우고도 남아 그 힘이 다시 얼음덩이를 이룬 것이다.

아무튼 염라대왕은 평허선공의 일차 공격을 무사히 물리칠 수 있었다. 하지만 안심하기는 일렀다. 평허선공은 벌써부터 이차 공격을 준비하고 있었던 것이다. 이는 무망의 기운을 발출한 직후 준비된 것으로 평허선공이 염라대왕의 방어 태도를 미리 알고 있었다는 뜻이다.

평허선공의 이차 공격은 실로 기묘한 것이었다. 어디서 날아온 바람인지 순식간에 염라대왕의 전신을 감싸고 다시 비눗방울처럼 커다란 막을 형성했다. 이 막은 비록 종잇장보다 얇지만 철벽보다도 더 강했다.

철벽, 아니 이보다 더 강했다. 이 막은 결코 뚫을 수 없는 견고한 막이었다. 이제 염라대왕은 그 속에 꼼짝없이 갇혀 버렸다. 염라대왕은 자신을 감싸고 있는 막을 터뜨리기 위해 기운을 내뿜어 보았지만 잠깐 부풀어 올랐다가 그 기운을 분산시킬 뿐이었다.

이 막은 습감막(慴坎幕)으로 스스로 늘어나고 줄어드는 성질을 지녔다. 따라서 이 안에서는 아무리 몸부림을 쳐도 빠져나올 수 없다. 그렇다면 이 습감막은 오직 가두는 작용만 하는 것인가······? 그렇지 않다.

이 막의 안쪽에는 또 하나의 작용이 숨겨져 있다. 한기를 내뿜어 막 안에 있는 모든 것을 얼려 버린다. 시간과 공간을 순식간에 얼려 버려서 막 안에서는 어떠한 것도 생명을 부지할 수 없다. 심지어는 영혼마저도······.

염라대왕은 이제 두 번째 위기를 맞이하였다. 염라대왕 스스로가 한기를 내뿜었을 때와 동시에 이루어진 공격이기 때문에 더욱 위험했다. 평허선공은 염라대왕의 한기에 자신의 습력(慴力)을 가미시켜 단번에 궤멸시키려 했던 것이다. 이제 염라대왕은 체내의 한기를 몰아내고 또한 평허선공이 발출한 습감막을 파열시켜야 한다.

한기는 급속도로 증강되었다. 금방 공간을 얼리고 시간도 마비시켰다. 그리고 영혼을 향해 서서히 모여들었다.

절대 위기의 순간! 이때 염라대왕의 저 깊은 영혼의 근원에서는 먼지보다도 더 작은 알갱이가 만들어지고 있었다. 이 알갱이는 순식간에 불어나 하나의 막으로 변했다. 이 막은 점점 커지더니 결국 염라대왕의 몸 밖으로 나와서 그 주위를 감쌌다.

염라대왕의 몸에서 나온 막은 계속해서 부풀어 올랐고 바깥을 싸고 있던 평허선공이 발출한 막 또한 안으로 조여들기 시작했다. 드디어 두 막이 부딪치더니 곧 큰 소리를 내며 동시에 터졌다.

"꽝 ——"

굉음이 천지에 진동했다. 염라대왕이 발출한 막은 '중리(重離)의 막'으로, 평허선공의 '습감막'과 상충 작용을 일으킨 것이다.

이로써 두 번째의 위기도 물러갔다. 하지만 숨 돌릴 사이도 없이 세 번째의 위기가 급격하게 다가왔다. 이번 공격은 천공에서부터 비롯된 것으로, 갑자기 먼 하늘에서 거대한 번개가 내리쳤다.

'번쩍 ——'

순간 섬광이 천지를 밝혔다. 이것은 우주가 간직한 순양(純陽)의 기운으로 온 우주를 통해 가장 강한 기운이다. 평허선공은 우주가 그 근원에 감추고 있는 기운을 해방시켜 염라대왕의 몸에 집결시킨 것이다.

"꽝 ——"

건중(乾重)의 기운이 염라대왕의 몸을 강타했다.

"윽!"

염라대왕은 비명과 함께 몸을 움츠렸다. 그러나 쓰러지지 않은 채 굳건히 견디고 있었다. 다만 입에서 한 줄기 핏덩이를 토해냈다.

"욱!"

이 순간 평허선공이 놀라며 말했다.

"저런! 다치지 않았소?"

"……."

염라대왕은 잠시 눈을 감고 손을 들어 제지했다. 기다리라는 뜻이다. 그러더니 잠깐 만에 눈을 뜨고 말했다.

"별 것 아니오, 조금 힘들었을 뿐이오."

"그래요? 다행이구려. 조금 쉬시오."

"아니, 쉴 정도로 피곤한 건 아니오. 더 공격하시겠소?"

염라대왕은 창백한 얼굴로 말했다. 평허선공은 미소를 지으며 부드럽게 대답했다.

"그만합시다, 나도 이젠 지쳤소이다. 마시던 술이나 마저 마실까요!"

"아무렴……!"

염라대왕은 고개를 끄덕였다. 이와 동시에 술상이 슬그머니 날아와 두 사람 사이에 사뿐히 놓였다.

"자, 내가 먼저 따르겠소!"

평허선공이 술병을 잡았다.

"……."

염라대왕은 잔을 받아들었고 술자리는 다시 시작되었다.

안심총으로 보내진 밀서(密書)

옥황부 특구에 있는 안심총 별관, 측시선은 업무상 외출을 했다가 지금 막 집무실로 돌아왔다.

"……."

부관이 그를 보고 자리에서 일어나 가볍게 고개 숙여 예를 표시했다.

"별일 없나?"

"예, 일상적인 일들뿐입니다. 보고를 받으시겠습니까?"

"글쎄…… 간단히 들어볼까?"

측시선은 자리에 앉으면서 한가하게 말했다.

안심총의 일은 언제나 잡다한 상황 보고가 있을 뿐 대개는 특별한 일이 없다. 왜냐하면 안심총 자체가 특별한 일만을 취급하는 부서이기 때문에 타부서에서 매우 중요한 일일지라도 안심총에서는 일반적인 일에 해당된다.

그러나 지금처럼 '일상적인 일뿐'이라는 부관의 말은 특별한 일이 전혀 없을 때의 '별일 없습니다'라는 대답과는 달리 뭔가 보고할 사항이 있을 때 쓰는 말이었다. 더군다나 '보고를 받으시겠습니까?'라는 물음은 지금 당장 흥미를 가질 만한 일이 포함되어 있다는 것을 암시한다. 물론 긴급을 요하는 일이라면 '보고 드릴 일이 있습니다', 혹은 '긴히 보고 드릴 일이 있습니다'라고 말했을 것이다.

부관의 보고가 시작되었다.

"평허선공의 행방이 추적되었습니다. 평허선공은 옥황부를 빠져나가 곧장 염라부로 갔습니다. 그곳에서 재미있는 일이 있었더군요!"

"……."

측시선은 말없이 듣고만 있었다. 이는 상대방을 재촉하는 측시선의 방식이었다.

부관의 보고가 이어졌다.

"평허선공은 그곳에서 염라대왕과 대결을 벌였습니다. 서로가 목숨을 걸고 처절하게 싸웠던 것 같습니다. 대결은 물론 평허선공이 먼저 걸었고 승부는 나지 않았답니다. 다만……."

"……."

"염라대왕이 무척 곤욕을 치렀던 모양입니다. 물론 염라대왕이 일방적으로 수비만 한 것이지요. 필경 싸움을 피할 목적으로 그렇게 했던 것 같습니다만……."

"……."

"그리고 속세에 파견할 선인은 묵정선으로 결정되었습니다."

"음? 속세?"

"정마을 말입니다. 소지선의 행방을 묻기 위해 역성 정우를 만나기로 결정된 것 아닙니까……!"

"……."

"묵정선은 풍곡선과 절친한 사이입니다. 역성 정우가 가장 존경하는 선인이 풍곡선인 만큼 묵정선을 보내는 것이 유리하게 작용할 것 같습니다."

"……."

"염라대왕도 일전에 하계에 내려갔었는데 정우가 소지선의 행방을 말하지 않았답니다."

"……."

"다음 일은 지일선에 관한 것입니다만 다소 특별한 면이 있더군요!"

"음, 지일선? 아, 지일선 말이군!"

측시선은 잠깐 생각에 잠겼다가 그가 누구인지를 기억해 냈다. 안심총 대선관인 측시선은 늘 잡다한 사항을 접하기 때문에 그 많은 일을 순식간에 파악하기는 힘들었다.

지일선은 한때 능인을 일깨워 정마을을 공격하던 호랑이를 잡아내도록 한 장본인으로, 안심총에서는 지일선을 예의주시하고 있었는데 지금 그의 행동이 보고되는 것이다.

측시선이 관심을 나타내자 부관은 말을 이었다.

"……그의 최종 도착지가 밝혀졌습니다. 그곳은 바로 세상의 끝에 자리한 선시 정산이었습니다. 지일선은 그곳에서 휴식에 들어갔습니다. 그리고……."

"……."

"지일선은 대단히 빠른 속도로 그곳에 도착했습니다. 그는 알려진 것보다 더 많은 능력을 지닌 선인인 것 같습니다. 그런데……."

"……."

"지일선의 행적이 아주 이상합니다. 들리는 바에 의하면 지일선은 그곳에서 은거하며 수도에 전념한다고 하는데 그곳은 원래 지일선의 연고지가 아닙니다.”

“……”

“……선관직을 은퇴한 선인이 연고도 없는 곳, 그것도 멀고도 먼 엉뚱한 곳에 가 있는 것이 이상하지요! 그렇다고 특별히 선시의 산천경계가 좋은 것도 아닙니다. 다만……”

“……”

“그곳은 평허선공의 고향인 옥성으로 가는 길목입니다. 그리고 이미 연진인도 다녀가신 바 있지요!”

“연진인?”

“예. 연진인은 그곳을 이십 년 전에 다녀가셨는데 그때 평허선공에게 전갈을 남겨놓은 일도 있습니다.”

“음? 그건 금시초문인데……?”

“그럴 것입니다. 저도 자료 조사부에서 방금 전에 알아보았습니다. 지일선이 그곳으로 갔다고 하기에 정산에 대해 참고로 알아본 것이지요!”

“……”

측시선은 고개를 끄덕이며 계속 보고할 것을 종용했다.

“……지일선은 필경 그곳에서 누군가를 기다리고 있는 것 같습니다. 아마 연진인이겠지요! 지금 우리 요원이 감시 중입니다.”

“그런가? 잘했군. 하지만 지일선이 눈치 채게 해서는 안 될 것이야……”

“염려 마십시오, 현지에 살고 있는 선인을 이용하고 있습니다. 그리고 지일선에게 장소를 제공해 준 선인도 우리 일에 협조하겠답니다.”

“……”

"……만일 연진인께서 나타나신다면 즉시 배견할 수 있도록 특별 사절도 근방에 잠복시켜 놓았습니다. 우리가 연진인을 뵙기를 공식적으로 청원하면 연진인께서도 피하지는 못하시겠지요!"

"그럴 테지……!"

측시선은 잠시 허공을 응시하며 고개를 끄덕였다. 부관의 말이 일리가 있기 때문이었다. 선인들에게는 한 가지 특성이 있는데 모든 일에 있어 피할 뿐 도망가지는 않는다는 점이다. 그러므로 만일 연진인이 나타날 것을 미리 알고 대기했다가 면회를 신청하면 이를 거절하기 힘든 법이다.

이는 인정상의 일이며 예의이기도 하다. 누군가 간곡히 만나고자 할 때 상대방이 이를 무작정 피하는 것은 아주 의도적인 일이므로 선인들은 쉽게 행동하지 않는다. 물론 면회를 신청한 사람이 그만한 신분을 갖추고 있어야 한다. 그렇기 때문에 안심총에서는 정산 선시에 공식적인 사절을 배치한 것이다.

부관의 보고는 다음 문제로 넘어갔다.

"……특별위원회의 보고입니다. 청고선(淸高仙)의 배경을 조사했더군요. 청고선은 우리 요원인데……."

부관은 잠시 망설였다. 그러자 측시선이 날카롭게 말했다.

"자네는 보고만 하면 되지 않나!"

"아, 예, 죄송합니다……. 위원회의 보고는 청고선의 최근 행적에 관한 것입니다."

"……."

"청고선은 최근 여러 선시를 순회했다고 합니다. 그리고 그가 만난 선인들의 명단이 여기 있습니다."

"음, 그들의 특징은 무엇인가?"

"예? 아, 특징은 별다른 것이 없습니다. 그동안 청고선의 주요 임무가 야계(野界)를 감시하는 것이었기 때문에 그가 만난 선인들은 대개 야선들뿐입니다. 최근에는 특구에 들어와 잠시 일한 바 있습니다만……."

"알겠네, 보고 내용은 그것뿐인가?"

"그렇습니다."

"다음 문제로 넘어가게!"

측시선은 특별위원회의 보고에 관심을 보인 채 다음 문제로 넘어갈 것을 지시했다. 특별위원회의 보고란 다름이 아닌 옥황상제 피습 사건에 관련된 것이었다. 물론 부관은 그 일에 대해 전혀 모르고 있었다. 그렇지만 위원회의 보고는 간접적으로 되어 있어서 부관이 내용을 알고 있다 하더라도 그 숨은 뜻은 알 수가 없다.

물론 위원회의 보고 내용이 아주 은밀한 경우에는 부관을 통하지 않고 측시선에게 직접 보고된다. 그리고 평상적인 보고 사항이라 할지라도 타인에게 발설하는 것이 일체 금지되어 있다. 측시선의 부관은 그만한 인격을 지니고 있었다. 그렇지 않고서야 어떻게 안심총의 보고 담당 관리가 될 수 있었겠는가!

부관의 보고는 계속되었다.

"……마지막으로 하나가 더 남아 있습니다. 풍곡선으로부터의 전 갈입니다."

"음? 풍곡선 말인가?"

측시선은 상당한 관심을 나타냈다.

"예. 풍곡선은 특사로 나가 있습니다만 임지에서 밀봉된 두 장의 편지를 보내왔습니다."

"두 장이라고?"

"그렇습니다. 한 장은 옥황부 외곽 안심총 부서의 현지 선관이 개봉하게 되어 있었습니다."

"내용은?"

"두 가지입니다. 하나는 편지를 가지고 온 선인을 체포 구금하라는 것이고, 둘째는 밀서를 안심총 대선관에게 직접 전달해 달라는 것이었습니다."

"그래, 가지고 왔나?"

"물론입니다. 편지를 전해 온 선인도 이미 체포 구금되어 있습니다."

"좋아, 밀서를 이리 주게. 더 보고할 내용은?"

"별일 아닙니다."

"음, 알겠네. 그럼 나중에 더 듣기로 하고 자네는 그만 물러가게."

"……"

부관은 밀서를 내놓고 집무실 밖으로 나갔다. 측시선은 즉시 풍곡선의 밀서를 뜯어보았다. 측시선은 풍곡선에 대해 상당히 관심이 많았다. 아니, 관심이라기보다는 외경심(畏敬心)마저 갖고 있을 정도였다.

풍곡선은 한갓 야선으로서 옥황부에 올라와 일약 특사가 되었을 뿐만 아니라 최근의 안심총 작전에도 핵심적으로 기여하였다. 그리고 역성 정우가 가장 존경하는 선인이고 또한 학덕이 높은 묵정선도 그와 단번에 교분을 맺을 정도로 대단한 선인이었다.

편지의 내용은 정중히 전개되고 있었다.

'대선관께서는 두루 평안하시온지요? 말직(末職)에 있는 제가 감히 글월

을 올리는 것을 해량해 주십시오. 저는 오직 옥황부의 장래를 염려할 뿐입니다……'

"……"

측시선은 심각한 표정을 지으며 계속 읽어 내려갔다.

'제가 보고 드릴 사항은 자그마한 선시의 일로써 내용 자체는 별일이 아닙니다. 다만 그 일이 대선관님의 최근의 고민을 해결해 줄 수도 있을 것 같아 이렇게 몇 자 적어 올립니다.'

"……"

'제가 선시 풍익을 방문했을 때 그곳에서 이상한 일이 있었습니다. 그 내용은 바로 현지 선인으로부터 공격을 받은 일이 있었는데 그 선인이 심상치 않습니다. 제가 잠깐 조사한 바로 그 선인은 기묘한 정신병에 걸려 있었습니다. 그 병은 영혼 그 자체에 발생한 것으로 몇 가지 특징이 있습니다. 시간 관계상 깊게 조사는 못 했습니다만 몇 가지 발견한 것을 여기에 적습니다.

첫째, 그 정신병은 지속적으로 나타나는 것이 아니라 잠복되어 있다가 갑자기 나타나는 것입니다. 둘째는 그 병이 전염된다는 것입니다. 영혼의 힘이 약한 존재에게 그 감염 가능성은 매우 높습니다. 셋째는 이 병이 관리들을 미워한다는 것입니다. 윗사람을 무조건 미워하고 공격하는 특성이 있습니다. 넷째는 일시적으로 회복되는 듯이 보이지만 또다시 발병한다는 점입니다. 이때는 더욱 공격적으로 변하고 윗사람, 특히 관리들을 미워하는 것이 정도를 벗어나게 되지요. 이상이 정신병의 특징이며 저를 공격했던 미소선은 흔계 방면시켰습니다.

여기에서 저는 두 가지를 대선관님께 당부 드리고자 합니다.'

"......"

'첫째, 선시 풍익을 시급히 봉쇄하여 정신병의 확산을 막아야 한다는 것입니다. 저는 정신병의 원인을 알고 있습니다만 좀 더 자세히 알고자 한다면 역성 정우에게 하문해 주십시오. 역성 정우는 하게 정마을이란 곳에 있습니다. 둘째, 자객 미소선의 병적 특징을 자세히 살펴보시면 최근 대선관님의 고민도 해결하실 수 있을 것입니다.

그럼 이만 줄입니다……. 대선관님의 평안을 기원하겠습니다. 배례, 풍곡서.'

편지는 이렇게 끝나 있었다. 측시선은 눈을 가늘게 뜨고 생각하기 시작했다. 풍곡선이 보내온 편지의 내용은 기밀에 속할 만큼 중요한 것이 아니었다. 또한 정신병이 만연한 지역을 폐쇄하는 일도 안심총이 관여할 일이 아니었다.

그렇다면 풍곡선은 무엇 때문에 편지를 보냈을까? 측시선은 이 점을 의아스럽게 생각했지만 그 답을 찾는 것은 그리 어렵지 않았다. 바로 편지에 지적하고 있지 않은가!

측시선은 현재 옥황상제의 피습 사건을 조사하고 있었다. 측시선의 고민은 바로 이것뿐이었다. 아직까지 범인의 배후가 드러나지 않았고 동기도 뚜렷하게 밝혀지지 않고 있었다. 범인은 사건 당시에는 옥황상제가 미워서였다고 얘기하더니 지금은 자신도 그 이유를 모르겠다며 횡설수설할 뿐이었다.

그렇다면 풍곡선이 밝힌 것처럼 이 모든 일이 정신병에서 비롯된 것일까? 청고선은 정신병에 걸려 옥황상제를 피습한 것일까? 측시선은 입을 꼭 다물고 사건의 전말을 깨달은 듯이 고개를 끄덕였다.

선시 풍익의 미소선이 특사를 공격하였던 것처럼 청고선은 옥황상제를 공격한 것이다. 풍곡선이 옥황상제 피습 사건을 어떻게 알았는지는 의문이었지만 그 해결점은 분명히 지적한 것 같았다. 풍곡선이 지적한 내용은 아주 일리가 있어 이제는 확인하는 일만 남았을 뿐이다.

"……."

측시선은 잠시 생각에 잠겼다가 옆에 있는 서류를 집어 들었다. 청고선의 배경을 조사한 서류로써 최근 백 년간 청고선이 만났던 선인과 방문했던 곳이 빠짐없이 모두 기록되어 있었다. 측시선은 우선 청고선이 다닌 곳을 주목했다. 그러자 간단히 시선을 이끄는 곳이 있었다.

선시 정아(正衙)! 한때 청고선이 파견되어 근무했던 곳으로 최근에는 비상사태가 선포된 지역이다. 이유는 정신병의 창궐……. 현재 정아 선시는 군선(軍仙)들에 의해 포위되어 선인들의 외부 출입이 전면 제한되어 있다.

'이곳에서 감염되었는가?'

측시선은 허공을 응시하며 깊은 생각에 잠겼다. 그러나 명확한 답은 나오지 않고 다만 풍곡선의 추측과 정아 선시의 상황이 합쳐져서 합리성이 인정될 뿐이었다. 측시선은 일단 청고선을 정신병자로 판단했다. 그러고 나니 마음이 한결 편안해졌다. 부하가 만고의 역적인 것보다 정신병자인 것이 얼마나 마음 편하겠는가!

'그나마 다행한 일이야! 차라리 청고선이 정신병자였으면 좋겠구
먼…….'

측시선은 이렇게 생각하며 고개를 끄덕였다. 이제 하나의 돌파구
가 열린 셈이었다.

인간이든 신선이든 사물을 탐구하는 데 있어서는 어느 정도 선입
관이 있어야 한다. 판단이란 무작위로 폭넓게 전개할 수도 있지만 미
리 정해진 틀에 하나씩 맞추어 나가는 것도 좋은 방법이 될 수 있기
때문이다. 측시선은 청고선이 정신병이라는 것에 초점을 맞추고 모
든 일을 해결하기로 마음먹었다.

만일 청고선이 정신병자라면 그것을 검증해 내는 것은 그리 힘든
일이 아니다. 신선들은 원래 정신적인 면이 아주 탁월하기 때문에 이
상이 발생하면 인간보다 오히려 쉽게 찾아낼 수 있는 이점을 가지고
있다.

더군다나 선계에는 혼 자체를 투사해 볼 수 있는 장치도 있어 병이
있다면 쉽게 발견할 수 있다. 다만 이제껏 영혼 자체가 병든 사례가
없었기 때문에 결과 판정에는 특별히 신중을 기해야 한다.

측시선은 부관을 불렀다.

"……."

방금 전 보고를 했던 부관이 다시 들어왔다.

"부르셨습니까?"

"음, 가서 중유선을 모셔 오게."

"예, 그렇게 지시하겠습니다."

중유선은 옥황부의 의료담당 대선관으로서 얼마 전 중앙회의에서
특이한 정신병의 발생을 보고한 적이 있었다.

측시선은 기다리는 동안 잠시 생각했다.

'기이한 병이야! 원인이 무엇일까? 그렇지, 정우에게 물어보라고 했지!'

측시선은 아직 한 번도 가보지 못한 속계를 막연히 그려보았다. 그리고 건영이의 모습을…… 신선들이 바라보는 인간의 모습은 무척 단순했다. 육체는 지치고 병들어 나약해 보이며 그 정신은 터무니없이 불합리하고 악한 존재, 그것이 바로 인간이다.

'역성 정우는 어떠할까? 원곡선도 칭찬해 마지않던 그의 모습은 과연…….'

측시선은 이런 생각을 하고는 잠시 휴식 명상에 들어갔다.

"……."

시간은 순식간에 흘러갔다. 측시선이 눈을 뜨고 명상에서 깨어나자 부관이 들어왔다.

"중유선이 오셨습니다만……."

"음, 들어오시라고 하게."

"……."

잠시 후 중유선이 들어왔다.

"오, 중유선, 평안하신지요?"

측시선은 일부러 친절한 표정을 지으며 맞이했다. 그러자 중유선은 가벼운 농담을 건넸다.

"어쩐 일로 저를 부르셨습니까? 저를 조사할 일이라도 있는지요……."

"허, 별말씀을…… 그저 자문을 좀 구할까 해서 모셨습니다. 자, 이쪽으로 앉으시지요."

"……."

중유선이 가벼운 미소를 지으며 자리에 앉자 측시선은 즉시 서두를 꺼냈다.

"한 가지 묻고자 합니다."

"……."

"지난번 중앙회의에 보고한 정신병 말입니다……."

"……."

"연구는 해 보셨는지요?"

"그렇습니다만……."

중유선은 측시선을 의심스러운 눈초리로 쳐다보며 대답했다. 그러나 측시선은 고개를 천천히 끄덕이고는 중유선을 부드럽게 바라보며 다시 물었다.

"만일, 그 병에 걸린 선인을 보시면 알 수 있겠습니까?"

"물론입니다."

"오, 그래요? 그 병의 증상이 그렇게 뚜렷하게 드러나는지요? 내가 듣기로 병적 징후는 아주 미미하다고 하던데……."

"글쎄요…… 병이 있으면 그 징후는 반드시 나타나는 법입니다."

중유선은 측시선이 잘 알지도 못하면서 꼬치꼬치 캐묻자 다소 화가 난 듯이 퉁명스럽게 대답했다. 측시선이 정중하게 다시 물었다.

"그럼 본인이 정신병을 부정할 경우는 어떻습니까?"

"정신병자는 으레 그것을 부정하는 법입니다."

"그렇습니까? 잘 알겠습니다. 실은 부탁드릴 일이 있습니다만……."

"……."

"현재 정신병자로 보이는 선인이 있는데 한번 보아 주시겠습니까?"

"원하신다면 그렇게 해 드리지요. 누구인데요?"

"우리 부서에 속해 있는 선인입니다. 그런데 극비로 해 주셔야 합니다."

"알고 있습니다. 안심총의 일은 모두가 비밀이 아닙니까?"

중유선은 비아냥거리듯 말했다. 그러나 측시선은 이에 개의치 않고 정중한 태도를 보이며 말했다.

"이해해 주시니 고맙습니다. 그럼 환자를 보러 가실까요?"

"……"

중유선은 자리에서 일어나 측시선의 뒤를 따라나섰다. 잠시 후 그들이 도착한 곳은 옥황부 특구의 안심총 별관으로 드넓은 호수가 바라보이는 아주 한적한 곳이었다. 건물은 숲의 입구에 자리 잡고 있었는데 경비가 아주 삼엄했다.

"……"

이곳에 처음 와본 중유선은 안심총이 마치 하나의 군사 요새와 같다는 느낌을 받았다. 그 주위에는 눈에 띄는 선인들 외에도 상당히 많은 선인들이 잠복해 경비를 서고 있었다.

'안심총이 바로 이런 곳인가?'

중유선은 고개를 저으며 생각했다. 원래 평화를 좋아하는 중유선으로서는 이와 같은 살벌한 분위기와 맞지 않았다. 다만 인위적으로 만든 분위기를 제외한다면 이곳은 가히 선경이라 할 만했다.

"저쪽으로 가실까요! 분위기가 별로 안 좋지요?"

측시선은 중유선의 마음을 꿰뚫어보듯 말했다. 중유선은 이해한다는 뜻으로 미소를 지어 보였다.

"……"

이윽고 그들이 들어선 곳은 그리 넓지 않은 청실이었다. 그런데 손님을 접대하는 청실치고는 너무나 황량했다. 장식이라고는 일체 없고 둥근 탁자 하나와 의자 몇 개가 덩그러니 놓여 있을 뿐이었다.

측시선은 중유선을 자리에 앉힌 후 직접 환자를 데리러 나갔다. 그러나 측시선의 직위쯤 되면 환자는 다른 사람을 시켜서 불러와도 되는데 굳이 본인이 간 것이 수상하게 여겨졌다. 어쨌든 중유선은 어느 누구도 함부로 발 들여놓을 수 없는 안심총의 영역에 깊게 들어왔다는 것에 대단한 흥미를 느꼈다.

잠시 후 측시선과 몇 명의 선인들이 들어왔다. 선인들은 중유선을 보자 정식으로 예의를 갖추어 인사했다.

"평안하십니까? 안심총에 오신 걸 환영합니다."

인사를 마친 선인들은 각자 자리에 앉았다. 그러자 중유선이 측시선을 향해 말했다.

"대선관님, 잠시 양해를 구했으면 합니다. 단둘이 잠깐 볼 수 없을까요?"

"예? 아, 예……. 그대들은 나가 계시오."

측시선은 방금 들어온 선인들을 다시 내보냈다. 이런 일은 상당히 결례가 되는 일이었지만 중유선은 조금도 주저하지 않았다. 어찌 보면 안심총의 업무를 해결해 주기 위해 초청되었으니 예법은 생략되어도 좋으리라!

선인들이 나가자마자 중유선이 말했다.

"오른쪽에 앉았던 선인이 환자입니다."

"그렇습니까? 다른 선인들은 어떻습니까?"

측시선은 반가운 미소를 지으며 반문했다. 중유선은 측시선을 쏘아보듯 날카로운 시선을 보내고는 단호히 대답했다.

"다른 선인들은 정상입니다. 환자는 한 분뿐이었습니다."

"고맙습니다. 대단하군요. 그런데……."

"……."

"증상이 어떻던가요?"

측시선은 속으로 감탄하는 한편 구체적인 상황 파악을 하고자 했다. 환자라면 당연히 정상인과 다른 증상이 있을 것이다. 증유선이 진지한 태도로 대답했다.

"좀 전의 그분은 현재 몸에 병환이 와 있습니다. 영혼의 손상으로 인한 결과이지요. 또한……."

"……."

"자기 제어력의 둔화·난폭·원망 등의 성질이 보입니다. 그 증상은 간간이 나타나겠지만 커다란 위험성을 내포하고 있습니다."

"위험이라니요?"

"예, 저분은 자신의 내적 갈등을 해소하기 위해 타인을 공격합니다."

"……회복될 가능성은 있습니까?"

"현재로서는 불가능합니다. 앞으로 증상은 점점 더 심해질 것입니다……."

"호, 그렇습니까? 그럼 결국에는 어떻게 되는 겁니까?"

"자멸입니다, 죽음에 이르게 되겠지요!"

증유선은 절망적으로 얘기했다. 영혼의 세계에서 죽음이란 곧 수면을 뜻하며, 이는 일시적으로 영혼의 작용이 정지되는 것이다. 물론 이때 선명(仙命)도 끝나게 된다.

측시선이 다시 물었다.

"수면 후에는 어떻게 되는 것입니까?"

"일반적인 영혼과 같습니다. 운명에 따라 새로이 태어나겠지요……."

"그럼 정신병은 어떻게 되지요?"

"물론 완쾌됩니다, 죽음은 모든 것을 없애버리니까요……. 저 선인에게는 차라리 그게 나을 겁니다."

"……."

측시선은 침울한 표정으로 고개를 끄덕였다.

죽음이란 병 자체도 없애버리는 것이니 일종의 회복이라 할 수 있다. 즉, 죽음은 새로운 시작이다. 다만 선인에게는 본래 죽음이라는 것이 없는데 청고선의 경우는 다시 죽음을 갖는 존재로 타락한다는 뜻이다.

이러한 일은 참으로 애처롭다 하겠다. 그 얼마나 어려운 수련을 통해 얻어진 경지인가! 수억 년을 수련한 끝에 얻어진 선인의 경지……. 이러한 존재가 한낱 정신병에 의해 무너지다니……! 게다가 청고선의 앞날은 더욱 비참해질 것이다. 본의든 아니든 우주의 최상의 귀인인 옥황상제를 공격했으니 그 죄가 끝까지 그를 괴롭히리라……!

측시선이 말했다.

"가르침에 감사드립니다, 근간 곡차라도 한잔 나눕시다."

"아, 예, 하지만 별로 한 일이 없군요……. 이제 가도 되겠습니까?"

"그럼요, 입구까지 배웅하겠습니다."

"……."

잠시 후 중유선은 자신의 거처로 떠났고 측시선은 황야로 향했다.

황야는 옥황상제의 경호군 사령부가 있고, 또한 현재 안지선이 머물고 있다. 원래 안지선의 집무실은 옥황궁 내에 있지만 옥황상제 피습 사건 이후에는 황야에 자주 드나들며 온 우주에서 일어나는 불온

한 모든 움직임에 대해 예의주시하고 있었다. 옥황상제의 피습 사건이 어느 조직에 의한 계획적인 범행일 경우 반드시 어딘가에 그 징후가 나타나기 때문이다.

현재 안심총에서 가장 주시하고 있는 지역은 동화궁으로 동화궁 측은 얼마 전 인연의 늪에서 전쟁을 벌이는 등 옥황부의 권위에 정면으로 도전하고 있었다.

맨 처음 혐의를 받았던 평허선공은 오히려 위기의 순간에 그 누구도 감당할 수 없는 실력을 발휘하여 흉악범의 행동을 제지하였다. 평허선공이 아니었다면 옥황상제는 상처를 입었을 것이다. 그렇다면 평허선공은 옥황상제의 은인이 되는 셈인가……? 이 문제의 답은 쉽게 단언할 수 없는 미묘한 점이 있다. 애당초 안심총 요원들이 옥황상제의 측근 경호에 투입된 것은 평허선공에 대한 우려에서였다. 만일 평허선공이 옥황부에 들어오지 않았다면 안심총 요원이 옥황상제를 경호할 일도 없었을 것이고, 그 요원이 대역무도한 짓도 저지르지 못했을 것이다.

그렇다면 무엇이 먼저이고 무엇이 나중일까……? 어쩌면 이유를 따질 필요도 없이 평허선공의 등장 자체가 옥황부 전체에 불길한 파문을 일으킨 원인인지도 모른다. 다만 가까운 일부터 살펴보면 평허선공을 옥황부에 끌어들인 것은 안심총이고 그 안심총 요원이 평허선공을 감시하는 자리에서 엉뚱한 일이 발생한 것이다. 말하자면 안심총은 공연히 평허선공을 끌어들여 화를 자초한 셈이다. 평허선공 같은 우주의 귀인을 농락했기 때문에 이런 흉측한 일이 발생한 것은 아닐까……? 아무튼 지금에 있어 가장 큰 문제는 어떻게 수습하느냐였다. 그나마 옥황상제 피습 사건이 조직적인 일이 아니고 일개 선인의 정신병적 발작이라는 것이 불행 중 다행이었다.

경호총 대선관인 안지선은 황야의 경호군 사령부에 마련되어 있는 자신의 집무실에서 업무를 보던 중에 측시선의 방문기별을 받았다.

"측시선께서 오셨다고? 어서 안으로 모시게!"

안지선은 얼굴이 환해지며 반갑게 말했다. 요즘같이 뒤숭숭한 때에는 뜻 있는 사람의 방문이 기다려지는 것이다. 부관이 나갔다가 잠시 후 다시 나타났다.

"대선관님을 모셔왔습니다만……."

"음, 바로 모시지 않고!"

안지선은 급히 일어나 문 밖으로 나왔다. 그러자 측시선이 먼저 인사를 건넸다.

"평안하십니까? 방해가 되지 않았는지요……."

"무슨 말씀을요……. 자, 안으로 들어가십시다."

"……."

측시선은 말없이 안으로 들어섰는데 왠지 기가 죽어 보였다. 자신의 부하가 옥황상제를 습격했으니 그 심정이 오죽하겠는가! 이를 잘 알고 있는 안지선은 일부러 밝은 모습을 지으며 자리를 권했다.

"자, 편안히 앉으십시오……. 그런데 업무로 오셨는지요?"

"그렇습니다. 일에 약간의 진전이 있었습니다……."

두 선인은 옥황상제의 피습 사건을 차마 드러내놓고 말하기가 민망하여 간접적인 표현을 쓰며 얘기했다.

"죄인의 정체가 드러났습니다만……."

측시선은 범인이라고 말하지 않고 죄인이라고 표현했는데 그만큼 범인의 죄상이 엄청나게 나쁘다는 것을 뜻하리라!

"……."

안지선은 측시선을 재촉하지 않고 편안한 표정을 지으며 다음 말을 기다렸다. 측시선은 심각하게 말을 이었다.

"유감스럽게도 정상이 아니었습니다!"

"예? 정상이 아니었다고요?"

"그렇습니다. 물론 사건도 정상이 아니었습니다만, 죄인의 정신 상태도 정상이 아니었습니다……."

"그렇다면?"

"예, 죄인은 바로 정신병자였습니다. 이번에 저지른 일도 합리적인 제어력을 상실했기 때문에 나타난 일시적인 발작이었습니다……."

"아니, 그게 사실입니까? 선인에게 무슨 정신병이……?"

안지선은 의아스럽다는 듯이 물었다. 평생 정신 수련을 하고 있는 선인에게 정신병이 발병한다는 것이 너무 터무니없는 일이기 때문이었다. 그리고 정신병에 걸릴 정도라면 아예 선인의 경지에 도달하지 못했을 것이다.

측시선은 안지선의 의문에 동감이라는 표정을 지으며 대답했다.

"저도 이해할 수가 없지만 정신병임에는 틀림없습니다. 이미 중유선이 검증한 바 있습니다만 이것은 영혼 자체의 정신병입니다……."

"호, 그런 병이 있습니까?"

"예, 저도 최근에 알았습니다. 중앙회의에서도 보고된 적이 있는데 이 병은 시사하는 바가 많습니다……."

"……."

"현재 우주의 전반적인 사태를 보면 일종의 위기라고 말할 수 있습니다. 천명이 어긋나고, 혼마가 출현하고, 또한 정신병이 창궐하고 있습니다……."

"……."

"저는 이 세 가지 사태가 서로 묘한 관련이 있다고 봅니다."

"그렇습니까? 저는 잘 모르겠습니다만 우선 정신병의 내용은 무엇인지요?"

안지선은 깊은 우려의 기색을 보이며 물었다. 측시선은 잠시 허공을 응시하다가 안지선을 바라보며 대답했다.

"정신병의 증상이 아주 해괴망측합니다. 게다가 전염이 된다고 하더군요……."

"전염이오?"

"그렇습니다, 그렇기 때문에 어느 지역 전체가 집단으로 발병합니다……. 현재 정신병으로 인해 이미 폐쇄된 선시가 하나 있지요!"

"그렇다면 옥황부는 앞으로 어찌 됩니까?"

안지선이 깜짝 놀라며 큰 소리로 말했다.

"예? 무슨 말씀이신지요?"

"그 죄인 말입니다, 그 죄인이 그런 무서운 병을 가지고 있다면 그와 접촉한 선인들은 어찌 되는 것인지요?"

"아, 예, 그런 문제가 있군요……. 저런!"

측시선의 얼굴이 갑자기 흐려졌다. 지금 현재 죄인으로 구금되어 있는 정신병자는 이미 많은 사람들과 접촉을 가졌으며, 그로 인해 다른 누군가도 정신병에 전염되었을 가능성도 있다. 그렇게 반복되다 보면 지금쯤 수많은 선인들이 정신병에 감염되었을지도 모를 일이다.

"안되겠습니다, 문제가 크군요. 지금 당장 대규모 검역이 필요하지 않겠습니까?"

측시선은 문제가 심상치 않음을 비로소 깨달았다. 안지선은 이미 속으로 많은 생각을 진행시키고 있었다.

"급히 서두를 일입니다. 우선 경호총 내에 그런 선인이 있는지 조사해 봐야겠습니다……. 그런데 방법이 문제군요!"

"방법은 중유선과 의논해 보십시오. 저희 안심총도 곧 대대적인 검역을 실시해야 할 것 같군요……."

"예, 돌아가셔서 대책부터 세우십시오. 그런데……."

"……."

"죄인은 이제 어떡하시렵니까?"

"경호총에 넘기겠습니다. 그리고 옥황상제께도 보고를 해야겠지요……."

"아, 예, 그래야겠군요. 그리고……."

"……."

"앞으로 옥황상제 경호에 더욱더 만전을 기해야겠습니다. 경호 등급을 올려야겠는데요……."

"그렇습니까? 그것은 안지선께서 정하시면 되지 않습니까?"

"글쎄요……. 아무튼 현재 발령 중인 4급 비상경호령을 3급으로 올려야겠습니다. 그렇게 되면……."

"……."

"경호군이 옥황부 특구에 진입하게 됩니다. 그리고 옥황부 외곽도 봉쇄해야 합니다만……."

"그렇게 해야겠지요, 하지만 현재 문제는 옥황부에 이미 발생했을지도 모를 정신병이 아니겠습니까?"

"그렇습니다, 먼저 중유선과 의논을 해야겠습니다. 그럼 자리를 이만 파할까요?"

"……."

　측시선은 말없이 인사를 하고는 즉시 떠나갔다. 안지선은 부관을 불러 3급 비상경호령을 검토해 보라고 지시를 내렸다. 그러고는 자신은 중유선을 만나기 위해 나섰다. 정신병의 위기는 이제 옥황부에 조용히 파문을 일으키기 시작했다.

무덕의 신통력으로 열린 육체의 비기(祕機)

　강리 선생은 무덤덤하고 창백한 표정으로 음산한 바다를 바라보고 있었다. 이 병약한 듯한 모습은 강리 선생이 즐거울 때 나타나는 표정이었다. 오늘은 날씨도 흐리고 바람도 거세게 불고 있었기 때문에 강리 선생의 기분은 그 어느 때보다도 좋은 상태였다.

　강리 선생은 원래 음산하고 절망적인 분위기를 좋아하는데 오늘의 분위기가 바로 그러했다. 그믐이라서 달빛 한 점 없었고 태풍으로 인해 바닷가는 매우 거친 물보라가 일고 있었다. 강리 선생은 이 자연적인 분위기를 배경삼아 오늘 밤 무덕의 육체를 사용하기로 결정했다.

　무덕은 지금 잠에 빠져 있었다. 하지만 잠시 후에 깨어나서는 남성의 육체를 끌어들여 한없는 쾌락을 누릴 것이다. 여인의 육체를 이용하여 성적인 흥분을 얻는 것이 강리 선생에게는 공력 증진을 위한 유일한 방법이요, 무덕에게는 더할 수 없이 행복한 행위였다.

　무덕은 아름다운 몸을 가졌을 뿐만 아니라 성교의 쾌감을 완벽하게 느낄 수 있는 여인으로서 강리 선생에게는 아주 적합한 상대였다. 남녀의 육체는 접촉하여 서로에게 쾌감을 주지만 여자의 몸이 원래 강하다 보니 남자의 몸은 상대적으로 상하기 마련이다. 그러나 강리 선생은 오히려 그 반대로 힘이 소멸되기보다는 증강되어지는 아주 특이한 존재였다.

어디 특이한 존재일 뿐이겠는가! 남녀 간의 육체 교섭에 있어 강리 선생의 능력은 신선의 경지를 넘어서 있다. 신선도 결국 남자이고 보면 여인과의 접촉에 있어 능력의 한계가 있기 마련이지만 강리 선생은 여인이 강하면 강할수록 오히려 힘이 솟는 특이한 존재이다.

여자인 무덕의 입장에서 보면 강리 선생의 몸은 그야말로 하늘이 내려준 행복 그 자체인지도 모른다. 이제 조금 후면 엄청난 행복이 무덕을 전율하게 할 것이다.

강리 선생은 때가 되자 방으로 들어갔다. 방 안에는 강리 선생이 들어온 것도 모른 채 무덕이 잠들어 있었다. 강리 선생은 무덕이 충분한 휴식을 취할 수 있게끔 일부러 잠들게 해 놓았었다.

강리 선생은 먼저 자신의 몸을 완전히 노출시켰다. 이어서 잠들어 있는 무덕의 옷을 벗기기 시작했다. 그러자 무덕이 곧 잠에서 깨어났다.

"어머, 선생님!"

무덕은 깨어나자마자 요염한 표정을 지으며 강리 선생의 사타구니를 부드럽게 더듬었다. 강리 선생은 그녀의 행동을 제지하지 않은 채 그래도 놓아두었다. 무덕은 어깨에 걸쳐진 옷을 급히 벗어 던지고 강리 선생의 둔부를 두 손으로 꼭 끌어안았다.

강리 선생도 무덕의 얼굴과 어깨를 부드럽게 감싸 안으면서 자신의 몸을 은근히 움직였다. 이에 무덕은 벌써 흥분하여 신음 소리를 내기 시작했다. 그러자 강리 선생도 옆으로 누우며 무덕의 몸을 쓸어 내렸다.

강리 선생의 손은 무덕의 등과 허리를 지나 풍만한 둔부에 와서 멈추었다. 강리 선생은 무덕의 둔부를 안고 강하게 끌어당겼다.

"음 —— 아."

무덕의 몸이 떨리며 흥분이 고조되기 시작했다. 강리 선생은 무덕의 몸을 바로 눕히고는 그 위로 움직였다. 무덕은 입술을 깨물며 흥분을 억제하고 있었다.

강리 선생은 아직 흥분에 도달하지 못해 거친 숨소리조차 내지 않았다. 강리 선생의 감정 상태는 아주 특이하여 여체와 교섭한 지 한참 시간이 흘러야 서서히 달아오르는 체질이기 때문이었다.

"……."

강리 선생이 무덕의 육체를 파고들 듯이 움직이려는 순간 뜻밖의 일이 일어났다. 무덕이 흠칫 놀라면서 강리 선생의 몸을 밀어낸 것이다.

"……?"

강리 선생은 웃는 낯으로 무덕을 바라보았다. 이는 그동안 무덕이 보여 주었던 행동으로는 전혀 상상조차 할 수 없는 무척 놀라운 일로 강리 선생을 어리둥절하게 했다. 도대체 어찌된 일일까……?

무덕이 급하게 말했다.

"선생님, 큰일 났어요!"

"큰일 나다니……?"

강리 선생은 의아하게 생각하며 몸을 움츠렸다. 그와 동시에 무덕이 소리를 질렀다.

"선생님, 위험해요. 어서 옷을 입으세요."

"무어? 대체 무슨 일인데?"

"말씀 드릴 테니 먼저 옷부터 입으세요, 어서요!"

"……."

강리 선생은 종잡을 수 없는 무덕의 태도를 보고 고개를 갸우뚱했다. 무덕은 어느새 재빨리 옷을 챙겨 입고 있었다.

"선생님, 빨리 입으세요. 지금 누가 오고 있어요!"

"누가 오다니?"

"아주 위험한 인물이에요. 큰일 났어요!"

"위험인물……? 아, 그렇구나!"

순간 강리 선생도 무엇을 느꼈는지 서둘러 옷을 입기 시작했다. 그러자 무덕이 다시 소리쳤다.

"선생님, 빨리 도망가야 해요."

"……."

강리 선생은 잠시 망설였다. 위험한 인물이 접근한다는 것은 이미 알아차렸지만 피해야 할지 대항을 해야 할지 판단이 서지 않았기 때문이다.

그러자 무덕이 강리 선생의 이런 생각을 알아차린 듯이 급하게 말했다.

"대항할 생각 마세요. 선생님보다 무서운 적이에요. 나는 알아요, 어서 피하세요!"

무덕은 심각하게 말하면서 강리 선생의 팔을 잡아끌었다.

"글쎄…… 승부를 내야 하는 게 아닐까?"

적이 누군지는 모르지만 강리 선생은 대결을 하고 싶은가 보았다. 그러자 무덕은 강리 선생의 눈앞에 서서 애원하듯 말했다.

"선생님, 시간 없어요. 적은 두 사람이에요. 그것도 아주 강한 적이란 말이에요!"

"뭐, 두 사람? 그렇지!"

강리 선생은 확실히 알았다는 듯이 고개를 끄덕이고는 무덕의 팔을 잡았다. 두 사람은 급히 밖으로 나왔다. 그러자 무덕은 잡힌 팔을 뿌리치며 어느 한 방향을 가리켰다.

　"선생님, 저쪽으로 피하세요. 빨리요. 저도 금방 뒤따라갈게요."

　"음, 적이 이쪽에서 오는가 보군?"

　강리 선생은 어두운 표정으로 묻고는 무덕이 가리킨 방향으로 사라졌다. 강리 선생은 바람보다 더 빠른 속도로 순식간에 시야에서 사라졌다. 무덕도 잠깐 뒤를 돌아보고는 강리 선생이 사라진 방향으로 달리기 시작했다. 그야말로 질풍 같은 속도로 말보다 더 빨랐다.

　무덕의 달리는 속도는 원래부터 정평이 나 있었던 것이 아닌가……! 거기에다가 최근에는 공력이 크게 향상되어 그 속도가 더 빨라진 것이다. 무덕은 강리 선생의 뒤를 따르기 위해 있는 힘을 다해 달리고 있었다. 이때쯤 강리 선생은 속도를 늦추고 무덕이 잘 좇아오고 있는지를 살폈다.

　무덕은 곧바로 뒤따라오며 말했다.

　"선생님, 이곳에 있으면 어떡해요? 빨리 가세요!"

　"음, 같이 가자꾸나!"

　강리 선생은 웬만큼 피해 왔으니 함께 가자는 뜻이었다. 그만큼 무덕을 생각하는 마음이 애틋하다는 뜻이리라. 무덕도 이를 느꼈는지 아무 말 없이 다시 달리기 시작했다. 강리 선생은 무덕을 앞지르지 않고 나란히 달렸다. 주변은 칠흑처럼 어두운 가운데 빗발이 점점 굵어졌다. 그러나 두 사람은 이에 개의치 않고 열심히 달렸다.

　얼마 안 있어 강리 선생의 집 밖에는 두 물체가 소리 없이 모습을 나타냈다. 적이 온 것이다.

"……."

두 사람은 잠깐 동안 집을 노려보았다. 그러다가 그 중 한 사람이 고개를 갸우뚱거리며 말했다.

"이상한데! ……아무도 없는 것 같군!"

"그런 것 같은데, 일단 들어가 보세!"

"음, 좌설……. 자네는 저쪽으로 들어가게."

"그래, 혹시 모르니 조심하게."

"……."

능인과 좌설은 양쪽으로 나누어서 소리 없이 접근해 갔다. 좌설은 슬그머니 뒷문을 열었다. 능인은 이미 앞문에 대기 중이었다.

"……."

집 안은 고요하기만 했다. 좌설과 능인은 여전히 조심하며 확인 작업으로 들어갔다. 그러나 목표물은 이미 떠나간 상태였다.

"아무도 없군!"

좌설이 탄식하듯 말했다.

"음, 방금 전까지 누가 있었던 것 같은데……."

"그런 것 같네, 아마 눈치 채고 도망갔겠지!"

"강리는 역시 대단하군. 이제 어디 가서 찾지……?"

"어디든 찾아 나서야지! 이곳에 다시 올지도 모르고……."

"그래, 일단 물러가세."

"……."

두 사람은 소리 없이 사라졌다. 능인과 좌설! 이제는 선인이 되어 두 선인이라 해야겠지만 이들은 스승이 남긴 명령을 받들기 위해 이곳에 온 것이다.

혼마 강리와의 대결은 그동안 여러 차례에 걸쳐 있어 왔지만 그때마다 번번이 승부를 내지 못했었다. 특히 지난번에는 능인이 목숨을 잃을 뻔했다. 그래서 이번만은 기필코 결판을 내리라 마음먹고 두 선인이 함께 나타난 것이다.

그러나 혼마 강리가 이것을 미리 알고 피했으니 대결은 다음을 기약할 수밖에 없었다.

"……."

위험한 적이 나타났다가 사라진 강리 선생의 집은 적막이 감돌았다. 이 무렵 강리 선생은 계속해서 달리고 있었다. 가까운 곳에 능인과 좌설이 있다면 육감에 의해 노출될 수도 있기 때문에 될 수 있는한 멀리 피신하는 것이 가장 좋은 방법이었다. 이윽고 무덕이 지치기시작했다.

"……."

그러나 무덕은 전혀 내색하지 않고 힘겹게 달렸다. 자신이 멈추면강리 선생도 멈춰 어쩌면 적에게 노출될 수도 있기 때문이다. 하지만무덕이 지친 것을 알자 강리 선생은 당장에 멈춰 섰다.

"무덕, 힘들지? 이젠 괜찮을 거야!"

"저는 괜찮아요……. 이제 쫓아오진 않을 거예요!"

"그럼 우리 어디 가서 좀 쉴까?"

"예, 저쪽 숲으로 가요!"

두 사람은 가까운 산자락으로 이동했다.

"……."

비는 그치고 있었다. 두 사람이 적당히 자리를 잡자 강리 선생이 말했다.

"무덕! ……어떻게 적이 올 줄 알았지?"

강리 선생은 이것이 가장 궁금했다. 강리 선생 자신도 육감이 뛰어나기 때문에 가까운 곳에서 적이 출현하면 이를 단번에 느낄 수 있었다. 하지만 먼 곳에서 오고 있는 적은 막연할 뿐 알 수 있는 길이 없다. 이는 마치 미래를 느끼는 것과도 같아서 강리 선생으로서는 감을 잡기가 힘들다. 그런데 무덕은 어떻게 알았을까? 혹 미래를 아는 힘이 있는 것일까? 무덕이 대답했다.

"선생님, 저는 앞일을 어느 정도 알아요!"

"음? 미래를 본다는 얘기야?"

"글쎄요……. 저는 어려운 말은 몰라요. 하지만 가끔씩 앞날을 미리 알 때가 있어요."

"허, 대단하군……. 이번엔 무덕이 내 목숨을 구했어!"

"별말씀을요. 그런데 누가 찾아왔을까요?"

"음, 능인과 좌설일 거야. 그들은 나의 숙적이지!"

"아, 그래요? 그들이 선생님보다 강한가요?"

"글쎄, 한 명과 대결한다면 모르겠지!"

"……."

강리 선생은 잠시 생각에 잠겼다. 자신과 능인, 혹은 자신과 좌설의 대결을 가늠해 보고 있는 것이다. 두 사람이 함께 달려든다면 물론 강리가 당할 수는 없다. 그러나 한 사람만을 상대한다면 질 마음은 없다. 무덕이 말했다.

"선생님, 저들은 무척 강한가 봐요. 그런데 선생님은 아직 몸을 완성하지 못했지요?"

"음, 자네가 좀 더 강해지길 기다릴 뿐이네."

"미안해요, 선생님. 하지만 저는 선생님이 생각하는 것만큼 약하지 않아요……."

"……."

"선생님, 오늘 밤에도 단련을 하세요. 제 목숨은 생각하지 말고 힘껏 해 보세요."

"음? 지금 이곳에서 말이야?"

"예, 어때요? 저는 이런 곳에서는 더 힘이 나요. 그리고 한참 도망 다니고 나니까 힘도 더 생기는 것 같아요."

무덕의 체질은 참으로 이상했다. 어쩌면 거지 시절에 습득된 체질인지도 모른다. 강리 선생은 묵묵히 생각에 잠겼다. 그러자 무덕이 차분한 음성으로 다시 말했다.

"선생님, 제 말은 사실이에요. 저는 이미 일 갑자의 공력을 터득한 데다 이런 곳에서라면 더 큰 힘을 발휘할 거예요."

"글쎄…… 근처에 사람이 있을지도 모르는데……."

"아이, 선생님도, 이런 곳에 사람이 있겠어요? 정 마음이 놓이지 않으면 좀 더 올라가면 되잖아요."

"그래? 하지만 무덕이 힘들 텐데……."

"아이 참, 선생님. 선생님은 제 능력을 몰라서 하는 얘기예요. 좀 전만 해도 적이 나타날 것을 저는 알았는데 선생님은 모르셨잖아요!"

"그야 그렇지. 하지만 몸은 자신이 생각했던 만큼 강하지 않은 법이야."

"호호, 선생님. 선생님은 남자이지요?"

"……."

"보통 여자도 남자의 열 배나 되는 힘을 가지고 있어요. 그런데 저

는 보통 여자보다도 열 배 이상의 힘이 있으니 제 힘이 얼마나 강하
겠어요! 더구나 지금은 도망을 와 있고 또 이런 땅바닥에서라면 힘이
더 솟는단 말이에요."

"그럴까? ……이 자리에서?"

"그럼요, 이곳엔 인적이 없어요. 그리고 오늘은 제 방법대로 해 보
세요."

"어떻게?"

"그건 제가 알아서 할게요. 이것저것 모두 다 해볼 거예요. 어서 옷
이나 벗으세요."

"……."

무덕은 옷을 벗기 시작했다. 강리 선생도 결심을 했는지 옷을 훌훌
벗어 던졌다. 이윽고 두 사람은 실오라기 하나 걸치지 않은 몸이 되
었다. 두 사람의 맑고 하얀 피부가 어두운 숲 속에서도 훤하게 빛을
발했다.

무덕은 땅바닥에 즉시 엎드렸다. 강리 선생은 천천히 무덕의 몸을
다리 쪽에서부터 쓰다듬어 올라갔다. 그러고는 하얗고 풍만한 둔부
를 바라봤다.

잠시 후 강리 선생은 무덕의 가장 깊숙한 곳에 자신의 근원을 접합
시켰다. 무덕의 신음소리가 조용히 울려 퍼지자 강리 선생의 몸동작
도 점점 거칠어지기 시작했다.

땅에 엎드려 있던 무덕은 신경을 둔부 아래쪽에 집중한 채 묘하게
꿈틀거렸다. 무덕의 둔부가 강리 선생의 아랫배를 부드럽게 압박하
자 강리 선생도 얼마 안 가서 신음을 토하기 시작했다.

"음 —— 아 —— 아."

강리 선생은 뜻밖에도 쉽게 달아오르고 있었다.

무덕과 강리 선생의 신음 소리가 함께 어우러져 흥분을 더욱 고조시켰다. 강리 선생은 무덕의 가슴을 휘어 감고 하체를 더욱 움츠렸다. 무덕은 강리 선생을 위해 자신의 둔부를 끊임없이 움직이며 능동적인 자세를 취했다.

"음 —— 음, 아 —— 아."

"허 —— 억, 음 —— 음."

두 사람은 무아지경에 빠져들고 있었다. 무덕은 눈을 감고 입술을 악문 채 온 몸을 떨었다. 강리 선생의 얼굴은 성적 쾌감으로 일그러져 있었다.

강리 선생은 몸을 떨며 때로는 깊게, 때로는 강하고, 부드럽게 움직이며 묘하게 율동하였다. 강리 선생의 입이 무덕의 어깨를 가볍게 깨물며 더듬었다.

"아 —— 아 —— 음."

무덕은 결사적으로 절정감을 억누르고 있었다. 오늘은 자신이 즐기기 위함이 아니라 강리 선생의 극강의 기운을 얻는 데 목적이 있기 때문이다. 무덕 자신이 가장 사랑하고 유일하게 존경하는 강리 선생이 적들에게 쫓겨 다니지 않는가!

이는 적보다 약하기 때문이다. 이를 해결할 수 있는 방법은 단 하나, 육체를 통한 한없는 성적 자극뿐이다. 강리 선생은 극한의 경지를 넘어선 쾌감을 통해서만이 초월적 공력을 얻을 수 있다.

그동안 강리 선생은 무덕의 육체에 힘입어 공력을 꾸준히 향상시켜 왔지만 무덕의 몸이 한계가 있기 때문에 최상의 자극점에는 도달하지 못했던 것이다. 그러나 오늘만큼은 강리 선생도 태도가 달랐다.

이제는 끝장을 내려는 듯이 무덕의 몸 상태를 고려하지 않은 채 오로지 자신의 쾌감에 몰두하고 있었다.

강리 선생은 무덕의 몸을 돌려 바로 눕혔다. 무덕이 강리 선생의 목을 휘어 감자 강리 선생은 무덕의 뺨과 목 근처를 혀로 핥으면서 몸을 더욱 격렬하게 움직였다. 강리 선생의 두 팔은 꼼짝할 수 없을 만큼 무덕의 둔부를 힘껏 끌어안고 있었다.

그러나 무덕은 어떻게 해서든 움직이고 있었다. 이러한 동작이 강리 선생의 쾌감에 효과를 미치는지 무덕의 둔부가 움직일 때마다 강리 선생은 더욱 세게 끌어안으며 격렬하게 움직였다.

신음 소리는 이제 괴성으로 변했다.

"어 —— 엄 —— 아 —— 음."

"음 —— 음, 흑 —— 흑."

강리 선생은 이때부터 새로운 상태에 돌입했다. 한 손으로는 무덕의 등 한가운데를 누르고 또 한 손으로는 둔부 바로 위쪽을 끌어당겼다. 그런 뒤에 두 손에서 묘한 기운을 동시에 발출하여 무덕의 몸에 주입하기 시작했다.

이는 무덕의 몸을 강화시키는 것으로 강리 선생 자신의 흥분이 한껏 고조되고 있다는 뜻이었다.

"억 —— 억, 흑 —— 흑."

"음 —— 아 —— 아."

두 사람의 괴성과 흐느낌은 한밤의 적막을 온통 뒤흔들어 놓았다.

무덕과 강리 선생의 달콤한 육체의 향연은 먼동이 틀 때까지 계속됐다.

"……"

숲을 흥분시켰던 육체의 향연은 끝이 나고 무덕의 몸은 진흙 속에 아무렇게나 뒹굴고 있었다. 강리 선생은 무덕의 육체를 등지고 단정히 앉아 깊은 명상에 잠긴 듯했다. 이는 지난밤에 얻은 쾌락의 힘을 몸 안으로 깊게 흡수하는 자세인 것이다. 무덕은 달콤한 기분을 느낀 듯이 얼굴에 미소를 머금고 달게 자고 있었다.

강리 선생의 얼굴은 창백한 채 힘과 평화를 느끼는 모습이었다. 그렇다면 지난밤의 그 불꽃같은 향연으로 강리 선생의 소원인 육체의 비기(祕機)가 열렸단 말인가!

얼마간의 시간이 빠르게 지나갔다. 날은 아직 흐려 있었지만 멀리서부터 새벽이 찾아오는 중이었다. 강리 선생은 갑자기 눈을 떴다. 깊은 명상에서 깨어난 것이다. 그러고는 무덕을 돌아봤다.

강리 선생은 창백하고 무감각한 표정이었는데, 이는 그야말로 만족의 극치를 나타내는 것이었다. 강리 선생은 부드러운 손길로 곤히 잠든 무덕의 등을 어루만졌다. 그 순간 무덕도 눈을 떴다. 무덕은 급히 일어나 앉으며 지치지도 않은 표정으로 말했다.

"선생님, 어땠어요?"

무덕이 묻는 것은 단순한 즐거움을 뜻하는 것이 아니라 지난밤의 쾌감으로 극한의 문이 열렸는지 묻는 것이다. 강리 선생은 조용히 고개를 끄덕였다.

"어머! 선생님!"

무덕은 강리 선생의 가슴에 얼굴을 파묻고 흐느꼈다.

"흑 —— 흑 ——"

무덕은 진심으로 마음속 깊은 곳에서 우러나오는 감동을 참을 수가 없었다. 그 얼마나 기다렸던 일인가! 강리 선생은 소원을 이루고 무덕은 보람을 성취했다. 강리 선생이 인자하게 말했다.

"무덕, 고맙네. 자네의 몸은 최고야."

"선생님, 오히려 제가 고마워요. 이젠 다 된 건가요?"

"음, 큰 문은 열었어. 이제부터는 즐길 때마다 조금씩 향상 되는 거야."

"어머, 좋아라……. 우리 매일 계속해요."

"그럼 집으로 돌아갈까?"

"집은 싫어요, 적이 숨어 있을지도 모르잖아요."

"그렇군! 이제 어디로 가지……?"

"서울로 가요! 회장님을 만나서 축하도 받아야 하잖아요!"

"허허, 그런가……? 그래, 가 보자."

두 사람은 진흙을 털고 옷을 걸쳤다. 그러고는 벌판을 향해 사라져 갔다.

흑범의 실력

세상에는 크고 작은 많은 분쟁이 있다. 작게는 이웃 간의 하찮은 싸움에서부터 크게는 국가 간의 소모적인 전쟁도 있다. 싸움은 대개 양쪽, 혹은 한쪽이 소인배인 경우에 발생하게 된다. 소인은 시야가 좁고 양보할 줄 모르기 때문에 자주 싸움을 일으킨다.

그러므로 소인배들은 오랜 시간이 지나면 반드시 싸움을 일으킨다고 예측할 수도 있다. 하기야 신선의 경지에 이른 도인들도 종종 싸움을 일으키는 것을 보면 싸움을 한다고 해서 반드시 소인배라고 볼 수는 없을 것 같다.

다만 학덕이 높은 군자일수록 싸움의 명분을 중요시하지만 소인들은 이익이나 기분에 많이 치우치게 된다. 특히 무인들의 경우에는 단순히 누가 더 강한가를 시험하기 위해 싸우기도 한다. 그러나 무인들의 이러한 싸움은 자신의 무예를 시험하기 위한 것이 목적이므로 무모하다고만은 할 수 없다.

세상에서 가장 무모한 싸움은 여인이 가운데 끼어들어 양쪽에 오해를 일으키고, 공연히 자존심을 건드려 일으키는 싸움이다. 그리고 온전한 정신이 아닌 술기운에 젖어 사리분별이 무뎌졌을 때 일으키는 싸움은 더욱 무모하다. 이러한 싸움에는 명분이 있을 수 없고 오직 취중에 마음이 움직이는 대로 아무렇게나 싸우게 된다.

오늘 도심 한가운데서 벌어진 싸움은 바로 이런 여러 가지 내용이 복합적으로 어우러져 일어났다. 이 싸움의 발단은 한 여인의 호기심에 의해 계획적으로 유발되었다.

서울의 한 술집에서 칠성 중의 한 사람이 혼자 술을 마시고 있었다. 그때 한 여인이 다가와 칠성 옆에 앉았다. 여인은 애교스러운 미소를 지으며 말했다.

"어머! 선생님은 무예를 닦으신 분인가 봐요? 저는 그저 거리의 폭력배인 줄 알았어요!"

"……."

"그런데 참 말씀도 없으시네요……. 제가 예전부터 묻고 싶은 게 하나 있었는데 무예를 닦으신 분은 여자와 동침도 잘하나요? 호호호……."

"……."

칠성은 여인의 말에 대해 적당한 대꾸를 찾지 못했다. 대개의 무인들이 그렇듯이 그도 원래 술이 약한데다 여인을 상대하는 것에는 더욱 서툴렀기 때문이다. 무인들은 흔히 강인한 육체를 가지고 있기 때문에 술에 강할 것 같지만 사실은 그렇지 않다.

술은 적이 아닐뿐더러 내부에서부터 정신으로 파고드는 존재이기 때문에 어떻게 방비할 대책이 없다. 문인들은 처음부터 정신을 다스리는 공부를 해 왔으므로 취심을 다스리는 법을 알고 있다고 볼 수 있다. 하지만 기술과 힘만 닦아온 무인은 대체로 취심을 다스리는 데 능하지 못하다.

무예란 원래 외부의 적을 방비하는 기술이 아닌가! 그러나 여인의 경우 술과는 조금 다른 의미가 있다. 이 세상의 모든 여인에게는 상대방의 마음을 혼란하게 만드는 몸이 존재한다. 물론 이것이 싸움의 대상이 아니라 조금 친숙해지면 이 세상을 아름답게 보이도록 만드는 존재라는 점에서는 술과 같은 면이 없지 않다. 그렇기 때문에 무인에게 있어 여자는 난감한 존재일 수밖에 없다.

여인이 애교를 부리며 말했다.

"선생님은 어디서 힘이 나올까요? 어머, 이 손 좀 봐! 꼭 여자 손 같으네요. 이런 손으로 싸움을 한다고요? 힘이 있다는 거, 혹시 거짓말 아니에요?"

"……."

여인은 칠성의 손을 어루만지며 기분을 자극하고 있었다. 여인이 말을 함부로 해도 칠성은 전혀 개의치 않았다. 오히려 여인의 행동을 즐길 뿐이었다. 여인이란 으레 그런 존재가 아닌가! 어느 때는 말뜻보다는 오로지 몸놀림이 중요할 뿐이다.

지금이 바로 그런 시기였다. 칠성은 요즘 들어 몹시 무료함을 느끼고 있었는데 그로 인해 정신 상태도 어느 정도 풀려 있었다. 여인이 술을 또 한 잔 따라주자 칠성은 그것을 단숨에 마셔 버렸다. 이미 취기가 전신을 덮고 있는데도 마음은 전혀 눈치 채지 못했다.

이것은 술의 혼란성과 여인의 자극성이 합쳐진 결과로 칠성은 무심히 기분 좋게 빠져들 뿐이었다. 그런데 갑자기 흐름이 끊기는 일이 발생했다. 술집 종업원이 여인을 불러낸 것이다. 다른 손님이 왔기 때문이다.

"어머, 오빠 오셨어요! 이쪽으로 오세요!"

여인은 새로운 손님을 애교 있게 맞이했다. 그러고는 미안한 표정을 지으며 말했다.

"어떡하나! 오빠가 오랜만에 오셨는데……."

"음? 무슨 일이야?"

손님은 여인의 태도를 수상쩍게 바라보며 물었다.

"아니에요. 그런데 저 오늘은 오빠를 못 모실 것 같아요."

"그래? 그럼 할 수 없지. 다른 손님이 있나 본데 가서 일 봐! 난 혼자 마시고 갈 테니까!"

흑범은 대수롭지 않게 말했다. 흑범은 무덤덤하고 대범한 남자로 여인에게 옹졸한 태도를 보이지 않는 사람이었다. 하지만 흑범의 이런 태도는 여인을 무시하는 걸로 비춰질 수 있다. 여인이란 자신을 위해 남자가 애타는 것을 보고 싶어 하는 법이다.

흑범의 말에 기분이 상한 여인이 샐쭉한 표정을 지으며 말했다.

"그러세요. 하지만 조용히 마시고 가야 될 거예요!"

"뭐? 조용히 마시라고?"

"쉿, 저쪽에 무서운 사람이 와 있단 말이에요!"

"무서운 사람이라니?"

"아이, 목소리가 너무 커요. 지금 저쪽에 무술을 하는 분이 와 있어요, 아주 힘이 센 사람이에요."

"허, 그래? 내 참…… 무서워서 술도 못 시키겠군! 가서 그 쪽이나 조용히 마시라고 그래!"

흑범은 기분이 상해서 더 큰 소리로 말했다. 흑범이 누군가? 세상에 주먹 하나 믿고 사는 싸움꾼이 무술인 하나가 무서워 술집에서 숨죽이고 술을 마셔야 하는가……!

“에이, 별 쓸모없는 놈이 와 가지고는…….”

흑범이 보기에 그 손님은 여인 앞에서 힘자랑이나 하는 아주 형편없는 인물로 흑범이 가장 싫어하는 유형의 인간이었다. 물론 칠성은 결코 그런 사람이 아니다. 다만 여인이 중간에서 공연히 오해를 일으킨 것이다. 그런데 칠성 쪽에서도 흑범과 똑같은 오해를 하고 있었다.

기분이 상한 여인이 이번에는 칠성에게로 가 화를 부추겼기 때문이다.

“선생님, 미안해요……. 오늘은 조금만 마셔야 되겠어요!”

“음? 그게 무슨 말이야?”

“예, 저…… 실은 방금 전에 깡패가 들어왔어요. 아주 무서운 깡패예요. 선생님한테 시비를 걸지도 몰라요.”

“뭐? 별 미친놈이 다 있군! 가서 얼른 꺼지라고 해!”

순간 술에 취한 칠성이 화를 벌컥 내며 거칠게 내뱉었다.

그 말을 듣자 흑범은 술 마실 생각이 싹 달아났다. 흑범은 슬그머니 자리에서 일어나 칠성이 있는 쪽을 한 번 쳐다보고는 그대로 문쪽으로 걸음을 옮겼다. 여인에게 힘자랑이나 일삼는 졸장부와 다투기 싫어서였다. 그러나 그때 흑범의 발길을 잡아당기는 말소리가 들려왔다.

“저것 봐, 내 말 한 마디에 꼼짝 못하고 당장 도망가잖아! 제까짓게 깡패는 무슨 깡패야, 웃기는 놈이지. 하하하!”

“…….”

흑범은 분을 삭이기 위해 밖으로 나가려던 걸음을 잠시 멈추었다. 그러자 여인이 급히 달려와서는 아주 흑범의 자존심을 건드리는 말만 골라했다.

"오빠, 어서 피하세요. 저분이 무지무지하게 화났어요. 제가 가서 대신 빌 테니 빨리 가세요."

"……."

흑범은 말없이 여인을 노려봤다. 이미 떠나려는 사람을 붙잡고 어서 가라니! 그것도 겁을 줘 가면서 쫓아낼 필요가 있는가! 여인은 흑범의 마음을 모르는 것은 아니었지만 나름대로 의도하는 바가 있었기 때문에 더욱더 흑범의 감정을 부추겼다.

"오빠, 왜 그러세요? 그러다 공연히 다치시면 어떡하려고 그러세요……. 아무리 오빠가 힘이 세다지만 어디 무술인의 상대가 되겠어요?"

"……."

흑범은 기가 찼다. 여인은 말끝마다 칠성을 추어올렸고 자신을 무시하고 있는 것이다.

"……."

흑범은 깊은 숨을 몰아쉬었다. 술집을 나가기 전에 기분을 완전히 풀기 위해서였다. 그러나 또다시 심사를 건드리는 말소리가 들려왔다.

"이봐, 빨리 쫓아버리고 오지 않고 뭐해?"

칠성은 이제 완전히 취해 이성을 잃고 있었다. 여인은 이를 이용해 다시 한 번 흑범을 자극했다.

"오빠, 빨리 가세요. 아무래도 큰일 나겠어요. 저도 혼날 거예요……."

"……."

흑범은 잠시 눈을 감았다. 그러고는 갑자기 고개를 돌려 칠성이 있는 쪽을 날카롭게 쳐다봤다. 마침 고개를 돌리던 칠성이 그 모습을 보고는 버럭 소리를 질렀다.

"어! 저놈 봐라…… 야, 이놈아 이리 와 봐!"

"……."

흑범은 두말 않고 칠성이 있는 쪽으로 뚜벅뚜벅 당당하게 걸어갔다. 그렇지 않아도 화가 폭발해서 그쪽으로 가려고 했던 흑범은 속으로 잘됐다고 생각했다.

'아주 무례한 놈이군! 혼을 내줘야겠어…….'

흑범은 걸음을 빨리 했다. 칠성도 자리에서 일어났다. 이제 두 사람이 맞붙는 것은 시간 문제였다. 칠성은 흑범을 단숨에 처치해서 본때도 보여 주고 여인에게 자신이 최고라는 걸 과시하고 싶었다.

"휙 ——"

어느새 칠성의 몸이 날아올랐다. 칠성이 아무리 술에 취했다고는 하나 무술의 고수가 아닌가! 취기는 칠성의 마음속에서 일순간에 사라졌다. 무술의 고수는 잠결에도 동작을 취할 수 있는데 칠성이 바로 그러한 존재였다.

그러나 흑범은 결코 만만한 상대가 아니었다. 아니, 어쩌면 칠성을 능가하는 실력을 가졌을지도 몰랐다. 아무튼 칠성은 위로 날아오르면서 발을 힘껏 뻗어 찼다. 흑범의 안면을 향한 강한 일격이었다. 보통 사람이라면 이러한 공격을 받으면 피하지도 못하고 그 자리에서 즉사할 것이다. 그러나 흑범은 달랐다. 우선 몸을 숙여 공격을 피한 다음 오른발을 뒤로 옮기고 이어 왼손으로 칠성을 낚아채며 다시 한 발을 내딛으면서 오른쪽 주먹을 날렸다. 이 세 가지 동작은 눈 깜짝할 사이에 이루어졌다.

"뻑 ——"

흑범의 주먹은 칠성의 얼굴을 정면으로 강타했다.

"읍 ——"

칠성은 짧은 비명 소리를 내지르면서 뒤로 나가떨어졌다. 이로써 싸움은 끝이 났다. 칠성의 얼굴은 이미 피가 낭자하고 코뼈는 부러졌다.

"꽈당 ——"

"어머! 선생님!"

여인이 급히 달려왔지만 칠성은 이미 바닥에 길게 누워 깨어날 줄 몰랐다. 흑범은 이들을 싸늘하게 한 번 쳐다보고는 술집을 나가 버렸다. 이후 술집 안에서는 야단법석이 났지만 칠성은 아무것도 모른 채 고이 잠들어 있었다. 잠시 후 칠성의 패거리들이 나타나 그를 떠메고 나갔다.

무술의 고수인 칠성이 일개 무명의 싸움꾼에게 맥없이 패한 것이다. 비록 취중이었지만 칠성의 패배는 아주 비참했다. 다음날 칠성의 패거리들이 술집으로 우르르 몰려와 여인을 붙들고 사건에 대해 물어보며 위세를 부렸지만 이미 칠성의 위신은 완전히 땅에 떨어졌다. 그리고 이 소문은 며칠 만에 온 장안으로 퍼져 나갔다.

"칠성이 당했대…… 무서운 놈이 나타났다는군!"

처음엔 이런 식으로 소문이 시작됐다. 그러나 시간이 지날수록 이야기는 점점 더 부풀려졌다.

"일격에 꼼짝도 못하고 당했다더군……. 먼저 달려들었다가 혼이 났지! ……임자 만났어! 칠성도 별게 아닌가 봐……. 그 사람은 싸움에 귀신이래! ……칠성이 그동안 너무 잘난 척했어. ……애인을 빼앗았대! 칠성은 제대로 힘 한 번 못 썼다는구먼! ……그 사람이 많이 봐준 거래, 아니면 칠성은 이미 아주 죽었지……. 먼저 시비를 걸어 추태를 부렸다는구먼…… 공연히 행패를 부리다가 호되게 당했지! ……뛰는 놈 위에 나는 놈 있어. 공연히 여자 앞에서 힘자랑하다가

당했대……."

이러한 소문은 땅벌파 회장의 귀에도 당연히 흘러 들어왔다. 회장의 심기는 편치 못했다.

"대체 어떤 놈이야?"

회장은 칠성이 싸움에 진 것이 분했지만, 한편으로는 상대방의 정체도 궁금했다. 부하가 대답했다.

"흑범이란 놈입니다……. 조합장의 부하입니다."

"뭐? 조합장의 부하야? 저쪽에 그런 놈이 있었나?"

"최근에 들어온 놈입니다. 지리산에서 데려왔다더군요."

"그래? 저쪽에서 힘을 보강하고 있군! 그런데 흑범이 무엇 때문에 칠성을 공격했나? 저쪽 패거리들이 우리와 전쟁을 하겠다는 건가?"

"아닙니다, 칠성이 공연히 먼저 시비를 걸었답니다."

"그렇더라도 무슨 이유가 있었을 게 아닌가?"

"뚜렷한 이유도 없었습니다. 조사한 바에 의하면 흑범이 우연히 그곳에 술을 마시러 왔었답니다……."

"그럼 술을 마시다 시비가 붙었나?"

회장은 부하의 말을 막으며 조급하게 물었다. 그러자 부하가 씁쓸한 표정을 지으며 대답했다.

"회장님, 그게 아닙니다. 들리는 소문에 의하면 흑범은 아주 점잖답니다. 그날도 술집에서 혼자 조용히 나가려는데 칠성이 불러 세웠답니다."

"칠성이 그랬다고?"

"예. 흑범은 칠성 근처에도 오지 않고 술도 안 마셨다고 하더군요. 그냥 조용히 나가려는데 칠성이 소리를 질러서 못 나가게 했답니다."

"……."

회장은 기분이 몹시 언짢아 잠시 허공을 쳐다보았다. 사건의 전말을 들어보니 상대방 측의 과실은 전혀 찾아볼 수 없었다. 회장은 혹시나 조합장 측이 계획적으로 시비를 걸어온 것이 아닌가 의심했었다.

그러나 상황은 분명했다. 이번 사건은 흑범과 칠성 사이에 벌어진 개인적인 일이었다. 그것도 칠성이 일방적으로 잘못한 일로써 비록 칠성이 흑범에게 얻어맞았어도 뭐라 따질 명분이 없었다. 더구나 싸움이 일어난 곳은 관할 구역 밖으로 세력 다툼이라고 볼 수도 없었다.

싸움은 그저 우연히 일어났을 뿐이다. 이런 일을 가지고 보복을 하는 등 사건을 확대시킬 이유는 전혀 없다. 만약 사건을 확대시킨다면 그것은 비겁한 일일 뿐만 아니라 오히려 위험한 일이다. 회장으로서는 다만 칠성이 흑범에게 패배했다는 사실 그 자체가 괴로울 뿐이었다.

이번 일은 가깝게는 땅벌파의 위신을 떨어뜨리고, 멀게는 양 진영의 세력 균형을 깨뜨리는 원인이 되는 셈이었다. 조합장이 흑범 같은 싸움꾼을 끌어들였다면 흑범 이외에도 다른 인물을 구하고 있으리라. 아니, 이미 그런 인물을 상당수 끌어 모았을지도 모른다.

'음, 조합장이 제법이군! ……아니야, 이건 분명히 남씨라는 작자가 계획한 일일 거야.'

회장은 이런 생각을 하며 눈을 가늘게 떴다. 마음속에 잠깐 남씨의 모습이 그려졌다.

'음, 저쪽에서 인재를 구하고 있단 말이지……. 좋아, 나도 뭔가 대책을 세워야겠군. 그런데 과연 흑범이 칠성의 실력을 능가하는 것일까?'

회장은 흑범의 능력이 무척 궁금했다.

'당시 칠성이 취해 있었다고 했는데······! 아무리 술이 취했다고 해도 그토록 일방적으로 당할 수 있을까?'

회장은 혼자 고개를 갸우뚱거리며 생각에 잠겼다. 그때 밖에서 부하가 들어왔다. 부하는 고개를 숙여 인사를 하고는 즉시 용건을 말했다.

"회장님, 저쪽에서 전갈이 왔습니다······."

"음? 조합장 말인가?"

"예, 편지와 함께 돈도 보내왔습니다······."

"뭐? 이리 줘 봐!"

"······."

회장은 급히 편지를 뜯어봤다. 편지 내용은 간략했다.

—— 회장님, 일전의 사건에 대해 사죄를 드립니다. 나는 전혀 몰랐던 일로써 나중에 애기를 듣고 애들을 야단쳤습니다. 오해는 없을 줄 압니다······. 함께 보내는 돈은 약소하나마 치료비에 보태 주십시오······. 그리고 우리도 언제 한 번 만나 술이라도 한잔 나눕시다. 조합장 ——

"······."

편지를 다 읽고 나서 회장은 또다시 허공을 응시하였다. 기분이 더욱 나빠졌기 때문이다. 상대방의 편지는 정중한 사과의 뜻이 담겨 있었지만 한편으로는 거드름을 피우는 것이 분명했다.

그도 그럴 것이 자기편인 흑범이 이쪽의 칠성을 때려눕혔으니 얼마나 통쾌할 것인가? 사죄의 글 따위는 겉치레일 뿐 중요한 게 아니다. 중요한 것은 조합장 측이 땅벌파를 이겼다는 사실이다. 이는 암암리에 이쪽을 위협하는 결과로 조합장도 이를 잘 알고 있을 것이다.

'몹시 흐뭇해하는군. 분명 막강한 힘을 단단히 갖추었을 테지…….
좋아, 나도 가만있지는 않을 거니까…….'

회장은 분한 듯 이를 악물었다. 그러고는 부하에게 말했다.

"저쪽에 갔던 일은 어떻게 됐나?"

"예? 아, 정마을 말씀이군요! 아마 오늘쯤 애들이 돌아올 겁니다…….'

"음, 애들이 오는 대로 즉시 내게 연락하게. 나는 집에 좀 다녀오겠
네……."

"예, 다녀오십시오."

"……."

회장은 땅벌파 사무실을 나섰다.

땅벌파의 원정

땅벌파의 회장은 조합장 측을 완전히 뿌리 뽑기 위해 그 배경인 정마을을 공격할 계획이었다. 그러기 위해서는 먼저 정마을에 대한 모든 정보를 입수해야 했다.

정마을에는 과연 어떤 사람들이 사는지, 그리고 그들이 얼마나 강한 힘을 소유하고 있는지가 가장 큰 궁금증이었다. 이런 일들은 강리 선생의 관심사이기도 하지만 회장은 벌써 오래 전부터 일을 꾸며 왔다.

지금 회장이 기다리는 사람은 바로 정마을에 보낸 탐색대였다. 탐색대는 모두 세 명으로, 이들의 임무는 정마을에 들어가 그곳의 지형을 관찰하고 마을에 사는 모든 사람에 대해 탐지해 오는 것이었다.

탐색대는 여행객으로 가장하여 정마을 사람들과 태연하게 대화도 나누면서 그곳의 실정을 낱낱이 파헤치고 돌아오도록 계획이 짜여 있었다. 물론 회장은 이 일을 위해 사전에 철저한 대비책을 세워두었다. 그리고 탐색대는 험상궂지 않은 사람들로만 구성하여 공연한 의심을 받지 않도록 최대한 노력을 기울였다.

회장은 이들이 돌아올 때까지 참고 지낼 것이다. 손자(孫子)가 말했던 것처럼 전쟁은 승산이 있을 때 비로소 시작할 수 있는 법이다. 회장은 워낙 치밀한 사람이라서 이런 일에는 실수가 없다. 이 점이 조합장과는 많이 다르다. 조합장은 모험적이고 계획적이기보다는 행동이 우선 한다. 하지만 회장은 매사에 신중한 사람으로 결과가 분명하다는 계산이 섰을 때만 행동으로 옮긴다. 그리고 회장은 때를 기다릴 줄 아는 사람이다.

정마을 탐색대는 저녁 무렵이 되어서야 서울에 도착했다. 이들은 정마을에서 나와 춘천에서 하룻밤을 자고 아침 일찍 서울의 본거지를 향해 떠난 것이다. 이들의 도착은 회장에게 즉시 연락되었다.

"다녀왔습니다."

"수고했네, 이쪽으로 앉겠나."

회장은 탐색대원들을 친절하게 맞이했다. 그들의 표정은 뭔가 소득이 있었는지 무척 밝았다. 그들은 자리에 앉자마자 보고를 시작했다.

"정마을에 들어갔다 왔습니다."

"어떻든가? 위치부터 자세히 얘기해 보게."

"예, 정마을은 강을 건너서 숲으로 30분 정도 들어간 곳에 있습니다."

"……"

"강에서는 아주 친절하게 건네주더군요. 아마 외지 사람은 무조건 환영하는가 봅니다. 마을 주민들은……."

"……"

"모두 열두 명이었습니다. 킹콩과 제갈공명 외에 열 명이 더 있습니다."

"……"

회장은 심각하게 듣고 있었다. 여기서 킹콩은 박씨를 말하는 것이며 제갈공명은 남씨를 두고 하는 말이다. 남씨의 별명은 언젠가 회장이 붙여 준 것이었다.

'저쪽에는 제갈공명 같은 사람이 있단 말이야. 하지만 나도 그에게 질 마음은 없어. 요는 싸움꾼이 문제지…….'

회장은 남씨에 대해 강한 승부욕을 갖고 있었다. 회장 또한 남씨에 버금가는 실력을 지니고 있기 때문이었다. 사실 남씨도 회장에게 호되게 당한 적이 있었다.

현재 회장은 정마을에 기습 공격을 감행해 남씨와 실력을 겨루려는 것이다. 하지만 갑작스럽게 들이닥치는 적에 대해 남씨가 어떤 반격을 할 수 있을까……?

탐색대원의 보고가 계속되었다.

"……여자는 모두 네 명입니다. 할머니가 한 명, 아주머니가 두 명, 그리고 젊은 여자가 하나 있었습니다. 아주 미인이더라고요!"

"미인이라고? 나이는 어느 정도 됐나?"

회장은 뜻밖에도 관심을 보였다. 미인이기 때문일까……?

"스무 살 정도 되었을 겁니다. 아버지는 없고 어머니와 단둘이 살고 있습니다."

"좋아, 다른 사람들은?"

"할아버지와 애들 두 명이 있어요. 한 명은 열다섯 살 미만이고 또 하나는 한 살입니다."

"……."

"그 외에 남자가 세 명 있는데, 한 사람은 공부를 하는 삼십대로 아주 순진하더군요!"

"음? 무슨 공부?"

"붓글씨입니다. 제갈공명이 천하에 명필이랍니다…… 그 사람한테
배우는 거지요."

"나머지는?"

"나머지는 청년 둘입니다, 저보다 조금 어린 청년들이지요. 그런
데……."

"……."

"그 중에 한 청년이 신통하답니다."

"신통해? 어떤 사람인데?"

"공부를 많이 했대요! 마을 사람들이 모두 존경하는 것 같았어요."

"그래? 무슨 공부를 했다든데?"

"주역이라든가 뭐라든가……."

"주역……? 그럼 점쟁이인가?"

"예, 그런 것 같습니다. 하지만 그 외에도 아는 게 아주 많답니다."

"이름은?"

"건영이라고 했습니다. 그 마을의 실질적인 지도자라고 하더군요!"

"건영이가……! 그 자가 지도자라고? 그렇다면 남씨보다 뛰어나다
는 얘기로군!"

"……."

회장은 혼자 중얼거렸다. 그러고는 다시 물었다.

"다른 사람은 없던가? 도를 닦는 노인네들 말일세."

"없었습니다. 다만 킹콩이 이상한 얘기를 했습니다……."

"무슨 얘긴가?"

"예, 정마을에는 도인들이 가끔 찾아온답니다."

"그래? ……그렇구나! 하하하!"

회장은 갑자기 웃으며 목소리를 높였다.

"예? 무슨 일이지요?"

"자네들은 알 필요 없네. 계속하게."

"통로는 강 쪽 말고는 없습니다. 외부인들의 출입도 거의 없습니다."

"……."

"가까운 이웃 마을이라고 해 봐야 강 건너 수십 리 떨어져 있고, 외지인은 일 년에 한두 번 정도 찾아올 정도랍니다. 금년은 저희가 첫 손님이라고 하더군요."

"자네들을 의심하지는 않던가?"

"웬걸요! 밥도 주고, 술도 주고, 또 강가에 데리고 나가 이 얘기 저 얘기 잘도 해 주던데요!"

"잘됐군, 킹콩 외에 다른 위험인물은 없던가?"

"사람이 있어야지요! 건영이라는 젊은 친구가 앞일을 잘 안다고만 했어요!"

"그 친구도 자네들을 의심하지 않던가?"

"글쎄요, 아예 저희들과 합석을 안 했어요!"

"왜 그랬지?"

"그저, 바빠서 그렇겠지요! 항상 생각에 잠겨 있나 봐요."

"그렇겠군, 하하하! 그밖에 다른 사항은?"

"마을에 집들이 여기저기 흩어져 있습니다."

"그래? 그건 잘된 일이군! 약도는 그려 왔나?"

"물론입니다, 정확히 그려 왔지요!"

"좋아, 수고했네. 자, 술이나 마시게."

"예, 고맙습니다."

"……."

회장은 편안한 모습으로 먼저 한 잔을 들이켰다. 회장의 머릿속에
는 정마을을 습격할 계획이 아련하게 그려지고 있었다.

한편 흑범과 대결했던 칠성은 장경우라는 자로 그의 나이 33세였
다. 그는 흑범과의 대결로 입은 몸의 상처보다 더 큰 마음의 상처로
괴로워했다. 첫째는 자신이 술에 취해 마음을 제대로 다스리지 못했
다는 것이고, 둘째는 흑범과 단 일합을 겨루어 패배했다는 것이다.

이로 인한 마음의 상처는 후회와 분발을 촉구했다. 그렇지만 칠성
이 흑범과의 대결에서 자신의 패배를 완전히 인정한 것은 아니었다.
칠성은 그 당시 취해 있었기 때문에 실력을 충분히 발휘하지 못했다
고 생각했다. 그래서 기회가 닿는 대로 흑범과 다시 한 번 실력을 겨
뤄 보고 싶었다.

흑범 역시 대결을 피할 마음은 없었지만 충분히 자신의 승리를 예
견할 수 있었다. 물론 지난번 대결에서 칠성이 술에 취해 있었던 건
사실이다. 그러나 취한 상태에서도 상대방이 제법 날카로운 공격을
퍼부었기 때문에 거의 실력을 다 드러냈다고 보았다.

이 점은 조합장도 지적했었다. 술을 마셨다고는 하지만 사람의 키
를 넘어 안면을 강타해 온 것으로 보아 칠성의 실력이 다 발휘된 것
이라고…….

아무튼 양 진영에서는 이 싸움으로 인해 일이 확대되는 것을 바라
지 않았다. 특히 땅벌파의 회장은 이런 소모적인 승리보다 좀 더 근
원적인 승리를 추구하였다. 즉, 조합장의 배경을 완전히 분쇄하는 것
으로, 그것은 두말할 나위 없이 정마을의 멸망을 의미한다. 현재 그
준비는 빈틈없이 착착 진행되고 있었다. 또한 회장은 흑범에게 패한

칠성에게 격려를 아끼지 않았다.

"앞으로 술을 조심하게. 이번 일은 실수일 뿐이야……."

"……."

칠성은 묵묵히 고개를 숙여 주의 깊게 들었다. 술이 이유가 됐든 그렇지 않았든 일단 패한 사람은 변명이 많으면 그 또한 두 번의 패배가 된다.

칠성은 단지 또 한 번의 대결을 기다릴 뿐이었다. 다른 칠성들도 동료의 복수를 할 수 있게 되기를 바랐다. 그러나 그들은 먼저 정마을의 일부터 해결해야 한다는 것을 잘 알고 있었다.

회장은 정마을 습격에 대해 특별한 전략을 구상해 두었다. 원래 전략의 천재인 회장은 이번 정마을의 습격에 있어서는 더욱 용의주도하게 계획을 세웠다. 특히 이번 계획에는 비겁한 방법도 포함되어 있었지만, 어차피 폭력 조직끼리의 대결인 만큼 전혀 문제가 되지 않았다.

회장의 계획은 먼저 부하들을 정마을에 은밀히 잠입시킨 뒤 노인과 부녀자, 그리고 아이들을 인질로 삼는 것이었다. 인질 대상은 강씨 내외·부인들·숙영이·정섭이·아기 등이고 경우에 따라서는 건영이나 남씨도 인질이 될 수 있다. 아직까지 실력이 드러나지 않은 이씨와 인규는 우선 제외시켜 놓은 다음 정마을에서 가장 힘이 센 킹콩, 즉 박씨는 칠성이 상대한다. 인질을 완전히 확보한 뒤 다섯 명의 칠성이 동시에 박씨를 공격하는 것이다. 이 계획에 대해 강리 선생도 찬성의 뜻을 나타냈다.

"충분할 겁니다. 나도 그곳에 함께 나아가서 대기하겠습니다. 혹시 좌설이나 능인이 나타날지도 모르니까요!"

회장은 적이 만족했다. 이제 남은 문제는 좌설과 능인뿐이었다.

"선생님, 만일 말입니다……."

회장은 우려를 표하면서 말을 건넸다.

"좌설과 능인이 함께 나타난다면 어떻게 되는 겁니까?"

강리 선생은 무덤덤하게 대답했다.

"염려 마세요, 이제 그들은 나를 못 당합니다……."

강리 선생이 무덤덤하게 말한 것은 오히려 결의를 나타낸 것으로, 이는 강리 선생이 최근 비기(祕機)를 열어 놓은 데서 비롯된 것이다. 이제 신선에 버금가는 힘을 이룩한 강리 선생은 매일매일 그 힘을 증강시켜 장차는 신선의 경지를 넘어서게 될 것이다.

강리 선생의 힘은 초목처럼 끊임없이 자라는 것으로 그 원동력은 성적 자극에 있다. 그리고 그 자극의 근원인 무덕은 보통 사람은 견딜 수 없는 강리 선생과의 극한의 성적 쾌감을 이겨내고 결국은 자신도 커다란 공력을 성취하였다. 따라서 무덕의 활용 가치는 더욱더 커졌다.

강리 선생이 말했다.

"회장님, 우리가 아예 정마을을 차지해 버립시다. 나는 무덕과 함께 그곳에서 살고 싶군요!"

"아, 예, 그렇습니까? 그렇다면 이번에 꼭 성공해야겠군요!"

회장은 크게 기쁨을 나타냈다. 강리 선생마저 정마을을 공격하기를 원한다면 그 성공은 불을 보듯 뻔하기 때문이었다. 회장은 즉시 작전을 전개하기 시작했다. 우선 선발대를 정마을로 통하는 소양강 하류의 숲 입구로 파견하여 정마을의 동정을 살피도록 했다.

선발대의 인원은 열 명으로 숲의 입구 근처에 텐트를 치고 교두보를 마련한 다음 본대를 기다린다. 본대는 춘천에서 휴식을 취한 뒤

차례대로 교두보에 도착, 다음 작전에 대비한다. 정마을의 기습 작전은 근방에 진입하여 상황을 파악한 후에 다시 결정한다…….

이렇게 전략을 세워둔 회장은 우선 열 명의 선발대를 출발 시켰다. 이들은 춘천에서 하룻밤을 묵고 다시 소양강 하류로 향하게 될 것이다. 정마을의 궤멸을 목표로 하는 땅벌파의 선발대는 아침 일찍 청량리역을 조용히 빠져나가고 있었다.

예정된 한판 승부

정마을을 공격하기 위해 땅벌파가 서울에서 출발한 그 시각, 정마을에서는 여느 때와 똑같은 하루의 일과가 시작되었다. 새벽에 일찍 일어난 건영이는 풍곡림으로 향하였고 박씨와 인규는 무술 수련을 하기 위해 강가로 나갔다. 강가에 도착하면 먼저 박씨는 강 건너편을 살펴 인기척이 없으면 곧바로 수련으로 들어갔다.

수련은 우선 인규의 전체 시범 동작으로 시작되고 이어 박씨의 각 개 동작이 이루어진다. 그러고 나서 박씨의 동작에 대한 인규의 세심한 지도 감독이 뒤따르는 것이다.

오늘 날씨는 화창하고, 강변은 아직 어스레한 가운데 생기를 가득 머금고 있다. 강물은 소리 없이 흘러갔다.

두 사람의 무술 수련은 상당히 대조를 이루었다. 박씨가 각개 동작을 느리게 반복하고 있을 때 인규는 전체 동작을 신속하게 전개한다. 반대로 박씨가 전체 동작을 서툴게 전개하면 인규는 각개 동작을 정밀하게 반복한다. 박씨는 진지한 표정만큼 멋진 동작이 나오지 못한다. 반면에 동작이 날렵한 인규는 얼굴을 찡그리며 가끔 생각에 잠긴다. 이는 동작에 깃들인 심오한 뜻을 깨닫고자 함이다.

이제 날은 서서히 밝아오고 있었다. 인규는 세심한 동작에 이어 전체 동작을 또 한 번 전개했다. 그야말로 제비처럼 신속한 동작으로 오늘 아침에만 벌써 세 번째 반복하는 것이었다. 이때 정마을 입구 쪽 숲 속에서 인기척이 났다.

"……."

순간 인규가 먼저 느끼고 소리 나는 쪽을 돌아봤다. 인규는 자신의 동작만큼이나 감각도 예민해진 것 같았다. 그런데 나타난 사람은 뜻밖에도 건영이었다.

"어? 건영이 아니야!"

박씨와 인규가 동시에 소리쳤다. 건영이는 아침 햇살이 강둑에 닿는 순간 모습을 드러냈다.

"……."

두 사람은 하던 동작을 멈추고 건영이가 걸어오는 쪽을 바라보았다.

"잘 되나요?"

세 사람의 거리가 어느 정도 좁혀지자 건영이가 먼저 박씨를 향해 말을 건넸다.

"글쎄, 여긴 웬일이신가?"

박씨가 멋쩍게 웃으며 되물었다.

"예, 강바람을 쏘이려고요. 아니, 그보다는……."

건영이는 뭔가 할 말이 있어 보였다. 건영이가 갑자기 나타난 것에는 언제나 이유가 있게 마련이었다.

"……."

인규는 다소 의아스럽게 생각했다. 이 새벽에 무슨 할 말이 있을까……? 건영이는 미소를 지으며 박씨를 향해 말했다.

"아저씨, 오늘 수련은 일찍 끝내세요!"

"음, 왜? 알았어."

박씨는 반문하다 말고 순순히 대답했다. 건영이가 하자는 일에는 굳이 반대할 필요가 없기 때문이었다. 다만 새벽 일찍 나타나 운동을 그만 하라는 것이 심상치 않을 따름이었다.

건영이가 다시 말했다.

"우리 오늘 소풍 가요, 봄도 오고 했으니까요……."

"소풍? 그거 좋지! 그런데 우리끼리?"

박씨는 건영이의 제의에 맞장구를 치면서도 의아스럽게 생각하였다. 소풍이라면 한가로운 일로 이렇게 일찍 나와서 일부러 말할 필요까지는 없기 때문이었다. 인규가 보기에도 건영이의 태도는 이상하게 보였다.

건영이가 대답했다.

"마을 사람들 모두 가는 거예요……. 지금 가지요."

"음? 그래, 가자꾸나."

박씨는 인규를 슬쩍 보며 대답했다. 무언가 심상치 않은 일이 있는 것 같았다. 건영이는 벌써 저만큼 앞서가고 있었다.

'아니, 이토록 서두르다니……!'

박씨와 인규는 말없이 건영이를 따라 나서며 이렇게 생각했다. 원래 건영이의 성격은 수동적이고 느린 편이다. 지금처럼 수련하는 곳까지 찾아와서 소풍을 가자고 서두르는 것은 결코 건영이답지 않은 행동이었다.

그렇다면 무슨 일이 있는 것일까……? 불길한 일일까……? 하지만 그런 것 같지는 않았다. 건영이의 표정이 그리 어둡지만은 않은 것이다. 그렇지만 서두르는 이유를 밝히지 않는 것으로 보아 분명 일이 있긴 있나 보다.

세 사람은 별다른 말없이 부지런히 걸었는데 건영이의 걸음걸이는 확실히 평소보다 빨랐다.

"……."

박씨와 인규의 머릿속은 갖가지 생각들로 복잡해졌다. 그러나 건영이는 말 한 마디 없이 오로지 앞만 보며 서둘러 갈 뿐이었다.

이윽고 정마을……! 그런데 이게 웬일인가? 마을 사람들이 모두 나와 있는 게 아닌가! 단지 강씨 내외만 보이지 않았다. 이때 남씨가 건영이를 향해 말했다.

"다 모였군! 이제 어디로 가지?"

남씨가 이렇게 말한 것을 보면 박씨와 마찬가지로 영문도 모른 채 급히 불려 나온 것이 분명했다.

건영이가 진지한 표정으로 마을 사람들을 둘러보며 천천히 말을 꺼냈다.

"오늘은 매우 중요한 날이에요. 그러니까 제 말에 잘 따라야 해요
……."

건영이의 말은 뜻밖이었다. 언제 건영이의 말을 안 들은 적이 있었던가! 정마을 사람들이라면 누구나 건영이 말에 절대적이었다. 최근 정마을에 들어온 이씨조차도 그러했다. 그런데 건영이는 굳이 호소하듯 말한 것이다. 게다가 매우 중요한 날이라고 강조하고 있지 않은가! 이 또한 건영이의 평소 태도가 아니었다.

남씨는 은근히 건영이의 태도를 살폈다. 건영이의 표정은 기뻐하는

모습은 아니었지만 그렇다고 어둡지도 않았다. 그러나 겉모습만으로는 건영이의 마음을 정확히 알 수 없으므로 무엇인가 깊은 뜻이 있다면 기다려 보는 수밖에 없었다.

박씨도 남씨와 같이 오늘 건영이의 특이한 행동에는 깊은 뜻이 있을 것이라고 생각하였다. 마을 사람들도 대부분 그렇게 생각하였다. 다만 숙영이의 모습이 유난히 어두웠다.

인규는 그런 숙영이를 유심히 살펴보았다. 숙영이는 오늘따라 건영이 근처에는 가지도 않고 가끔 강 쪽만 바라보았다. 그 표정에는 초조와 불안, 그리고 망설임 같은 것이 나타났다.

오늘은 정말 이상한 날이다. 숙영이는 언제나 밝고 맑았었는데 지금의 모습은 분명 그게 아니었다. 그런데 건영이도 숙영이를 전혀 의식하지 않고 있었다. 건영이의 말소리가 들려왔다.

"오늘 소풍은 큰산으로 가요. 장소는 숙영이가 안내할 거예요. 자, 한 분도 빠짐없이 모두 떠나세요."

"……."

마을 사람들은 잠시 멈칫했다. 건영이가 함께 갈 움직임을 보이지 않기 때문이었다. 남씨가 놀란 듯이 물었다.

"건영이 너는 안 가니?"

"나중에 뒤따라 갈 거예요. 먼저 가세요."

"……."

"어서요, 시간이 없어요."

건영이는 다소 날카롭게 말했다. 시간이 없다니 이 무슨 말인가……? 모두들 의아스럽게 생각하며 머뭇거리고 있는데 숙영이가 나서며 말했다.

"어서 가요. 장소는 제가 안내할 거예요."

숙영이는 강노인 집 쪽으로 먼저 걸어갔다.

"······."

남씨가 걱정스런 눈빛으로 건영이를 바라보자 건영이는 미소를 지으며 말했다.

"어서들 가세요, 제 말에 잘 따라야 한다니까요!"

"그래······? 알겠다. 하지만 영문을 알아야지······."

"나중에 말씀 드릴게요! 어서 가세요."

"······."

남씨는 고개를 끄덕이면서도 잠시 망설였다. 그러자 이번에는 박씨가 나섰다.

"건영아, 나도 가야 하니?"

건영이의 보호를 책임지고 있는 박씨로서는 건영이 혼자 남겨두고 떠나는 것이 마음에 걸렸다. 하지만 건영이는 당연하다는 듯이 말했다.

"그럼요! 아저씨는 할 일이 많잖아요. 어서 가세요······."

"······."

건영이는 빨리 떠날 것을 권하였다. 건영이가 말한 박씨의 할 일이란 바로 짐을 많이 짊어지는 것인데 그렇다면 이는 소풍이 아니라 피난이 아닌가······!

"어서 가라니까요!"

건영이가 이번에는 아주 날카롭게 소리쳤다.

"······."

마을 사람들은 더 이상 머뭇거릴 수가 없었다. 건영이가 혼자 남으려는 데는 분명 중요한 뜻이 있으리라······! 마을 사람들은 어두운 표정을 지으며 천천히 발길을 옮겼다. 이때 문득 마을 사람들의 마음 속에는 빗자루 괴인의 모습이 떠올랐다.

지금의 행동은 바로 피난인 것이다. 지난번 괴인이 나타났을 때도 그랬다. 단지 이번엔 다른 점이 있다면 건영이가 혼자 마을에 남아 있다는 것과 피난길이 지난번보다는 다급하지 않다는 것이다. 이는 괴인이 먼 곳에서 오고 있다는 뜻이리라. 그렇다면 건영이는 지난번 과는 다르게 괴인의 출현을 일찍 느낀 것일까······?

"······."

일행은 말없이 부지런히 걷기 시작했다. 기왕 피난길에 나선 거라 면 힘을 내야 한다. 괴인이 나타나든 나타나지 않든 간에 건영이의 재촉은 위험을 알리고 있는 것이다.

그런데 그 내용을 숙영이가 이미 알고 있는 것 같았다. 건영이는 숙 영이에게 먼저 그 사실을 알렸을까? 아무래도 이해할 수 없는 일이 다. 중요한 일이라면 마땅히 남씨와 의논했을 텐데······! 인규는 여러 생각을 해 보았지만 뚜렷하게 결론을 내릴 수가 없었다.

한편 한 발 앞서간 숙영이는 강씨 내외를 밖으로 불러냈다. 강노인 은 이미 정섭이를 통해 상황을 파악하고 있었다. 건영이는 굳이 소풍 이라고 말했지만 마을 사람들 중에 소풍이라고 믿는 사람은 하나도 없었다. 마을 사람들이 느끼기에 이건 분명 피난이었다. 장소도 지난 번에 피난했던 바로 그곳이다.

"날씨가 좋구먼······!"

할머니가 여유 있게 말을 꺼냈다. 하지만 기쁨을 나타내는 사람은 하나도 없었다.

"······."

할머니가 앞장을 섰다. 마을 사람들은 할머니의 걸음에 보조를 맞추면서 천천히 움직이기 시작했다. 날씨는 할머니 말처럼 아주 좋았다. 이러한 봄날이라면 소풍도 적격이다. 지금의 상황이 정말로 소풍이라면 얼마나 좋을까……?

"……"

일행은 한동안 말없이 전진했다. 그러나 서두르는 기색은 없었다. 단지 쉬지 않고 오래 갈 수는 없는 법, 할머니가 먼저 말을 꺼냈다.

"이곳이 경치가 좋은데……!"

마을 사람들은 할머니의 뜻에 따라 잠깐 멈춰 쉬기로 했다. 주변의 경치는 그야말로 좋았다. 오른쪽은 숲이고 왼쪽에는 높은 산이 있는데 산 앞으로는 개울이 흐르고 있었다.

"……"

마을 사람들은 별로 말이 없었다. 아마도 건영이가 이 자리에 없기 때문일 것이다. 모두들 불안한 기색이었지만 그나마 임씨 부인이 밝은 표정을 지으며 말했다.

"여기서 음식을 만들까요?"

아직 점심때가 된 것은 아니었지만 시간이 있을 때 음식을 만들어 두자는 생각에서 남씨에게 물은 것이다. 어차피 음식은 필요하기 마련이므로 다들 남씨의 대답을 기다렸다. 건영이가 없는 지금 남씨의 지시에 따르겠다는 뜻이리라.

남씨는 숙영이를 흘끗 바라봤다. 시간의 여유를 묻는 것이다. 건영이가 숙영이에게 무엇인가를 지시를 해 주었다면 시간 사정도 잘 알 것이 아닌가! 숙영이는 말없이 고개만 끄덕였다.

숙영이의 동의를 얻자 남씨가 말했다.

"음식을 만들어도 될 것 같군요!"

남씨의 말에 따라 여자들은 음식을 만들기 시작했고 이제 할머니는 더욱 편안히 쉴 수 있게 되었다. 숙영이는 침울한 표정으로 혼자 물가로 가 앉았다. 박씨는 마을 사람들이 걸어왔던 길을 슬쩍 쳐다보고는 남씨에게 말을 걸었다.

"형님, 정말 괴인이 오는 모양이지요?"

남씨도 지나온 길 쪽을 한 번 쳐다보고 대답했다.

"그런 것 같군! 하지만 좀 늦을 것 같은데……!"

"예? 늦다니요?"

"건영이가 마을에 남아 있지 않나! 아마 우리를 먼저 보내놓고 괴인을 감시하려는가 봐."

"그럼 건영이가 우리를 뒤따라올까요?"

박씨는 걱정스레 물었다.

"우리를 먼저 보냈으니 오겠지. 그런데 다른 이유도 있는 것 같아……."

"다른 이유라니요? 무슨 말씀이세요?"

"글쎄, 숙영이가 알 것 같은데……."

"물어볼까요?"

"아니, 그냥 내버려두게. 숙영이도 기분이 편치 않은 것 같으니……."

"……."

박씨는 알겠다는 듯이 고개를 끄덕였다. 여인이 말을 하지 않을 때는 굳이 물어볼 필요가 없다. 때가 되면 저절로 다 알게 되는 것이다. 아마 숙영이는 괴인을 망보기 위해 건영이가 위험하게 혼자 남아 있는 것이 속상했을지도 모른다.

물론 건영이가 괴인을 망본다고 해서 직접 눈으로 살피는 것은 아니다. 만일 그런 경우라면 동작이 빠른 박씨가 적격일 것이다. 그러나 괴인을 살피는 것은 눈이 아니라 바로 심정 공간 내의 일로써 정마을에서는 유일하게 건영이만 할 수 있다.

건영이는 분명히 괴인이 당도하기 훨씬 이전에 정마을을 빠져나오리라! 이것이 남씨 이하 모든 정마을 사람들의 생각이었다. 다만 인규의 생각으로는 건영이가 마을 사람들을 먼저 떠나보낸 것은 단순히 괴인을 망보기 위해서가 아니라 근처에 있으면 아무래도 마음이 산만해져 정신 집중이 잘 안 되는 수도 있지 않겠는가……?

하지만 정작 건영이의 뜻을 아는 사람은 아무도 없었다. 단지 숙영이가 건영이로부터 직접 얘기를 들은 것으로 보였지만 숙영이는 여전히 침묵을 지키고 있었다.

"……."

마을 사람들은 지금 분명 소풍 가는 기분이 아니었다. 그렇지만 할머니는 언제나처럼 애써 편안한 모습을 보이려 했다. 이런 점에서 보면 할머니는 참으로 대범한 인격을 가졌다. 어떻게 보면 모든 것에 초연하다고나 할까? 위기의 순간이 고조되면 될수록 할머니는 더욱 원만한 성격을 드러내는 것이다. 하기야 마을 사람들 중에 누구 하나 비굴한 사람이 있겠는가?

시간은 조용히 흘러가고 있었다. 여자들은 열심히 음식을 만들고 정섭이는 임씨의 아기를 돌보았다. 모두들 이 위기의 상황을 침착하게 대처하고 있었다.

다만 이런 일을 처음 겪어 보는 이씨는 영문을 몰라 어리둥절해했다. 이런 이씨를 보고 인규가 설명해 주었다.

"우리는 지금 피난을 떠나는 중이에요! 물론 소풍을 겸한 것이지만요……."

"……."

이씨는 고개만 끄덕일 뿐이었다. 이씨가 피난의 뜻을 정확히 알 수 있을까? 빗자루 괴인이나 호랑이의 공격을 경험해 보지 못한 이씨로서는 낙원인 정마을에 웬 벼락인가 하고 생각할지도 모를 일이다.

이윽고 다시 떠날 시간이 되었다. 임씨 부인은 남씨에게 만든 음식을 지금 먹어도 되겠냐고 물었지만 남씨는 독자적인 판단에 따라 피난을 서두르자고 말했다.

"……."

모두들 흔쾌히 남씨의 의견에 따랐다. 지금이 피난 중이라면 힘이 있을 때 한 걸음이라도 더 움직여야 했다. 일행은 간간이 불어오는 봄바람을 맞으며 다시 걷기 시작했다.

한편 서울을 출발한 땅벌파의 선발대는 춘천역에 들어서고 있었다. 서울의 본대는 내일이나 도착할 것이다. 잠시 후 이들은 역을 빠져나와 춘천 시내로 사라졌다. 춘천에서 하루를 지낸 후 다음날 소양강을 향해 떠날 작정이었다.

땅벌파의 행동은 현재 계획대로 서서히 이루어지고 있었다. 땅벌파의 회장은 신속할 때는 매우 신속하여 언제나 남의 생각을 앞질러 행동하지만 느긋할 때는 아주 느긋이 철저하게 일을 추진하는 성격이었다. 특히 이번 원정은 정마을을 완전히 없애는 것을 목표로 하기 때문에 신중을 기하려는 것이었다.

회장은 우선 정마을을 뿌리 뽑아 조합장의 배경을 없앤 후 조합장을 급습하여 모든 세력을 장악하려는 생각이었다.

한편 서울의 조합장은 땅벌파의 정마을 급습 작전 전개에 대해 전혀 감을 잡지 못한 채 즐겁게 지내고 있었다. 조합장이 생각하기에는 요즘 들어 자신의 운세가 무척 좋아지고 있다고 느꼈다.

우선 자신의 부하인 흑범이 칠성과의 대결에서 승리하여 흐뭇한데 다가 오늘 또 하나의 기쁜 일이 생긴 것이다. 그것은 바로 새로운 인물의 등장이었다. 조합장은 그동안 꾸준히 땅벌파에 대적할 만한 인물들을 찾아내어 수하에 두었었다. 하지만 오늘 나타난 인물은 아주 대단한 사람이었다.

그는 행상을 하며 전국을 떠도는 인물로 약장수라는 별명으로 잘 알려져 있었다. 또한 차력사로서 괴력을 소유하고 있을 뿐 아니라 동작도 아주 빨랐다. 소문에 의하면 흑범에 버금갈만한 자였다.

조합장은 아주 기분이 좋았다. 이제 흑범과 약장수, 그 둘만 있으면 땅벌파의 칠성쯤은 더 이상 문제가 되지 않기 때문이었다. 그동안 칠성을 제외한 그 부하들에 관해서는 언제나 조합장 측의 실력이 앞서고 있었기 때문에 두려울 것이 없었다. 다만 칠성의 위쪽으로 강리 선생이 있다는 것이 항상 마음에 걸리기는 했지만 이쪽에는 정마을이 있으므로 조합장이 걱정할 일은 아니었다.

조합장은 지금 정마을이 혼란 상태에 빠져 있다는 것을 까마득하게 모르고 있었다. 지금 같은 상황이라면 오히려 조합장이 정마을을 도와야 하지 않을까……?

정마을 사람들은 언덕을 넘어 깊은 숲으로 들어섰다. 피난길은 지난번에 와 봤던 그 길이었기 때문에 별 어려움이 없었다. 또 쫓기는 기분도 아니었기 때문에 큰 두려움도 없었다. 말하자면 이번 피난은 비상사태가 발생하기 전에 미리 피신하는 데 의미가 있었다. 다만 새벽부터 갑자기 서두른 것이 다소 마을 사람들의 마음을 불안하게 했지만 건영이에게는 충분히 그럴 만한 이유가 있었는지도 몰랐다.

건영이는 지금 자기 방에 편안히 앉아 눈을 감고 있었다. 명상에 잠겨 있는 것일까……? 아니면 무엇인가 골똘히 생각하고 있는 것일까……?

시간은 오후 3시 가량이 되었다. 마을 사람들은 미리 지어둔 점심을 먹으며 편안히 휴식을 취했다.

"……."

이때 인규가 숙영이 곁으로 다가갔다. 숙영이는 혼자 개울물을 바라보며 수심에 잠겨 있다가 나중에야 인규가 가까이 온 것을 알았다.

"오빠!"

숙영이는 가볍게 눈인사만 하고는 별말을 하지 않았다. 인규가 먼저 조심스럽게 말을 건넸다.

"숙영아, 피곤하지 않니?"

"예, 괜찮아요."

"그럼 뭐 좀 물어봐도 될까?"

"뭔데요, 오빠……?"

"건영이에 관한 일이야. 건영이가 이번 일에 대해 뭐라고 했니?"

숙영이가 나지막하게 대답했다.

"운명이라고 했어요."

"음? 괴인 말이야?"

"예, 괴인을 피할 수는 없대요!"

"그래? 그럼 건영이는 괴인을 만난다고 했니?"

"아니요. 오빠가 괴인을 부른다고 했어요."

"뭐? 괴인을 부르다니!"

인규는 크게 놀란 표정을 지으며 소리쳤다. 오지 않은 괴인을 무엇 때문에 일부러 부르는지 도무지 이해할 수 없었다. 숙영이가 대답했다.

"오빠 말에 의하면 괴인은 어차피 한 번은 정마을을 찾아올 것이라고 했어요. 그래서 먼저 부른대요."

"무엇 때문에?"

"갑자기 오면 마을 사람들이 다치기 때문이죠."

"그것 참……. 괴인이 오면 어떡하겠다는 거야?"

"담판을 짓겠다고 했어요!"

"담판이라니? 그 괴인이 말이 통할 사람인가?"

"모르겠어요. 오빠는 운명이라며 한사코 그 괴인을 만나겠다고만 했어요……."

"운명이라고? 무슨 소리인지 도대체 모르겠군! 괴인은 언제 온대?"

"그건 오빠도 모른대요. 그냥 마을 사람들부터 피신시켜 놓고 괴인을 부른다고만 말했어요."

"그럴 필요가 있을까? 안 오면 그만이지. 그리고 정 만나고 싶으면 능인 할아버지나 불러놓고 만날 일이지……."

"……."

숙영이는 더 이상 할 말이 없었다. 숙영이도 건영이가 다칠까봐 무척 걱정되었고 또 사전에 설득도 했었다. 하지만 건영이는 한사코 마다하며 이렇게 말했었다.

"운명이야, 내가 겪어야 하는 운명이야……. 이제 더 이상 지체할 수도 없어. 그 어떤 위험이 닥친다 해도 할 수 없는 일이야……."

숙영이는 건영이의 의지가 너무 강했기 때문에 더 이상 만류할 수가 없었다. 건영이는 도대체 무슨 방법으로 그 무지막지하게 잔인한 괴인을 만나 담판을 짓겠다는 것일까……? 괴인은 애당초 말이 통하지 않는 존재가 아닌가……!

인규는 답답한 듯 한숨을 쉬며 다시 말을 꺼냈다.

"우리보고 어디로 가라고 했니?"

"강의 상류 쪽이에요. 무작정 앞으로만 가라고 했어요."

"무작정?"

"예. 오빠가 나중에 연락을 해 준다고 했어요."

"어떻게?"

"……."

숙영이는 입술을 깨물며 말이 없었다. 그러자 인규가 혼자 나지막이 중얼거렸다.

"연락을 어떻게 해! 달려올 수도 없을 텐데!"

인규는 속으로 괴인의 모습을 그려보았다. 도무지 상대가 되지 않는 괴인! 차라리 벼락이나 맞았으면……. 인규는 얼굴을 찡그리며 허탈감을 느꼈다.

그때 숙영이가 떨리는 목소리로 말했다.

"오빠가 저한테 연락해 준다고 했어요. 다만……."

"……."

숙영이는 말을 채 맺지 못하고 눈물을 흘렸다. 잠시 후 마음을 가다듬고는 다시 말을 이었다.

"건영이 오빠는 죽을지도 몰라요. 오빠가 죽으면 정마을도 끝장이래요. 우리는 강 건너편으로 피신하라고만 했어요."

"뭐? 그건 말도 안 돼! 죽긴 왜 죽어! 그냥 도망 오면 될 것을……. 그리고 숙영이한테 어떻게 연락한다는 거야?"

인규는 이렇게밖에 말할 수 없는 자신에 대해 심한 무력감을 느꼈다. 숙영이가 다시 말했다.

"저는 마음속에서 오빠의 음성을 들을 수 있어요. 그리고 괴인의 출현도 알 수가 있죠!"

"그래? 그것 참 대단하구나. 그럼 지금은 어떠니?"

인규는 새로운 사실에 놀라 눈을 크게 뜬 채 숙영이를 똑바로 바라보았다. 숙영이에게 그런 신통력이 있다니! 건영이는 그런 능력을 가진 숙영이를 앞세워 마을 사람들을 피난시키고 자신의 신변 상황을 마음으로 연락하겠다고 한 것이리라! 건영이는 죽음을 각오하고 괴인과 담판을 지으려는 한편 그로인해 마을 사람들이 다칠까 봐 미리 피신을 시킨 것이다. 건영이는 자신의 목숨을 잃을지라도 마을 사람들만큼은 보호하려는 것이다.

숙영이는 잠시 정신을 집중한 뒤에 안도의 숨을 쉬며 대답했다.

"오빠는 아직까지 무사해요! 괴인도 오지 않았고……."

"다행이군! 괴인이 아예 안 왔으면 좋겠어."

"제 생각도 그래요. 하지만 오빠는 괴인이 반드시 온다고 했어요. 아무튼 우리는 계속 가야 돼요."

숙영이가 일어나면서 말했다. 우리의 할 일은 오직 피난밖에 없다는 듯이……. 인규는 무력감과 분노를 느끼면서 혼자 중얼거렸다.

"그렇게 갑자기 서두를 필요는 없잖아! 아직 괴인이 온 것도 아닌데……."

"아니에요, 오빠."

"……."

"건영이 오빠가 죽으면 괴인은 급속도로 마을 사람들을 찾아온다고 했어요. 마을 사람들은 멀리 피해 있다가 괴인이 움직이면 바로 강을 건너야 한대요."

"......"

인규는 말없이 남씨가 있는 곳으로 걸어갔다. 잠시 후 남씨의 출발 지시에 따라 마을 사람들의 피난 행렬이 다시 시작되었다.

정마을에서는 건영이가 지금까지 자기 방에 앉아 마음속으로 계속해서 괴인을 부르고 있었다.

이즈음 괴인은 갑자기 눈을 떴다. 괴인이 잠을 자고 있었는지 명상에 잠겨 있었는지 간에 방해를 받은 것이다. 괴인의 눈이 의심스럽게 번득였다. 무엇인가 마음속으로 파고드는 신호를 감지하려는 것이다.

"......"

괴인은 얼굴을 찡그리며 생각했다.

'나를 부르는 놈이 누구야, 귀찮게……. 아니 이놈 봐라!'

괴인은 신호의 주인공을 금방 파악했다. 잊지 못할 놈이었다. 주역을 제법 아는 놈, 아니 상당히 아는 놈이었다.

'내가 모르는 팔괘도를 가지고 따졌었지?'

괴인은 알 수 없다는 듯이 고개를 갸우뚱했다. 그러고는 매우 의심스러운 표정을 지었다.

'이 자가 나를 왜 부르지? 수상한데……? 아무튼 한 번은 만나본 뒤에 없애버려야겠어. 그런데……'

괴인은 잠시 허공을 응시하며 지난번 정마을에 찾아갔을 때를 회상했다. 그때는 번거로운 일이 많았었다.

'계집이 막아서질 않나! 태상노군의 제자라며 웬 엉터리가 나서질 않나! 이놈들은 모두 나를 피해 도망을 다녔었지! 하지만 그게 문제

가 아니야……'

여기까지 생각한 괴인은 갑자기 공포에 사로잡혔다. 그러고는 고통스런 표정을 지으며 다시 생각을 진행시켰다.

'무서운 일이었어. 그 당시 온 천지에 엄청난 살기가 감돌았었지……!'

괴인이 두려워하는 것은 당시 출현했던 염라대왕이 주위를 물리치기 위해 뿜어낸 살기였다. 이로 인해 괴인은 정마을을 도망치듯 떠나 자신의 거처로 돌아온 이후 그 근처에 갈 엄두조차 내지 못했었다. 생각만 해도 무섭고 소름끼치는 살기였다. 사람의 영혼을 움츠리게 만들고 요동시키는 살기……! 이는 분명 거대한 힘을 지닌 누군가가 내뿜은 살기가 틀림없으리라…….

'세상에서 가장 미운 놈, 이놈을 죽이러 가야 할 텐데……'

괴인은 잠시 망설였다. 그러나 염라대왕의 살기를 두려워하면서도 정마을에 가고 싶은 충동을 억제하지 못하였다.

마음속에서는 건영이의 신호가 계속 들려오고 있었다.

'나 여기 있다, 어서 와서 나와 대결하자……. 어서 와라!'

괴인은 입을 꼭 다물고는 허공을 노려봤다. 그러고는 자리에서 벌떡 일어났다. 공포보다는 분노가 더 큰 것이다. 그 무서웠던 살기는 이미 사라진 지 오래로, 괴인은 자신의 거처에서도 이를 감지할 수 있었다. 염라대왕의 살기가 너무 강해 괴인의 거처까지 그 기운이 뻗쳐왔었던 것이다.

괴인은 그 기운이 무서워 그동안 꼼짝 못하고 숨어 있었지만 지금은 상황이 달라졌다. 혹시 정마을에 아직까지 그 기운, 아니 그 기운을 발출한 존재가 있을지도 모른다. 그렇더라도 도망을 오면 그뿐이다…….

괴인은 드디어 결심을 하고는 문 밖으로 향했다. 옷차림은 여전히 남루한 검은 도포로 손에는 빗자루가 들려 있었다. 무엇 때문에 빗자루를 들고 다닐까……? 거처를 나선 괴인은 정마을 쪽에 있는 산을 향해 뛰기 시작했다.

"……."

바로 그 순간 건영이는 괴인의 움직임을 느꼈다.

'출발했구나! 어디서 오는 걸까? 언제쯤 도착할까? 앞으로 어떡해야 되지……?'

건영이의 얼굴은 근심으로 가득했다. 괴인을 만나기 위해 억지로 불러내긴 했지만 대책이 난감했다. 지금 괴인은 정마을을 향해 빠른 속도로 다가오고 있었다.

오후 4시가 막 넘었을 때 건영이는 명상에서 깨어나 눈을 뜨고 천천히 밖으로 나갔다. 이제 괴인을 불러냈으니 다음 대책을 세워야 하리라.

건영이의 얼굴은 깊은 근심에 싸여 어두웠다.

'오늘이 내 마지막 날인가! 과연 괴인을 불러낸 것이 잘한 일일까?'

건영이는 걸음을 떼면서 생각에 잠겼다. 마음속에서는 자신의 인생이 오늘로써 끝나는 것이 아닐까 하는 후회도 생겼다. 그러나 이미 저질러진 일, 살아남기 위해서는 무엇인가 방법을 강구해 내야만 했다.

"……."

건영이가 대책을 세우는 동안에도 괴인의 질주는 계속되었다. 이는 바람보다 빠른 것으로 인간이 제아무리 힘껏 달려도 그 속도를 따를 수는 없다. 이것은 이른바 경신술로 괴인은 달리는 데 있어 바로 신선의 경지까지 이른 것이다.

건영이는 무심코 하늘을 올려다보았다. 천지신명의 가호를 기원하는 것일까? 하늘은 맑고 고요했다. 건영이는 강가를 향해 천천히 걸어갔다. 주변의 초목은 생기를 머금고 고요히 자리를 지키고 있었다.

'만물은 소생하건만 앞으로 나의 운명은 어찌 되려나……! 마을 사람들은 멀리 가고 있을까?'

건영이의 마음속에는 슬픈 여운이 감돌았다. 텅 빈 마을은 안타까움을 자아낼 뿐이었다.

정마을을 떠난 피난길에 오른 마을 사람들은 부지런히 길을 재촉하고 있었다. 마을 사람들은 어떤 목표 지점을 정하고 그곳에 도달하기 위해 걷는 것이 아니라 무작정 위험을 피해 움직일 뿐이었다. 만일 건영이가 괴인을 퇴치하지 못한다면 마을 사람들은 영원히 정마을로 돌아갈 수가 없다.

마을의 존망은 이제 건영이와 괴인의 대결에 달려 있었다. 그러나 과연 대결이라고 할 수 있을까……? 건영이는 지금 요행을 바라고 있었다. 어차피 한번쯤 부딪쳐야 될 운명이라면 요행이라도 있는 것이 그나마 다행인 것이다. 건영이가 바라는 요행이란 괴인이 무력을 사용하기 전에 대화에 응하는 것이다. 하지만 지난번 괴인의 성급한 태도로 보건대 어려울 것 같았다.

마을 사람들은 작은 개울 하나를 건넜다. 이때 할머니가 쉬어 가자고 제안하자 일행은 가던 길을 멈추고 휴식에 들어갔다. 임씨 부인은 남씨에게 이번에도 쉬는 김에 미리 음식을 만들어도 되겠냐고 물었다. 그러나 이 제안은 숙영이에 의해 거부되었다.

"……."

남씨는 숙영이의 뜻에 따를 수밖에 없었고 숙영이는 박씨에게 다른 지시를 내렸다.

"아저씨, 일이 급해질지도 몰라요……. 아저씨는 쉬지 말고 먼저 가세요."

"어느 쪽으로 가야 하지?"

"가급적 곧장 앞으로 가세요. 강으로 나가는 길을 찾을 때까지요!"

"음, 지난번 그 개울을 찾으면 되겠구먼!"

"……."

숙영이는 고개를 끄덕였다. 박씨가 말하는 개울은 지난번 피난 때 숙영이와 박씨가 갔었던 곳이다. 그 당시 강노인과 할머니도 함께 있었지만 숙영이는 혼자 되돌아와서 괴인과 정면 대결을 벌였었다. 이번에는 전처럼 산으로 올라가지 않고 곧장 강으로 나가는 길을 찾으려는 것이다.

이치상 강은 오른쪽에 있고 산은 왼쪽에 있으므로 곧장 앞으로 나아가면 숲을 가로지르는 개울이 나타나게 마련이다. 박씨는 짐을 한 보따리 짊어지고 먼저 출발했다. 강으로 나가는 개울을 발견하는 대로 곧장 되돌아올 것이다. 일행은 그동안 잠시 쉬기로 했다.

한편 건영이는 천천히 걸어서 강변에 도착하였다. 괴인은 아직 오지 않은 상태로 강가에는 부드러운 봄바람이 지나가고 있었다. 건영이는 나루터로 가지 않고 강의 상류 쪽을 향해 걸었다. 마음속으로는 괴인이 시시각각 다가오는 것을 느꼈다. 강물은 건영이의 오른쪽에서 끊임없이 흘러갔다. 하지만 건영이는 강물을 보지 않고 부지런히 걸어 올라갔다. 이윽고 도달한 곳은 언젠가 숙영이와 정섭이, 셋이서 함께 만들었던 돌탑이 있는 곳이었다.

"……"

돌탑은 세월이 흐르는 동안 많이 허물어졌지만 형태는 그대로 유지하고 있었다. 건영이는 돌탑을 바라보며 애틋한 미소를 지었다. 지난날이 생각나서이리라. 당시 건영이와 숙영이는 그 얼마나 열심히 돌탑을 쌓아 올렸던가……! 그것은 암암리에 사랑을 교환하는 둘만의 은밀한 행동이었다.

돌탑은 비록 상층부가 허물어져 있었지만 건영이를 반갑게 맞이하는 듯 보였다.

"……"

건영이는 돌탑을 한 바퀴 돌아보며 무너진 곳을 자세히 점검했다. 그러고는 주변에 떨어져서 흩어져 있는 돌을 하나씩 주워 올려 다시 쌓기 시작했다. 이것이 건영이가 이 세상에서 할 수 있는 마지막 작업인가……! 건영이는 당시와 마찬가지로 숙영이를 사랑하는 마음으로 탑을 차곡차곡 쌓아 올렸다. 다만 이번에는 한 가지 마음이 추가되었는데 그것은 자신이 괴인과의 결투에서 살아남기를 기원하는 것이었다.

"……"

탑을 쌓는 일은 상당히 오래 걸렸다. 시간이 지날수록 탑은 점차 제 모습을 갖추어 가기 시작했다. 무아지경에 빠진 것처럼 일에 열중하는 건영이의 얼굴은 무척 행복해 보였다. 아마도 지금의 위기 상황을 잠시 잊어버리고 행복한 꿈을 꾸고 있는 것이리라! 그러나 언제까지나 꿈에 젖어 있을 수는 없는 일!

이윽고 탑이 완성되는 순간 갑자기 건영이의 얼굴이 흐려졌다. 이는 꿈에서 깨어남과 동시에 괴인의 느낌이 가까워졌다는 뜻이다. 건영이는 잠시 눈을 감았다 뜨고는 한동안 돌탑을 정면으로 응시했다. 잠깐 미소도 띠었는데 허탈한 기분이 역력했다.

"······"

건영이는 몇 걸음 뒤돌아 걷다가 고개를 돌렸다. 그리고는 걸음을 빨리 했다. 이제는 괴인의 출현에 대비해야 하는 것이다. 어느새 날은 조금씩 어두워 가고 있었다.

치악산 진동에 출현한 두 선인

우주는 끝없이 광활하다. 그러나 운명은 이보다 더욱 드넓게 작용한다. 왜냐하면 그것은 시간 속에 존재하기 때문이다. 사물은 우주를 가득 메우고 나서도 또다시 변화한다. 변화란 곧 운명을 상징한다.

정마을은 지금 커다란 위기에 처해 있지만 촌장인 풍곡선은 영향력이 미치지 않는 머나먼 곳으로 떠나 있었다. 정작 세상에 남아 정마을을 구원할 수 있는 존재인 능인과 좌설 역시 태연히 치악산을 향하고 있었다. 지금은 신선이 된 능인과 좌설은 인천의 바닷가로 찾아가 혼마 강리를 없애려 하였으나 그 뜻을 이루지 못했었다.

무덕이라는 여인의 신통력에 의해 혼마 강리는 이미 자취를 감춘 뒤였으므로 능인과 좌설은 일단 치악산으로 철수하기로 했던 것이다. 치악산에는 현재 풍곡선의 제자, 즉 좌설의 사제인 중야가 머물고 있었다. 좌설은 신선이 된 이래 중야를 한 번도 만나본 적이 없었기 때문에 혼마의 추적을 뒤로 미룬 것이었다.

능인으로서도 정다운 치악산을 잊을 수가 없었다. 혼마 강리의 추적이 쉽지 않은 만큼 치악산을 한 번 다녀오는 것도 좋겠다고 생각했던 것이다. 정마을은 일전에 다녀온 바 있으므로 오늘은 정마을의 촌장인 풍곡선의 근거지에 가 보는 것도 뜻이 있는 일이었다.

"……."

두 선인은 그리 빠르지도 느리지도 않은 속도로 치악산을 향했다. 이들 두 선인이 이동해 가고 있는 곳은 산의 험준한 지역으로 정상에 가까운 곳이었지만 온 산천이 생기를 머금고 있음을 느낄 수 있었다. 이는 지풍승(地風升: ䷭)의 괘상으로 고요한 대지가 생기를 함유하고 있는 것이다.

두 선인은 때로는 바람을 앞지르며 때로는 바람을 맞이하며 이동하였다. 날은 현저히 어두워졌다. 하지만 산 위에 걸려 있는 하늘은 아직도 밝은 상태를 유지하고 있었다.

이즈음 치악산의 진동(眞洞)에 머물고 있던 중야는 갑자기 눈을 떴다. 중야는 방금 전까지 깊은 명상에 잠겨 있다가 깨어난 것이다. 이는 자신도 모르게 일어난 현상이었다. 잡념이 들었던 것일까……?

"……."

중야는 그 깊은 눈동자를 먼 곳으로 향하더니 곧 자리에서 일어났다. 명상을 계속하기에는 마음이 너무 들떠 있었다. 중야는 동굴 밖으로 나왔다. 밖은 서서히 어둠이 깔리고 있었지만 아직 별이 나타나기에는 이른 시간이었다. 중야는 하늘을 보며 잠깐 생각에 잠기더니 어디론가 급히 떠나갔다.

"……."

치악산의 진동은 고요한 침묵에 싸였다. 얼마 지나지 않아 중야가 다시 모습을 드러냈다. 중야의 얼굴은 상당히 밝아 보였다. 밖에 나가서 무슨 좋은 일이 있었던 것일까……? 중야는 동굴 속으로 들어가 모든 잡념을 떨치고는 다시 깊은 명상으로 빠져들었다.

"……."

시간은 순식간에 흘러 하늘에는 어느덧 별이 돋아났다. 그렇지만 항상 저녁처럼 어두운 동굴 속에서는 이러한 사실을 알 리가 없었다. 세상에 아무리 고요한 것이 있다 해도 별처럼 고요히 나타나는 것은 없으리라! 별은 소리 없이 나타나 언제나 어제의 그 자리에 머문다. 그 누구도 별이 나타나는 찰나의 순간을 볼 수는 없다. 별은 없는 듯하다가도 다시 보면 보이는 것이다.

그러나 별의 출현은 어느 경우일지라도 결코 불길하지 않다. 별은 모든 존재에 대해 신비와 희망을 준다. 신비란 미지의 것으로 미래가 결정되어 있지 않다는 뜻일까? 별빛의 희망은 모든 존재를 축복해 주는 뜻이 있는 것일까?

치악산의 하늘은 어느새 더욱 캄캄해지고 별은 셀 수 없을 만큼 많아졌다.

"……."

이 무렵 두 선인이 소리 없이 도착했다. 언제나 정다운 치악산의 진동…….

'여전하구나. 저 나무들, 그리고 돌…….'

능인의 마음속에는 새로운 감회가 일었다. 능인이 이곳에 다녀간 지는 그리 오래 되지 않았다. 다만 인간의 육체를 가졌을 때 왔던 것과 지금 신선이 되어 와 있는 것이 많이 다를 뿐이었다. 원래 인간의 마음이 변하면 모든 사물도 달라 보이는 법…….

능인은 주변의 모든 사물을 새삼스럽게 느끼며 천천히 둘러보았다.

"여기 좀 앉아 있게!"

좌설은 동굴 아래에 있는 초려(草廬)에 능인을 앉혀 놓고 자신은 동굴이 있는 위쪽으로 올라갔다.

"⋯⋯."

초려 근방의 모든 사물은 능인을 반겨주는 듯했다. 이곳 진동은 일찍이 풍곡선이 거주했던 상서로운 장소로 지금은 고요 속에 묻혀 있을 뿐이었다. 하지만 진동이 품고 있는 무한한 생기는 아직도 여전했다.

대개 천하의 도량(道場)은 그 위치보다는 그곳의 주인, 즉 수도자의 인격에 따라 가치가 정해지는 법이다. 그러나 치악산의 진동, 이곳은 그 주인을 논하지 않더라도 크게 상서로운 곳이었다. 도인들 혹은 도인들이 크게 성취할 수 있는 원인들 중에는 도량이 크게 작용하는 경우가 있는데 이곳 진동은 모든 면에서 부족함이 없었다.

지금 선인이 된 능인도 그것을 크게 실감하고 있었다. 인격이 장소를 우선한다는 생각은 흔히 속인들의 잘못된 발상으로, 부적합한 장소에서 위대한 도인이 출생한 예는 거의 찾아볼 수 없었다. 반면에 도량 그 자체가 상서로운 기운을 내포하고 있으면 그곳에서 위대한 도인이 출생하는 예는 결코 드물지 않았다.

지금 치악산의 진동도 그와 같았다. 비록 풍곡선 같은 절대 인격자가 떠나갔다고는 하나 진동의 가치는 영원할 것이다. 능인은 별다른 생각을 하지 않고 다시 만난 진동의 정취를 흠뻑 느낄 뿐이었다.

진동은 인위적인 작은 초려와 자연의 정교한 작품인 동굴들로 이루어져 있었지만 그 상서로움은 이루 다 말할 수 없었다. 그러기에 풍곡선 같은 위대한 도인이 이곳에서 성취하지 않았겠는가⋯⋯!

능인은 가까운 곳에서 들려오는 작은 폭포 소리에 마음을 기울이고 있었다. 높은 곳이든 낮은 곳이든 물이 흘러갈 때 들리는 소리야말로 자연의 가장 아름다운 소리가 아닐 수 없다.

이 소리는 인간의 마음을 가라앉히고 영원한 시간을 기다릴 수 있는 여유를 준다. 흐르는 물소리는 끊임없이 들려왔다. 물소리는 자그마하게 자신의 존재를 나타내고 있었다. 물은 끊임없이 갈 곳을 가면서 사귐을 거부하지 않는다. 비록 순간일지라도…….

이제 능인의 얼굴은 평화로움과 감회를 동시에 느끼며 온화한 기운으로 충만했다. 진동의 또 하나의 정취인 바람 역시 언제나 새롭다. 능인은 물소리를 들으며 또한 바람을 맞으며 먼 옛날을 생각하고 있었다.

'가고 오는 것이 영원하도다. 지금의 세월도 흘러가는 것이려니…….'

능인은 잠시 애처로움을 느끼고는 주변을 한 번 둘러봤다. 이때 초려 앞의 나무가 조용히 흔들렸다. 바람도 능인의 마음을 알고 있는가! 잠시 동안 바람은 쉬지 않고 불어댔다.

"……."

능인은 혼자 미소를 지었다. 가까이 있는 정다운 자연의 사물들……! 그리고 먼 곳을 지키는 저 아름다운 별들……! 이 모든 것이 능인과 함께 있는 것이다. 능인은 절벽 위로 시선을 돌렸다. 절벽은 암석으로 굽이치며 솟아 있고 자잘한 나무들이 간간히 휴식을 주고 있었다. 그 위쪽 틈새로는 자그마한 동굴의 입구가 보였다. 저곳이 진동! 억 년의 신비를 간직한 채 고요를 지키고 있는 도량인 것이다.

'중야가 안에 있을까?'

능인은 잠깐 이런 생각을 하였다. 그 순간 밖에서 인기척이 들려왔다. 그와 동시에 한 사람이 나타났는데 바로 중야였다. 중야는 사뿐히 뛰어내려 곧장 초려 안으로 들어왔다.

"……."

능인은 말없이 중야를 바라봤다. 중야는 미소를 짓고 있었다. 비록 어둠 속이지만 능인은 중야의 모습을 확연히 볼 수 있었다. 중야는 능인에게 급히 다가왔다. 그런데 그의 양손에는 무언가 잔뜩 움켜쥐고 있는 것이 보였다. 능인은 인사를 대신해서 부드럽게 물었다.

"중야, 무엇을 그리 들고 오나?"

"사형, 이것이 무엇이겠습니까?"

"……."

능인은 물건을 날카롭게 한번 쏘아보고는 미소를 지었다. 그러는 사이 중야는 손에 쥔 물건을 능인 앞에 내려놓았다.

"사형이 오실 줄 알고 방금 전에 준비해 둔 것입니다."

"허, 대단하군……. 속세의 술인가?"

"그렇습니다, 하지만 신선이 마시면 신선주가 됩니다!"

"……."

능인은 빙그레 웃으며 고개를 끄덕였다. 중야의 말에는 미묘한 뜻이 담겨져 있었다. 능인이 오기 전 중야는 어디론가 가서 술을 구해 온 것이다. 그런데 이 속세의 술을 신선이 마시면 신선주라 했으니 이는 바로 능인이 신선이라는 뜻이었다. 잠시 후 좌설이 나타나자 세 사람은 정답게 마주 앉았다.

"오랜만이군! 그동안 잘 지냈나?"

좌설이 중야에게 반갑게 물었다. 중야는 좌설과 능인을 번갈아 보며 진지하게 대답했다.

"저는 방황하고 있었습니다. 그나저나 두 분 사형께서는 큰 경사를 이루었군요! 축하드립니다."

중야는 좌설과 능인이 신선이 되었음을 축하하였다. 좌설이 미소를 지으며 말했다.

"자, 준비해 온 것이나 풀어놓게."

"……."

중야는 급히 술자리를 만들었다. 그러고는 능인에게 먼저 잔을 들어 권했다.

"사형, 먼저 받으십시오."

"……."

능인은 말없이 술을 받았고 이어 좌설과 중야의 잔도 채워졌다.

"자, 큰 뜻을 위하여……."

능인이 배사(盃辭)를 말한 뒤 세 사람은 단숨에 술을 비워냈다. 천진한 술자리는 이렇게 시작되었다. 잠시 후 몇 순배가 돌아가자 중야가 말을 꺼냈다.

"사형, 이제 우리의 시합은 영원히 끝이 났군요!"

중야는 능인의 실력이 비약해서 이제부터는 자신이 능인의 상대가 될 수 없다고 생각했다. 예전에는 우열을 가리기 위해 누가 먼저 돌에 구멍을 뚫는가 대결을 벌인 적도 있었지만 지금에 와서는 둘의 실력 차이가 너무나 크게 벌어져 있는 것이다. 그렇다고 중야가 이 사실에 대해 괴로워하고 있는 것은 결코 아니었다. 다만 지난날의 정겨웠던 대결이 생각났기 때문에 말한 것이다.

능인이 말했다.

"중야, 우리들의 시합은 끝나지 않았다네!"

"예? 속인인 제가 어떻게 신선을 당할 수 있겠습니까?"

중야는 미소를 지으며 반문했다. 그러자 능인은 진지하게 대답했다.

"중야, 이제 힘으로 승부하는 것은 그만두세. 앞으로의 승부는 마음으로 하면 되지 않나!"

"마음이라니요?"

"착한 마음 말일세. 앞으로 누가 더 착한 마음을 갖고 있는가를 시합하세."

"예? 아무리 그렇더라도 사형의 착한 마음씨에 비길 수는 없겠지요."

중야는 천진한 표정을 지으며 대답했다. 그러자 좌설이 한마디 했다.

"중야, 마음은 끝이 없는 거야……. 힘껏 정진해 보게나!"

"아, 예. 고맙습니다, 사형."

중야는 정중히 고개 숙여 사의를 표했다.

"자, 오늘은 술 시합이나 하세."

좌설은 능인을 보며 술잔을 들었다.

"……."

아무 말 없이 몇 순배의 술이 돌아갔다. 그러다 다시 중야가 화제를 꺼냈다.

"사형, 혼마 강리는 어떻게 됐습니까?"

"음, 그놈을 빨리 제거해야겠는데……. 너무 약삭빠르단 말이야."

좌설은 다소 화난 표정으로 대답했다. 속으로 혼마 강리에 대한 적의를 불태우는 것이리라……. 중야가 다시 물었다.

"최근에 만나봤나요?"

"음, 그놈의 거처에 가 봤었지. 그런데 미리 도망가고 없더군……."

"도망이요? 대결을 꺼리는군요!"

"혼마 강리라고 별수가 있겠어! 더군다나 이제는 어림도 없지."

"그렇겠군요. 사형께서 발전했으니 이제는 상대도 안 되겠군요."

중야는 고개를 끄덕이며 말했다. 예전에는 혼마의 실력이 좌설과 비슷해 어려움을 겪었지만 지금은 좌설이 엄청난 진보를 이루었으니 혼마를 퇴치하는 일쯤은 아무것도 아니라는 뜻이었다. 조용히 얘기를 듣고 있던 능인이 심각한 표정을 지으며 끼어들었다.

"글쎄…… 내 생각은 말이야……."

"……."

"일이 생각처럼 쉽지 않을 것 같아!"

"쉽지 않다니?"

좌설은 무슨 말이냐는 듯 눈을 부릅뜨며 물었다. 능인은 다소 허탈한 표정을 짓고는 말을 이었다.

"……지난번 우리가 급습했을 때 강리는 간발의 차이로 피신했었어. 과연 강리가 어떻게 알았을까? 아니면 단순한 우연이었을까?"

"……."

"……나는 우연이라고는 생각 안 해. 아무래도 강리는 더 예민해진 것 같아. 그리고 우리가 이렇게 발전했는데 강리라고 해서 발전 못하라는 법은 없지 않은가! 더구나……."

"……."

"지난번 바닷가에 갔을 때 심상치 않은 일이 있었어!"

"음? 심상치 않은 일이라니?"

"그래, 자네도 알지 않나……. 그곳에는 여인이 머물렀던 흔적이 있었어."

"……."

"그 여인이 무엇이겠나? 자네도 알다시피 강리는 여인의 육체를 이용해서 공력을 향상시키지……."

"……."

"그런데 강리는 그 여인을 데리고 사라졌어. 그 급한 와중에 방해가 될 수 있는데도 불구하고……. 그럼 이게 무슨 뜻이겠나?"

"……."

"그것은 그 여인이 그만큼 소중하다는 뜻이야. 즉, 쓸 만한 여인이라는 것이지. 그렇다면 언젠가는 혼마가 그 여인으로부터 목적을 달성한다는 얘기가 되네……."

"……."

"또 그 여인이 함께 도망갈 수 있을 만큼 강하다는 뜻도 되고. 그리고 내 생각에 강리는 그 여인을 일부러 피신시켰어!"

"일부러?"

"음. 우리에게 그 여인을 보여 주지 않으려는 것이겠지……. 우리가 한번 보기만 하면 그 여인이 대단한지, 아닌지 금방 알 수 있으니까. 그랬다가 혹시라도 우리가 그 소중한 여인을 없애버릴까 봐 염려했던 거야……. 보통의 평범한 여인이라면 도망가는데 데려갈 수도 없었을 테고 우리가 봐도 상관 안 했겠지만……."

"그런가? 그럼 결론이 뭐지?"

"결론은 뻔해. 강리가 현재 끊임없이 발전하고 있다는 것이야. 그 여인의 존재가 바로 그 증거지!"

"……."

좌설은 허공을 응시하면서 고개를 끄덕였다. 능인의 추리가 아주 합리적이기 때문이었다. 능인이 다시 말했다.

"우리는 그 자를 빨리 찾아야 할 거야. 날이 갈수록 발전 하는 자이기 때문에 능력을 더 키우기 전에 빨리 제거해야겠지……. 어쩌면 이미 상당한 경지에 와 있는지도 모르고……!"

"음, 자네 말대로 정말 빨리 제거해야겠군! 그런데 그놈을 어디 가서 찾지?"

"글쎄, 그렇게 어렵지는 않을 거야……. 강리는 근거를 마련해 두고 있거든!"

"근거?"

"음, 강리는 지금쯤 서울에 있을 거야……. 폭력 조직과 연계되어 있어……."

"그래? 그럼 당장 가보지!"

"아니야, 강리가 일단 우리를 피해 도망간 거니까 자리 잡을 때까지는 시간이 좀 걸릴 거야."

"그럼 어떻게 찾을 수 있을까?"

"그건 정마을에 물어보면 돼. 남씨가 추적할 수 있을 거야."

"……."

좌설은 입을 꼭 다물고 고개를 끄덕였다. 그러자 중야가 말했다.

"좋습니다, 사형께서는 시간이 좀 있군요?"

"그렇다네, 당분간 여기서 머물 생각이네."

능인은 인자한 표정을 지으며 말했다. 중야의 표정은 갑자기 아주 밝아졌다.

"잘됐습니다, 저는 그동안 사형을 모시고 공부나 해야겠습니다……."

"……."

능인은 고개를 끄덕이고는 잔을 들었다.

"자, 오늘은 술이나 실컷 들어야겠네…… 술은 많이 있나?"

"예, 염려 마십시오. 톡톡히 준비해 두었습니다."

"허허허……."

세 사람은 즐거운 마음으로 서로 술을 주고받았다. 도인들의 회포……! 천진한 술자리에는 가끔씩 바람이 찾아들었다. 하늘의 별들은 계속해서 반짝였고 쉼 없는 물소리가 새벽을 향해 흘러가고 있었다.

빗자루 괴인의 밝혀진 정체

하늘의 별들은 서서히 동쪽으로 흘러갔다. 건영이는 우물가에 걸터 앉아 괴인을 기다렸다. 괴인은 아직 정마을에 나타나지 않고 있었다.

'웬일일까……? 혹시 이곳으로 오는 도중에 살인이라도 저지르는 게 아닐까……?'

건영이의 우려대로 괴인은 어딘가 도중에서 만난 사람을 없애느라 시간을 지체했다. 그러나 정마을로 향하는 발걸음을 되돌리지는 않았다.

"……."

자정이 막 넘은 시간, 괴인은 정마을 나루터의 반대편에 모습을 드러냈다. 그 순간 건영이는 숨을 몰아쉬었다. 자기도 모르게 긴장을 한 것이다. 괴인은 강 건너편을 한동안 노려보았다.

"……."

강을 건너는 방법을 생각하고 있는 것이리라! 방법은 두 가지가 있다. 배를 자기 쪽으로 끌어당겨 그것을 타고 건너는 방법과 그냥 물 위를 걷는 방법이다.

괴인은 물 위를 걷는 방법을 택했다. 이는 마음이 급하다는 뜻으로 한가하게 배를 가지고 장난할 생각은 없는 것이다.

괴인은 소리 없이 강을 건넜다. 이때 건영이는 우물가에 서서 보이지 않는 강 쪽을 응시한 채 마음속으로는 강한 염파를 보냈다.

'괴인이여, 어서 오십시오……. 내가 당신을 기다리고 있습니다…….'

괴인은 건영이의 부름을 당돌한 도전으로 생각하였다. 지금 괴인의 눈동자는 살기로 가득 차 번뜩였다. 그러나 괴인은 평범한 걸음으로 숲을 향해 걸어 들어갔다. 이제 목표물은 바로 눈앞에 있으므로 마음만 먹으면 단숨에 달려가 요절을 낼 수 있기 때문이었다.

급할 것은 하나도 없었다. 목표물은 이미 도망갈 수 있는 기회를 놓쳐버린 뒤였다. 괴인은 잔인한 미소를 지으며 천천히 여유 있게 걸었다. 괴인이 천천히 걷는 데는 그만한 이유가 있었다.

첫째는 계속해서 자신을 불러대는 건영이가 의심스럽기 때문이었고, 둘째는 건영이가 자신을 부르는 이유를 생각해 보기 위함이었고, 셋째는 반발심 때문이었다.

건영이는 쉬지 않고 괴인을 불러댔다.

'나, 여기 있습니다……. 빨리 오세요…….'

건영이는 우물가에 앉아 있었다. 눈은 감은 채 건영이는 온 힘을 다해 괴인의 행적을 추적하였다. 드디어 괴인의 걸음이 빨라졌다. 방침을 정한 것일까……? 괴인의 얼굴에는 일순간 냉소가 스쳐 지나갔다. 그리고 눈에서는 분노의 기운이 뿜어져 나왔다.

"……."

건영이는 눈을 뜨고 자리에서 일어났다. 이제 곧 괴인이 나타나리라! 괴인의 걸음이 조금 더 빨라졌다. 그러자 건영이는 우물가를 떠나 언덕 쪽으로 걸어갔다. 그리고 개울을 건너 자기 집 방향으로 걷기 시작했다.

이때쯤 괴인은 우물가에 당도하였다. 그런데 순간 이상한 일이 발생하였다. 갑자기 건영이의 신호가 끊긴 것이다.

"……."

괴인은 흠칫 놀라며 주변을 두리번거렸다. 분명히 근방에 있어야 할 목표물이 없어졌기 때문이다.

'아니, 이럴 수가……!'

괴인은 속으로 곰곰이 생각해 보았다. 원래 인간의 마음이란 끊임없이 감정을 내보내는 것이어서 그 신호를 감지하는 것은 그다지 어렵지 않다. 그런데 방금 전까지 괴인을 부르던 감정의 파장이 갑자기 사라진 것이다.

괴인은 다급한 나머지 우물 속까지 들여다보았다. 하지만 생사람이 우물 속에 들어갈 리는 만무했다.

건영이는 지금 자기 집을 지나쳐 천천히 계속해서 걸었다. 어찌 된 일일까……? 건영이의 표정은 아까와는 다르게 아주 편안해 보였다. 건영이의 마음은 도대체 어디로 사라진 것일까……? 이는 실로 엄청난 일이다. 건영이는 걸으면서 명상에 잠긴 것이다. 이 순간 건영이의 마음은 우주의 깊은 고요 속으로 가라앉았다. 이로 인해 감정의 파동은 세상에서 흔적도 없이 사라진 것이다.

괴인은 계속해서 건영이의 신호를 잡으려고 애썼다.

"……."

죽음보다 더한 고요……. 건영이의 마음은 무극(無極)으로 돌아간 것이다. 이는 역성의 경지로 가히 신선을 초월한 능력이었다. 완벽한 명상, 시간과 공간 속에 전혀 흔적을 드러내지 않는 침묵…….

이제 괴인은 우물가에 기대어 서서 마음속에 나타나는 모든 신호를 하나하나 점검하기 시작했다.

'이곳엔 사람이 하나도 없는가? 마을 사람들은……?'

괴인은 답답한 나머지 잠시 마을 사람들을 생각해 봤다. 그러자 마음속에 즉각 소란한 신호가 잡혔다. 바로 마을 사람들의 신호로 여러 신호가 한데 어우러져 있었다. 이는 마을 사람들이 현재 한 곳에 모여 있다는 뜻이다. 어디 있는 걸까? 괴인은 고개를 들어 강노인의 집 쪽을 바라봤다. 틀림없이 마을 사람들은 저 멀리에 있었다. 다만 건영이의 느낌이 전달되어 오지 않을 뿐이었다.

'도대체 이놈은 어디로 갔어? 죽은 거야, 산 거야?'

괴인은 짜증스러운 표정을 지었다. 그러고는 다시 생각에 잠겼다.

'마을 사람들부터 먼저 죽여 버릴까……? 에잇, 귀찮게 일단 다녀와야겠군!'

괴인은 우선 마을 사람들을 없앤 뒤에 다시 건영이를 찾기로 마음을 굳혔다. 괴인은 우물가를 떠나 몇 걸음 걷더니 돌연 멈추어 섰다. 건영이의 신호가 다시 나타났기 때문이다.

'음? 이놈이잖아! 그렇지, 제까짓 게 숨긴 어딜 숨어!'

괴인은 잔인한 미소를 지으며 좀 전에 건영이가 걸어갔던 바로 그 방향으로 향했다.

"……."

괴인은 천천히 걸었다. 행여 건영이의 신호를 놓칠까 걱정이 되었기 때문이다. 그러나 건영이는 더 이상 피할 생각도 없는지 풍곡대 위에 편안히 앉아서 괴인을 불렀다. 건영이는 괴인과 대적할 장소로 미리 풍곡대를 정해 둔 것 같았다.

여기에 무슨 뜻이 있는 것일까……? 어쩌면 건영이는 죽음을 각오하고 있는지도 모른다. 그렇다면 건영이가 가장 아끼고 좋아하는 장소에서 죽음을 맞이하고자 하는 것이리라! 또한 괴인과 모종의 승부를 벌이고자 할 때 이곳이 다소 유리하지 않겠는가……!

이곳은 풍곡대로 촌장을 그리는 마음에서 건영이가 이름 지은 곳이었다. 주변의 숲도 마찬가지로 풍곡림이라 불렀다. 건영이는 이곳 풍곡림에 들어서면 언제나 조용하고 편안한 기분을 느꼈다. 지금 목숨을 건 괴인과의 대결에 앞서서도 풍곡림은 따뜻하게 건영이를 감싸주고 있었다.

건영이는 눈을 뜨고 아래쪽을 내려다보았다. 이때 한 줄기 바람이 불어와 건영이의 얼굴을 스쳐 지나갔다. 건영이는 눈을 잠깐 감았다 뜨면서 각오를 굳혔다. 그러나 한편으로는 체념의 마음도 생겼다.

'운명에 맡길 뿐이야……. 나의 죽음.'

건영이는 자신의 죽음을 각오하고는 마지막으로 숙영이를 생각했다.

'숙영이, 미안해! 이것은 피할 수 없는 내 운명이야……. 멀리멀리 도망가서 행복하게 살도록 해…….'

건영이는 잠시 숙영이를 그려보다가 다시 평상심으로 돌아왔다. 그러자 바로 저쪽에 괴인의 모습이 나타났다. 드디어 위기의 순간이 닥친 것이다.

"……."

괴인은 건영이의 모습을 발견하자 잠시 걸음을 멈추었다. 순간 괴인의 눈에는 의심의 빛이 감돌았다. 주변에 누가 있는가……? 저놈은 과연 어떤 놈인가……? 괴인은 먼저 주변에 누가 있는지부터 살폈다. 그러나 아무런 기척도 느껴지지 않았다.

다음으로 괴인은 건영이를 꿰뚫어 보았다. 역시 위험인물은 아니었다. 나약한 인간일 뿐 비록 완벽한 명상력을 갖고 있다 하더라도 목숨을 다투는 대결에서는 아무 도움도 되지 않는다.

대결! 사실 괴인의 입장에서는 대결이랄 것도 없었다. 그저 손을 한 번 휘저으면 건영이의 몸은 산산조각이 날 뿐이었다.

"……."

위험한 것이 전혀 없다는 것을 확인한 괴인은 잔인한 미소를 지으며 천천히 다가왔다. 건영이는 해맑은 표정으로 괴인을 당당히 바라보고 있었다. 이윽고 괴인은 풍곡대 앞에 섰다. 풍곡대는 큼직한 바윗덩어리로, 그 위에 앉아 있는 건영이는 아주 평화스러워 보였다.

괴인은 잠시 생각했다. 대화를 할 것인가, 아니면 단숨에 날려버릴 것인가……?

"……."

괴인은 눈을 가늘게 뜨고 이해관계를 따져보았다. 결론은 대화 쪽이었다. 죽이는 것은 언제라도 가능하기 때문이었다. 이왕 불러서 여기까지 온 것이니 대화를 해도 손해 볼 일은 없었다.

"나를 불렀나?"

괴인은 육성을 사용해서 위압적으로 말했다.

"예."

건영이의 대답은 차분했다.

"이유를 대게, 시간을 끌지 말고……."

"시간을 끌 생각은 없습니다. 먼저 몇 가지를 묻겠습니다."

"뭐? 그럴 이유가 있나?"

"있습니다."

"그게 무엇인가?"

"차차 알게 될 것입니다. 그렇게 서두르시면 반드시 후회하게 됩니다."

"후회? 건방진 소리 말고 질문이나 해 보게."

"좋습니다. 당신은 누굽니까?"

"이놈, 그건 알아서 뭘 해! 건방진 놈 같으니!"

괴인은 입을 삐죽이며 금방이라도 달려들 기세였다. 그러자 건영이가 급히 말했다.

"알겠습니다. 그냥 진행하지요……."

"……."

"저의 이름부터 밝히겠습니다. 저는 최건영입니다……."

"이름 따위는 관심 없네, 다른 얘기나 하게."

"사물은 명분이 중요합니다, 즉 이름이 중요하지요."

"헛소리 말게……."

"저는 역성입니다, 전생의 이름은 정우이지요……."

"뭐? 네 놈이 역성이라고?"

"그렇습니다. 역성 정우를 모르십니까?"

"……."

괴인은 멈칫거렸다. 괴인이 무엇인가 깊게 생각하는 것처럼 보이자 건영이가 다시 말했다.

"상관없습니다. 그럼 당신은 주역을 아십니까?"

"음? 주역? 그래 잘 안다, 이놈!"

"그럼 묻겠습니다, 엉터리인지도 모르니까!"

"허, 이놈 봐라……. 네 놈이 웬 상관이냐?"

괴인이 갑자기 목소리를 높였다. 건영이는 개의치 않고 차분히 대답했다.

"상관있습니다. 이는 태상노군의 뜻입니다……."

"뭐? 태상노군이라고 했나?"

"그렇습니다."

"그래? 네 놈이 태상노군과 무슨 관계가 있나?"

"깊은 관계가 있지요!"

"깊은 관계? 네 놈이 누군데?"

"저는 역성 정우입니다."

"정말인가?"

"그렇습니다."

"호, 그래? 좋아, 믿기로 하지……. 하지만 그게 태상노군과 무슨 관계가 있나?"

"아직 말할 수 없습니다."

"어째서?"

"태상노군은 우주에서 가장 존귀한 분입니다. 함부로 말할 수는 없지요!"

"……."

괴인은 얼굴을 찡그리며 생각에 잠기더니 잠시 후 고개를 끄덕였다. 이는 괴인이 보인 최초의 긍정이었다. 건영이는 이때를 놓치지 않고 다음 말을 진행시켰다.

"당신이 내 질문에 대답하면 태상노군의 뜻을 알려드리겠습니다."

"조건부인가?"

"아닙니다, 당신을 시험하는 거지요."

"허, 이놈…… 도대체 네 놈이 무엇을 시험한다는 거냐?"

"주역입니다……."

"주역? 좋아, 물어봐라."

괴인은 순순히 건영이의 제의에 응했다.

"주역의 괘상은 모두 몇 개입니까?"

"이놈! 그걸 질문이라고 하나?"

"대답하십시오, 제가 묻는 것은 태상노군의 뜻입니다……."

"알겠네. 주역의 괘상은 모두 64개가 아닌가!"

"그렇습니다. 그럼 주역의 괘상을 12개로 나누면 몇 개가 남습니까?"

"네 개!"

"그것을 압니까?"

"알다마다!"

"얘기해 보세요."

건영이는 이렇게 말하며 괴인을 한번 쏘아봤다. 괴인은 순순히 대답했다.

"뇌산소과(雷山小過:☳☶)·산풍고(山風蠱:☶☴)·풍택중부(風澤中孚:☴☱)·택뢰수(澤雷隨:☱☳)일세……."

"좋습니다. 64괘에는 맺힌 곳이 있습니다……. 아십니까?"

"……."

괴인은 아무 말 없이 고개만 끄덕였다.

"말해 보세요."

"80개!"

"맞습니다. 그럼 모든 괘상은 흘러서 어디로 갑니까?"

"천지부(天地否: ☰☷)."

"잘 아시는군요! 하늘은 높고 땅은 낮습니다. 그 사이의 괘상을 열거해 보세요."

"팔괘(八卦) 말인가?"

"그렇습니다, 아래 있는 것부터 말하세요."

"음…… 곤(坤)·간(艮)·감(坎)·손(巽)·진(震)·이(離)·태(兌)·건(乾)일세!"

"틀렸습니다."

"뭐? 어째서 이놈!"

"당신은 복희팔괘도(伏羲八卦圖)를 댔습니다. 그것은 정답이 아닙니다……."

"그럴 리가…… 네 놈이 모르는 게 아니야?"

"저는 역성입니다. 그건 나중에 따져보기로 하지요."

"……."

괴인은 천천히 고개를 끄덕였다. 괴인은 이제 상당히 유순한 태도를 보였다. 건영이가 다시 말했다.

"한 번 틀렸습니다. 세 번 틀리면 태상노군의 뜻을 놓치게 됩니다……."

"알겠네, 다시 해 보게."

"64괘를 묻겠습니다. 건곤(乾坤)을 상하로 놓으면 몇 개의 층이 있습니까?"

"7층!"

"사상(四象)을 묻겠습니다. 사물의 순환은 어떻게 됩니까?"

"사물은 일정한 방향이 없다네. 다만 계절의 순환은 소양(少陽)·노

양(老陽)·소음(少陰)·노음(老陰) 순으로 진행하는 것이지······."

"훌륭한 답입니다. 이번에는 효(爻)를 묻겠습니다. 시간은 어디에 있습니까?"

"상효(上爻)가 미래일세."

"사물을 묻겠습니다. 시간은 오는 것입니까, 아니면 가는 것입니까?"

"시간은 오는 것이지! 미래를 향해 흘러가는 것은 사물일 뿐이야!"

"그렇습니다. 시간의 끝이 있습니까?"

"없어!"

"시작은요?"

"있지!"

"어딘가요?"

"장소가 아닐세."

"그렇다면 때인가요?"

"아니지, 때도 아니야!"

"그럼 뭡니까?"

"허허허, 태극(太極)이 아닌가!"

괴인은 처음으로 소리 내어 웃었다. 건영이도 미소를 지어 보이고는 다시 물었다.

"건곤(乾坤), 감리(坎離)는 서로 마주 보며 반대의 성질을 가집니다······. 그렇다면 진손태간(震巽兌艮)의 마주 보는 상대는 무엇입니까?"

"진(震)과 태(兌), 손(巽)과 간(艮)일세······."

"팔괘의 상생상극(相生相剋)을 얘기해 보십시오."

"팔괘에는 그런 것이 없다네, 팔괘는 대칭이야!"

"시간도 그렇습니까?"

"아니, 대칭은 공간상의 일일 뿐이야. 시간이 전개되면 대칭은 무너지지……."

"그렇군요! 그럼 시간은 쉬지 않고 흐릅니까?"

"아니, 쉬었다 흐르네. 깡충깡충 뛰는 셈이지……."

"맞습니다. 시간은 왜 흐릅니까?"

"하늘이 쉬지 않기 때문이야, 허허허……."

괴인은 부드러운 표정을 지었다. 건영이는 괴인의 변화를 살피며 진지한 표정으로 다시 질문했다.

"천화동인(天火同人:☰☲)의 뜻을 말씀해 보세요."

"음, 큰 섭리와 합치는 것이지. 또한 하늘이 땅의 기운을 받아들이는 것이야……."

"하늘이 어째서 땅의 기운을 받아들이는 것입니까?"

"만물을 낳기 위함일세……."

"훌륭한 답입니다. 수택절(水澤節:☵☱)을 말씀해 보세요."

"수택절? 이는 자유로움과 혼돈을 제어하고 있는 모습일세. 천지의 작용은 모두 절도가 있는 법이지……."

"더 자세히 얘기해 보세요."

"음, 좋아. 어린아이가 안전하게 보호받는 것일세……. 예의범절이 바른 사람, 그리고 침착한 모습이야……. 또한 관리가 잘 되어 있는 사물을 뜻하기도 하지!"

"그렇습니까? 혼란한 마음을 잘 다스리고 있는 것은 무엇입니까?"

"그것도 수택절 아닌가!"

"맞습니다. 바로 군자의 태도가 아닌가요?"

"그렇지! 군자의 태도야! 도인의 수행도 그렇고……."

괴인은 고개를 끄덕이며 만족한 표정을 지었다. 그러자 건영이가 정색을 하며 말했다.

"이제 태상노군의 뜻을 알려드리겠습니다……."

"……."

"마음을 경건하게 갖고 무릎을 꿇으세요."

"……."

괴인은 전혀 반항하는 기색 없이 즉시 무릎을 꿇었다. 이미 괴인의 얼굴에서는 분노와 살기가 사라진 지 오래였다. 건영이는 괴인의 모습을 자세히 관찰하고 나서 천천히 서두를 꺼냈다.

"당신은 태상노군의 크나큰 은혜를 입었습니다, 그것을 알겠습니까?"

"음? 글쎄……."

"좋습니다, 제가 얘기해 드리지요. 당신은……."

"……."

"그동안 미쳐 있었습니다. 지금은 치유가 됐지만……."

"뭐? 내가 미쳐 있었다고?"

괴인은 깜짝 놀라며 큰 소리로 물었다. 건영이는 괴인의 태도를 다시 한 번 살핀 뒤에 천천히 대답했다.

"그렇습니다, 바로 정신병이었습니다. 그것을 태상노군께서 치료해 준 것이지요……."

"오, 저런! 고마우셔라……."

"축하드립니다. 이제 그만 일어나세요."

"……."

괴인은 말없이 일어섰다. 그러고는 잠시 혼자 생각에 잠겼다. 그 모습을 본 건영이가 부드럽게 말했다.

"그동안 있었던 일을 제가 모두 말씀 드리겠습니다. 설마 소란을 피우지는 않겠지요?"

"소란이라니?"

괴인은 의아스러운 표정을 지었다. 건영이는 미소를 지으며 대답했다.

"난동이지요, 살인도요……."

"음? 살인?"

"그렇습니다. 당신은 미쳐 있는 동안 많은 살인을 저질렀습니다……."

"저런! 내가 살인을 저질렀다고?"

"지난 일들이 전혀 기억나지 않는가 보군요?"

"음, 아무것도 기억이 나지 않아……."

"그럼 지금 기분은 어떻습니까?"

"지금……? 뭐랄까…… 긴 잠에서 깨어난 것 같군."

"그럴 겁니다. 지금 이 기운이 느껴집니까?"

"……."

괴인은 눈을 가늘게 뜨고 정신을 집중한 뒤에 고개를 끄덕였다. 그 모습을 흐뭇하게 바라보며 건영이가 말했다.

"바로 태상노군의 기운입니다. 형저의 기운이지요……."

"……."

"당신은 그동안 정신병에 걸려 있었습니다. 지금은 형저의 기운을 쏘였기 때문에 치료가 된 것이고요……."

"음……. 그런데 내가 왜 여기 와 있는 건가?"

"제가 불렀습니다. 당신은 우물가에서 이곳으로 오는 동안 형저의 기운을 받았고, 저와 대화를 나누는 동안에도 계속해서 그 기운을 받았습니다……."

"그렇군! 이 기운은 어디서 오는 것인가?"

"저 하늘에서 오고 있습니다. 하지만 지금은 그게 문제가 아닙니다……."

"……."

"이제부터 당신이 저지른 일을 수습하세요. 저는 목숨을 걸고 당신을 이곳으로 끌어들였던 겁니다."

"고맙군, 내 절을 받게나."

괴인은 그 자리에서 엎드려 정중히 큰절을 올렸다. 건영이는 다정한 미소를 지으며 말했다.

"다시 한 번 축하드립니다. 제 생각이 틀렸으면 저도 죽을 뻔했어요."

"정말 미안하군……. 내가 못할 짓을 많이 저지른 것 같군."

"아닙니다, 정신병 때문에 일어난 일이니 너무 낙심하지 마십시오. 다만 그동안 저지른 일을 상기하며 살아가야겠지요."

"음, 평생 속죄하겠네……. 그런데 한 가지 물을 게 있네."

"……."

"내가 어떻게 정신병에 걸렸는가?"

"그건 천기(天機)라 말할 수 없습니다……."

"그런가……? 아무튼 고맙네, 평생 이 은혜를 잊지 않을 것이야!"

"은혜라니요! 모든 것은 태상노군의 은혜입니다."

"……."

괴인은 천천히 고개를 끄덕였다. 건영이가 다시 말했다.

"저도 물어볼 것이 있습니다. 당신의 이름이 무엇인지요?"

"내 이름? 가만 있자…… 음, 고여(古如)가 내 이름일세……. 허허,

이름도 이제야 생각나다니……."

괴인은 멋쩍게 웃었다.

"고여선이군요……. 혹시 당신 집에 누군가 있지 않습니까?"

"음? 우리 집……?"

"……."

괴인은 잠시 생각에 잠겼고 건영이는 이를 근심스럽게 바라보았다. 갑자기 생각이 난 듯 괴인이 소리쳤다.

"맞아, 우리 집에 한 사람이 있어! 젊은 사람인데, 내가 잡아다 놓았지! 허, 참!"

"그 사람 이름이 뭐라고 하던가요?"

"글쎄…… 아, 임규진이라고 하더군!"

"지금 살아 있습니까?"

건영이는 다급하게 물었다. 괴인은 잠깐 생각하더니 밝은 표정으로 대답했다.

"분명히 살아 있네. 가두어 놓기는 했지만……."

"다행입니다. 왜 안 죽였지요?"

건영이는 허탈하게 웃으며 물었다. 임씨가 아직까지 살아있다는 것이 무척 다행스러웠지만, 한편으로는 그토록 무서운 살인자 곁에서 살아남았다는 사실이 너무 신기했다. 괴인은 무척 미안한 표정을 지으며 대답했다.

"죽일 뻔했지…… 그런데 손에 무엇을 쥐고 있더구먼."

"……."

"그림이었어. 바로 나의 절친한 도반의 초상이었지."

"그분이 누군데요?"

"풍곡이라고 하지. 천하에서 가장 도가 높은 분이야……."

"정말입니까? 그분은 우리 촌장님인데……."

건영이는 환한 미소를 지으며 반갑게 말했다.

"이곳은 풍곡림이에요. 그리고 이 돌은 풍곡대라고 하지요."

"오, 그런가? 풍곡선은 지금 어디 있는가?"

"……."

건영이는 말없이 하늘을 가리켰다.

"음……."

괴인은 알겠다는 듯이 고개를 끄덕였다. 다시 건영이가 말했다.

"마을로 내려가시지요. 사람들은 다 피난 가 있지만……."

"피난?"

"당신 때문입니다. 이제는 불러들여야겠어요."

건영이는 이렇게 말하고 잠시 눈을 감았다.

"……."

건영이의 심정은 곧바로 숙영이 마음에 연결되었다.

"어머! 오빠가 살아 있어요!"

마을 사람들은 모닥불을 피워놓고 잠을 이루지 못하다가 이 반가운 소식에 접했다. 숙영이는 기쁨에 가득 찬 목소리로 다시 말했다.

"오빠가 괴인을 물리쳤나 봐요! 돌아오라고 하는군요."

"오, 그래? 우리 작은 촌장이 이겼구나!"

할머니가 이렇게 말하자 모두들 박수를 치며 환호했다.

'와 ——'

'짝 —— 짝 ——'

할머니가 미소를 지으며 다시 말했다.

"이제 편안히 잠이나 자야지. 오늘은 좋은 소풍날이구먼!"

"그렇군요, 하하하!"

박씨도 웃으며 고개를 끄덕였다. 그야말로 급작스럽게 이루어진 피난이 소풍으로 변한 것이다. 소풍이나 피난이나 다 몸을 움직여 어디론가 떠나는 것은 마찬가지였지만 이제는 그 뜻이 바뀐 것이다. 하늘의 별들도 이 사실을 아는지 더욱 반짝이는 것 같았다.

"……."

마을 사람들은 깊은 환희를 느끼며 하늘의 별을 바라봤다. 별은 희망과 신비를 간직하고 있었다.

이제 정마을에는 새로운 평화가 찾아올 것이다. 그리고 언젠가는 행방이 묘연한 임씨도 돌아올 것이다. 임씨 부인은 행복한 꿈을 가슴에 안고 잠으로 빠져들었다.

한편 마을에서는 건영이가 풍곡대에서 내려와 괴인에게 말했다.

"그동안의 무례를 용서하십시오. 다시 인사 올리겠습니다."

건영이는 정중히 무릎을 꿇고 고개를 숙였다. 그러자 고여선이 급히 만류했다.

"무례라니, 당치 않네. 어서 일어나게! 은인께서 이러면 내가 어떡하나!"

고여선은 건영이를 일으켜 주었다. 두 사람은 서로 미소를 지으며 천천히 언덕을 내려왔다. 도중에 건영이가 말했다.

"이제부터 할아버지라고 부르겠습니다. 촌장님의 친구 분이시니……."

"아무렴. 촌장이 있었으면 더 좋을 뻔했군!"

"예, 언젠가는 촌장님도 마을로 돌아오시겠지요. 그런데 할아버지

……."

"……."

"집이 먼가요?"

"하늘 아래야, 멀다면 멀지! 왜 그러나?"

"임씨 아저씨 때문에 그래요. 혼자 마음고생이 크겠어요!"

"그렇지! 내가 지금 당장 가서 데려오겠네."

"고맙습니다, 할아버지."

"천만에, 얼른 갔다 오지."

"잠깐만요, 할아버지!"

"……."

"저…… 할아버지는 병이 다 나은 거지요?"

"허허, 염려 말게. 이제는 정신을 잃지 않아."

"아니, 그보다는 이곳에서 며칠 쉬면서 완전히 기운을 회복하는 게 어떻겠어요?"

"음? 글쎄, 그럴까? 태상노군의 은혜를 며칠 더 입는 것도 괜찮겠 군. 자리를 빌려주겠나?"

고여선은 풍곡림을 가리키며 물었다. 건영이가 당연하다는 듯이 고개를 끄덕이며 대답했다.

"풍곡대를 사용하세요. 그곳이 태상노군의 기운이 가장 많이 모이 는 곳이에요."

"고맙네. 우선 임씨부터 데려와야겠지! 그럼……."

"……."

괴인은 건영이를 돌아보며 미소를 지어 보이고는 빠른 걸음으로 먼 저 내려갔다. 그러더니 잠시 후에는 바람처럼 사라졌다. 건영이는 자기 방으로 들어가 잠을 청했다. 긴장이 풀린 건영이는 순식간에 잠으로 빠져들었다. 먼 하늘에서부터 서서히 날이 밝아왔다.

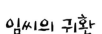

임씨의 귀환

건영이는 새의 울음소리를 듣고 잠에서 깼다. 벌써 늦은 아침이었다. 지난밤에 몹시 긴장했던 탓인지 깊게 잠이 들었던 모양이다. 건영이는 밖으로 나왔다. 태양은 이미 중천에 떠 있었고 날씨는 아주 화창했다. 마을 전체에는 한적함이 깃들어 있었다.

텅 빈 마을, 하지만 지금쯤이면 마을 사람들은 기쁨을 머금고 돌아오고 있을 것이다. 건영이는 혼자 밝은 미소를 지으며 언덕을 내려왔다. 작은 개울을 건너 우물가로 갔다.

"……."

우물은 조용히 생기를 뿜어내고 있었다. 건영이는 그 속을 잠시 바라보다가 두레박을 던졌다.

'첨벙——'

우물은 아주 맑게 생동하고 있었다. 수풍정(水風井:☵☴)! 이는 새로움이다. 그리고 소통을 의미한다. 땅의 근원에서 생기가 공급되어 만물을 변화시키는 것이다.

건영이는 우물 속으로 두레박을 던진 채 먼 곳을 바라봤다. 풍곡림, 그곳에서는 형저의 기운이 소리 없이 이곳 우물로 날아오고 있었다. 이 기운은 남선부의 태상호에서 비롯된 것으로 80년이 지난 오늘날까지도 없어지지 않은 채 끊임없이 이어지고 있었다. 이 기운은 일찍이 건영이의 정신을 수습해 주었고 지난밤에는 괴인의 정신을 회복시켜 주었다.

"……."

건영이는 두레박을 건져 올렸다. 그 안에는 싱싱한 바람마저 깃들이어 있었다. 건영이는 그 물을 마음껏 마시고는 우물에 기대서서 주변을 둘러보았다.

'영원하구나, 아름답구나…….'

건영이는 하늘을 보면서 시간과 공간에 대해 생각했다. 텅 빈 마을에 홀로 있다는 것은 새로 태어난 기분을 느끼게 해주었다. 주변의 정경은 더할 수 없이 한가했고 가끔씩 들려오는 새 울음소리는 반가운 소식처럼 들렸다.

바람은 조용히 불어와 한가함을 더해 주었다. 이때 갑자기 건영이가 시선을 돌려 멀리 강 쪽을 바라봤다. 그러고는 곧 걸음을 옮기기 시작했다. 무슨 일이 있는 것일까……? 건영이의 얼굴은 몹시 밝았다. 분명히 좋은 일이 있는 것이리라!

건영이는 다소 급한 걸음으로 서둘러 걸었다. 그런데 강가에서는 더욱 급한 걸음으로 다가오는 사람이 있었다. 아니, 그 사람은 걷는 것이 아니라 뛰고 있었다. 건영이는 그 사람이 마을로 가까이 오는 것을 느꼈던 것이다.

정다운 사람, 그리고 언제나 명랑했던 사람…… 그는 바로 임씨였다.

'지금은 어떤 모습으로 변했을까? 고생 때문에 쇠약해졌을까? 아

니면 공포 때문에 우울해졌을까?'

건영이는 임씨에 대해 생각하며 걸음을 재촉했다. 임씨는 숲길을 달려와 개울을 건넜다. 왼쪽으로는 자그마한 벌판이 펼쳐져 있었다. 언덕을 올라서자 똑바로 길이 전개되었다. 그 순간 저 멀리 한 사람이 보였다. 임씨는 그 사람이 건영이인 것을 한눈에 알아보았다.

건영이는 손을 흔들어 보였다. 순간 임씨의 눈에는 눈물이 글썽했다. 명랑한 임씨도 반가움을 참지 못하는 것일까? 그러나 임씨는 이내 눈물을 지우고 밝은 표정을 지었다.

두 사람은 이제 마주 보고 섰다.

"……"

임씨는 환하게 웃고 있었다. 여전한 모습이었다. 그토록 험난한 세월도 임씨를 바꾸어 놓지 못한 것일까……?

"아저씨!"

건영이가 먼저 불렀다.

"건영아!"

두 사람은 반가움에 왈칵 끌어안았다. 순간 가까운 숲에서는 새들이 일제히 하늘로 날아올랐다. 새들도 임씨의 귀환을 환영하는 모양이었다.

"아저씨, 마을로 가요……"

건영이는 길을 비켜주며 정마을을 가리켰다. 임씨는 정답게 건영이의 어깨를 툭 치며 앞으로 걸어갔다. 잠시 후 두 사람은 나란히 정마을에 들어섰다.

꿈에 그리던 정마을! 임씨는 그동안 감옥에 갇힌 것보다 더 혹독한 고생을 겪었다. 임씨가 갇혀 있던 곳은 어둡고 침침한 동굴로 괴인이 없을 때는 그래도 견딜 만했었다. 그러나 괴인이 나타나 괴롭힐 때는 그야말로 자살이라도 하고 싶은 심정이었다. 미친 사람이 사람을 괴롭히는 것이 오죽하겠는가! 때리고, 차고, 위협하고……. 임씨는 정말 힘겹게 살아남았다.

임씨가 이제까지 견딜 수 있었던 건 순전히 자신의 인내심 덕분이었다. 그리고 그나마 구출될 수 있었던 것은 건영이의 덕택이었다. 임씨는 건영이가 자신을 구하기 위해 애썼다는 것을 괴인에게 들어 알고 있었다. 괴인은 임씨를 나루터까지 데려다 놓고 어디론가 사라졌다.

죄를 진 괴인, 고여선은 자신의 행동에 대해 민망해했다. 그러나 임씨는 자신의 운명을 원망할지언정 결코 괴인을 미워하지는 않았다. 임씨의 마음속에는 괴인의 모습은 이미 지워졌고 오직 정마을의 모습만 떠올랐다. 그러다 드디어 정마을에 도착한 것이다.

"아니! 이곳에 집이 있었는데?"

임씨는 기억을 더듬으며 말했다. 건영이가 재빨리 얘기해주었다.

"예전에 박씨 아저씨의 집이 있었지요. 지금은 허물어졌지만요."

"그래? 그럼 다시 짓지 않고?"

"위치가 나빴어요. 어차피 없어질 집이었어요……."

건영이는 굳이 괴인에 대한 것을 말하지 않았다. 그리고 사실 박씨의 집은 부자연스러운 위치에 있었다. 당시에 괴인은 비록 미쳐 있었지만 집의 위치가 부자연스럽다는 것을 깨닫고 없앴던 것이다. 이는 실제로 상서롭지 못한 물건을 제거함으로써 정마을의 운세를 개선했는지도 모른다. 그 일로 인해 임씨가 돌아온 것은 아닐는지……!

임씨는 고개를 끄덕이며 왼쪽으로 돌아섰다. 이제 곧 우물이 나타날 것이다.

"음, 여전하구나……."

우물을 보자 임씨는 반가운 듯이 중얼거렸다. 그러자 건영이가 우물가로 다가가며 말했다.

"아저씨, 잠깐 이쪽으로 오세요."

"……."

"아저씨, 이 물을 드세요. 세상에서 가장 귀한 물이에요."

"그래?"

임씨는 고개를 끄덕이며 천천히 주위를 둘러봤다. 모든 것이 임씨가 떠나기 전과 똑같았다. 다만 우물의 벽만이 건영이의 제안에 의해 새로 단장되어 있을 뿐이었다. 건영이는 재빨리 두레박을 던져 물을 가득 퍼 올렸다.

"자, 정마을의 선물입니다……."

"……."

임씨는 진지한 표정으로 두레박을 받아 쥐고는 몇 모금 연거푸 들이켰다.

"아, 시원해……. 이제 살 것 같군!"

임씨의 표정은 정말로 행복해 보였다. 동굴에 갇혀 있을 때는 물 한 모금도 마음대로 마실 수 없었다. 건영이가 미소를 지으며 말했다.

"아저씨, 이 우물이 아저씨를 살렸어요."

"뭐, 우물이?"

"예. 이 우물에는 신령한 기운이 서려 있어요. 괴인은 이 기운으로 인해 정신을 수습할 수 있었고요."

"오, 그래? 정말 신비한 우물이구나!"

"그렇습니다, 아저씨도 당분간 이곳에서 시간을 자주 보내야 해요."

"……."

"정신 안정을 위해서예요……. 괴인과 오래 있었기 때문에 혹시 전염됐을지도 몰라요."

"설마? 정신병도 전염되니?"

임씨는 걱정스런 표정으로 물었다. 정신병에 대해 걱정하는 것을 보니 정신이 잘못된 것 같지는 않았다. 그러나 건영이는 신중하게 말했다.

"아저씨, 가능성이 없는 건 아니에요. 단지 제가 보기에는 괜찮은 것 같지만……."

"그래? 네가 보기엔 괜찮니?"

"예. 하지만 우물의 기운을 받으면 더 좋을 거예요."

"그래, 그렇게 하지……. 그런데 마을 사람들은 어디 있지?"

"피난을 갔어요……. 지금 마을로 돌아오고 있는 중이에요."

"피난?"

"걱정 마세요, 모두들 무사하답니다. 그리고 아저씨, 좋은 소식이 있어요."

"……."

"아저씨는 이제 아버지가 됐어요. 아주머니가 아들을 낳았단 말이에요."

"뭐, 정말이니?"

임씨는 얼굴이 환해졌다.

"그럼요, 제가 이름까지 지었는데요!"

"호, 그래……! 이름이 뭐니?"

"수민이에요, 임수민! 이름이 예쁘지요?"

"그래, 정말 고맙구나. 아기는 건강하니?"

"건강하다 뿐이겠어요, 총명한데다가 좋은 운수까지 타고 났어요."

"와, 좋은 운수까지? 하하하, 나한테 아들이 생겼다고……!"

"아저씨, 피곤하지 않으세요?"

"아니, 난 괜찮아."

임씨는 미소를 지으며 힘차게 팔을 들어 보였다.

"좋아요, 우리 마중을 나가요."

"그래, 가 보자."

임씨는 서두르는 기색이 역력했다.

"큰산 쪽이에요……."

건영이가 앞장섰다. 일단 방향이 정해지자 임씨는 성큼성큼 건영이를 앞질러 갔다. 임씨의 성격은 여전해 매사에 앞장서고, 서두르고, 명랑했다. 두 사람은 어느새 강노인의 집 앞에 도착했다.

"아저씨, 뭐 좀 먹고 갈까요?"

건영이는 임씨가 걱정이 되어 물었다. 그러나 임씨는 마음이 급한 듯 고개를 저었다.

"아니, 굶는 것에는 이골이 나서 괜찮아. 어서 마을 사람들이나 마중가자구나."

"좋아요, 이대로 계속 가면 곧 만날 거예요……."

두 사람은 서두르며 숲길로 들어섰다. 때마침 불어온 바람이 급한 임씨의 마음을 달래주었다.

재회

　정마을에서 경사가 이루어질 무렵 또 다른 위기가 정마을을 향해 다가오고 있었다. 건영이가 괴인과의 대결로 지쳐 잠들었던 새벽에 땅벌파의 본대가 정마을을 향해 서울을 출발한 것이었다.

　본대의 인원은 모두 서른한 명으로 강리 선생·회장·칠성 다섯 명 외에 무덕도 포함되어 있었다. 이들은 기차를 타고 여유 있게 출발했다. 마치 한가한 여행이라도 하는 기분이었다. 그러나 회장의 마음은 그 어느 때보다도 결의에 차 있었다.

　그도 그럴 것이 옆에는 강리 선생이 있고 정마을의 전력은 이미 다 드러났기 때문이었다. 적은 생각했던 것보다 별것 아니었다. 이쪽에는 천하무적인 강리 선생이 있고 총명한 회장이 있다. 정마을은 가서 정복하면 그뿐이었다.

　남씨가 아무리 총명하다고 해도 급습을 당하면 어떻게 대책을 세우겠는가……! 또 사전에 습격 계획이 드러난다 해도 달라지는 것은 하나도 없었다. 정마을에는 신통한 지도자가 있다고는 하나 나약한 학자에 불과할 것이다. 회장의 생각으로는 전혀 문제될 것이 없었다.

따라서 마음 편하게 여행에 임하였다. 칠성이나 다른 사람들의 마음도 느긋했다. 그야말로 한가한 봄나들이 정도로 생각하였다. 기차는 그들의 마음을 싣고 힘차게 춘천을 향해 달리고 있었다.

강리 선생과 회장은 줄곧 눈을 감고 있는데 반해 무덕은 열심히 창밖을 내다보고 있었다. 차창 밖으로는 드넓은 벌판이 전개되었다. 이 벌판을 바라보며 무덕은 깊은 상념에 잠겼다. 때때로 무덕의 고운 눈동자가 반짝거렸다. 이는 즐거운 기분에 젖어 있다는 뜻이리라……!

무덕은 생기에 차 있는 들판을 바라보며 자신의 처지를 생각해 봤다. 이제부터 무덕의 인생은 저 들판처럼 희망이 가득하리라. 무덕은 강리 선생이 비기(祕機)를 여는데 큰 공을 세웠을 뿐만 아니라 좌설과 능인의 습격을 미리 알아채고 강리 선생을 피신시켜 화를 모면케 했었다.

이는 강리 선생에게 더할 수 없는 은혜를 베풀어준 것으로 강리 선생은 이 은혜를 깊이 간직하고 있었다. 그로 인해 무덕의 존재는 아주 떳떳해졌다. 강리 선생에게 공력 증진의 문을 열어주었을 뿐만 아니라 위험의 도래를 미리 알려줬으니 그만한 공이 또 어디 있겠는가……! 게다가 지금의 무덕은 미모와 품위로 빛나고 있었다.

기차는 춘천을 목전에 두고 있었지만 무덕은 아직까지 창밖을 내다보며 꿈을 꾸고 있었다. 바로 새로운 보금자리가 될 정마을에 관한 것이었다. 무덕은 오랜 세월 동안 거지 생활을 하며 방랑했으나 좀처럼 마음에 드는 장소를 발견하지 못했었다.

땅벌파의 회장은 무덕에게 호화스럽지는 않더라도 풍족하게는 생활할 수 있도록 해 주었다. 거처도 원하는 곳에 얼마든지 마련해 주었다. 하지만 무덕이 정착할 만한 곳은 한 군데도 없었다. 인천의 바닷가에 위치했던 집도 오로지 강리 선생과 결합하기 편리하기 때문에 머물렀던 것이지 장소가 좋았던 것은 결코 아니었다.

그곳을 떠나 서울에 와서도 마땅히 정착할 만한 곳을 찾지 못했다. 그러던 중 강리 선생이 느닷없이 정마을을 차지하자고 한 것이었다. 이 말이 무덕에게는 너무나 좋았다. 정마을이라는 이름만 듣고도 무조건 그곳이 마음에 들었다. 그런데 바로 지금 그 정마을을 향해 가고 있는 것이다.

지금 현재 정마을은 땅벌파 회장의 공격 목표라기보다 오히려 무덕의 탈취 목표였다. 무덕은 그만큼 그곳에서 살고자 하는 강한 욕망을 품고 있었다. 이에 대한 강리 선생의 마음은 무엇일까? 강리 선생은 도대체 무슨 이유로 정마을에서 살자고 했던 것일까……?

사실 정마을은 낙원이었다. 그리고 악인에게도 낙원은 소중한 장소였다. 기차는 어느새 춘천역으로 들어서고 있었다. 회장은 눈을 번쩍 떴다. 강리 선생은 아직 눈을 감고 있었지만 정신은 샘물처럼 맑았다. 눈을 감고 있는 것은 단지 몸의 기운을 순환시키기 위함이었다.

강리 선생에게는 생활이 곧 수련이었다. 이미 비기가 열린 강리 선생으로서는 끊임없이 발생하는 기운을 몸에 순환시키고 수용하였다. 기차가 멈춘 뒤에야 강리 선생은 조용히 눈을 떴다.

"……."

무덕은 강리 선생을 다정한 눈빛으로 바라봤다. 강리 선생도 무덕에게 부드러운 미소를 보여 주었다. 이는 강리 선생에게 있어 매우 특이한 일이었다. 혼마에게도 인간의 애틋한 정이 있는 것일까……?

승객들이 내리기 시작했다. 옆 칸에 타고 있던 회장의 부하들도 차에서 내렸다. 강리 선생과 회장도 일행이 다 내린 것을 확인한 다음 천천히 기차에서 내렸다.

"회장님, 저쪽으로 가시지요."

미리 나와 있던 부하가 말했다.

"······."

회장은 말없이 앞장섰다. 역 밖으로 나오자 기다리는 사람이 있었다. 바로 서울에서 먼저 출발했던 선발대로 이들은 이미 하루 전에 도착하여 충분히 휴식을 취한 뒤 본대의 도착을 기다렸었다.

회장이 명령했다.

"자네들은 먼저 떠나게. 현지 사정은 어떤가?"

"예, 방은 전혀 구하지 못했습니다. 천막은 몇 개 설치했습니다만······."

"음, 가서 충분히 준비하게······. 시끄러운 일은 없었나?"

"예, 조용하기만 합니다. 경치 좋은 곳에 자리를 잡아 놓았습니다."

"알겠네, 가 보게······."

"······."

선발대 다섯 명은 본대 스물세 명과 합류해서 목적지로 출발했다. 이들은 버스를 타고 소양강 하류로 떠날 계획이었다. 회장과 강리 선생과 무덕, 그리고 칠성은 춘천에서 하루를 묵은 뒤 떠나기로 했다. 회장의 부하들은 잔뜩 짐을 짊어지고 소양강으로 향했다.

회장은 인근 여관을 찾아 여장을 풀었다. 이제 선발대와 본대가 현지로 떠나고 지휘부의 출발만 남았다. 정마을의 위기는 이렇게 시시각각 다가오고 있었지만 지금 정마을에서는 근래 들어 최대의 경사를 맞이하고 있었다.

건영이와 임씨는 강노인 집을 지나 숲길을 한동안 부지런히 걸었다. 임씨는 그동안 몸이 많이 쇠약해졌음에도 불구하고 열심히 걷고 있었다. 가족과 마을 사람들을 빨리 만나기 위함이었다.

"아저씨……."

오히려 건영이가 먼저 지쳐 임씨를 불렀다.

"좀 쉬어 가지요. 이제 여기서 기다려도 돼요. 마을 사람들은 가까이 왔답니다."

"그래? 여기서 기다릴까?"

두 사람은 그늘진 곳을 찾아 앉았다. 두 사람이 앉아 있는 머리 위로는 구름이 한가하게 지나가고 있었다. 임씨가 말을 꺼냈다.

"건영아, 그동안 별일 없었니? 마을 사람들은 여전하고?"

임씨는 이제야 정마을의 안부를 물었다. 비로소 정마을에 돌아온 실감이 나는가 보았다.

"그동안 우여곡절이 많았습니다. 서울 일도 복잡했고요. 그중에서 아저씨 일이 제일 괴로웠어요."

"나를 걱정해 주다니 고맙군. 그런데 괴인의 정체는 뭐지?"

"촌장님의 도반이래요……."

"그래? 촌장님은 지금 어디 계신데?"

임씨는 놀라움과 반가움을 나타냈다. 자신을 그토록 괴롭혔던 괴인이었지만 그 일은 잊은 지 오래였다.

"촌장님은 하늘에 가셨어요……."

"먼 곳에 가셨구나……. 그럼 이제 돌아오시지 않겠구나?"

"글쎄요, 언젠가는 돌아오실 것 같아요."

건영이는 언뜻 하늘을 올려다보며 대답했다.

"그러면 오죽이나 좋을까! 다른 걱정은 없고?"

"예, 이제는 다 잘된 것 같아요. 참, 마을에 식구가 한 명 늘었어요……."

"누군데?"

"서울에서 왔어요, 서예가인 이일재 씨에요."

"오, 그분……! 그래도 글씨는 남씨 형님이 일품이지. 안 그러냐?"

"그렇습니다, 남씨 아저씨의 글은 신선의 경지래요."

"암, 그런데 이씨는 글씨 공부하러 온 거니?"

"예, 정마을에서 아주 살겠다나 봐요."

"잘된 일이야. 사람이 아주 진실한 것 같더구나……."

임씨는 지난 일을 회상하며 말했다. 임씨는 당초 춘천에서 정마을로 이씨를 데려온 바 있었다. 그런데 지금은 정마을의 식구가 되었다고 하니 썩 잘된 일이었다.

"다른 사람들은 다 잘 있고?"

임씨가 다시 물었다.

"예, 모두에게 좋은 일이 많은가 봐요. 정섭이는 공부를 잘 하고, 인규는 이제 무술인이 다 되었어요!"

"음? 인규가?"

"예, 능인 할아버지가 책을 주셨거든요."

"그래? 제법 하는가?"

"제법이 아니에요, 아주 대단한 것 같아요."

"호, 좋은 일이군……. 나만 별 볼일 없군, 하하하!"

임씨는 특유의 싱글벙글한 모습을 보였다. 이제 모든 것이 차츰 회복되어 가고 있는 중이었다. 건영이가 임씨를 다정히 바라보며 말했다.

"아저씨는 그림을 잘 그리잖아요. 가만 보니 수준급인 것 같던데요?"

"내 그림? 하하, 사실 내 그림은 최고야. 세상 사람들이 알아주지를 않아서 그렇지만……."

"염려 마세요, 제가 알아줄 테니……."

"음? 건영이가? 그럼 앞으로 더욱 열심히 그려야겠는데, 하하하! 어른들은 어떠신가?"

어른들이라면 강씨 내외를 말한 것으로 건영이는 웃으며 대답했다.

"할머니가 많이 변했어요!"

"어떻게?"

임씨는 다소 걱정스럽다는 표정을 지었다. 할머니의 성격이 괴상한 것을 익히 알고 있기 때문이었다. 건영이는 임씨의 마음을 알고는 미소를 지으며 대답했다.

"할머니는 성격이 아주 부드러워졌어요. 술 인심도 더욱 좋아졌고요……."

"오, 술! 할머니의 술은 최고지! 나는 그동안 술 구경 한 번 못 했어."

"그럴 테지요, 오늘은 마음껏 술을 마실 수 있을 거예요."

"그래? 그럼 이제 우리 가 볼까?"

임씨는 큰산 쪽을 언뜻 보며 말했다. 마음이 조급한 모양이었다. 건영이는 그런 임씨의 마음을 이해할 뿐 아니라 충분히 쉬기도 했기 때문에 임씨의 뜻에 따라 자리에서 일어났다. 두 사람은 다시 걷기 시작했다. 하지만 건영이의 마음속에는 마을 사람들이 가까워짐을 느끼고 있었다.

이즈음 정마을로 다가오는 또 다른 존재가 있었으니 바로 땅벌파의 행동 대원들이었다. 이들은 버스가 소양강변에 도착하자 모두 내렸다.

이들은 모두 스물여덟 명으로, 등산객을 가장하여 정마을의 관문인 소양강 하류에 도착하였다. 정마을은 이곳에서 오십 여리 가량 숲길을 걸어가야 하고 그곳에서 다시 강을 건너가야 하지만 땅벌파의 행동은 아주 느긋했다. 이들은 우선 경치 좋은 곳에 천막을 치고 때를 기다렸다.

땅벌파는 장기 체제를 구축하기 시작했다. 천막으로 숙소를 마련하고 음식을 준비하는 등 일사불란하게 움직였다. 주의사항은 서울에서부터 충분히 숙지되어 있었고 모두들 이런 일에 아주 능숙했다. 회장은 특별히 그런 인물들을 모집했던 것이다. 회장 일행은 내일 이곳에 도착할 예정으로 땅벌파의 계획은 아무 문제없이 착착 진행되고 있었다. 벌써 오후 4시가 가까워 왔다.

이 시간 건영이와 임씨는 걸음을 빨리 하였다. 바로 앞에서 인기척이 났기 때문이다. 처음으로 모습을 드러낸 사람은 정섭이였다. 정섭이는 숙영이로부터 건영이가 마중 나오고 있다는 얘기를 듣고 한 발 앞서 오는 중이었다.

"어? 저 사람이 누구야? 아니, 임씨 아저씨잖아!"

정섭이는 임씨를 알아보고는 쏜살같이 달려왔다.

"……"

임씨도 웃음을 함빡 머금은 채 자신을 향해 달려오는 정섭이를 바라보았다.

"아저씨!"

"오, 정섭아! 어디 보자."

임씨는 정섭이를 덥석 안아 높게 위로 올렸다.

"아저씨, 안녕하세요? 그동안 어디 갔다 왔어요?"

정섭이는 반가워하며 안부를 물었다.

"음, 공부를 하고 왔어……. 잘 지냈지?"

"예, 아저씨는 고생했군요!"

"하하하, 정섭이는 많이 컸구나! 고생은 무슨 고생……."

임씨는 정섭이의 어깨를 감싸고 정섭이가 달려왔던 곳을 바라봤다. 그러자 정섭이가 말했다.

"곧 올 거예요, 아니 내가 먼저 가서 알려야지……."

"……"

정섭이는 어느새 달려가더니 이내 모습을 감췄다.

잠시 후 마을 사람들은 정섭이와 마주쳤다. 정섭이를 보자마자 먼저 숙영이가 반갑게 물었다.

"오빠를 만났니?"

숙영이는 이미 마음의 파장으로 건영이가 가까이 오고 있다는 것을 알았지만 그래도 직접 눈으로 보고 온 정섭이의 말을 듣고 싶었다.

"예, 이쪽으로 곧장 오고 있어요……."

정섭이는 짧게 대답하고는 곧장 임씨 부인에게로 다가갔다.

"아주머니……!"

"……"

"누가 왔는지 맞춰보세요!"

"음? 누군데?"

"세상에서 가장 반가운 사람이요!"

"뭐? 누구니……? 어서 말해 봐!"

임씨 부인은 무엇인가 육감을 느끼며 정섭이를 독촉했다. 정섭이는 환하게 웃으며 크게 소리를 질렀다.

"아저씨가 왔어요! 임씨 아저씨 말이에요!"

"어머! 정말이니?"

"그럼요, 건영이 아저씨가 데려왔어요!"

"……"

마을 사람들은 모두 이 소식을 들었다. 그러자 임씨 부인은 가슴이 벅차 더 이상 걸을 수가 없는지 그 자리에 멈춰 섰다.

"……"

마을 사람들은 걸음을 멈추고 미소를 지으며 임씨 부인 곁으로 모여들었다. 임씨 부인은 아기를 끌어안고 눈물을 흘리기 시작했다. 꿈에도 그리운 남편, 그리고 원망스럽기도 한 남편, 그동안 어디를 갔었다가 이제야 나타났단 말인가!

남자들은 발길을 돌려 다시 걷기 시작했다. 임씨 부인은 차마 남편을 보기가 애처로웠지만 마을 사람들은 임씨를 한시 바삐 보기 원했던 것이다.

임씨의 걸음도 빨라졌다. 잠시 후 강노인과 남씨, 박씨와 이씨, 그리고 인규가 차례로 나타났다.

"할아버지!"

임씨는 강노인 앞으로 다가섰다. 강노인은 임씨의 어깨를 정답게 어루만지며 말했다.

"이사람, 돌아왔군! 고생 많았지?"

"별로요……. 오, 형님!"

임씨는 남씨에게 미소를 짓고 뒤이어 나타난 박씨의 손을 잡았다.

"안녕하세요? 드디어 오셨군요."

인규가 반갑게 인사했다.

"오, 인규! 하하하……."

임씨는 자신의 감회를 웃음으로 표현했다.

"……."

마을 사람들은 그동안 고생했음에도 불구하고 밝은 표정을 짓는 임씨가 대견한 듯 따뜻하게 바라보았다. 그러자 강노인이 말했다.

"어서 저쪽으로 가 보게나. 아기 엄마가 기다리고 있다네."

"……."

임씨는 마을 사람들을 둘러보며 미소를 짓고는 강노인이 가리키는 쪽으로 걸음을 옮겼다. 잠시 후 숙영이와 숙영이 어머니, 그리고 할머니가 보이고 그 옆에 임씨 부인도 보였다. 임씨는 할머니에게 먼저 고개를 숙여 인사를 했다. 할머니는 말없이 한쪽 눈을 끔뻑해 보였다. 이어 숙영이도 미소를 지으며 인사를 보냈다. 임씨도 숙영이와 숙영이 어머니에게 고개를 끄덕이고는 부인 옆으로 다가갔다.

"……."

임씨 부인은 고개를 돌리고 있었다.

"여보, 나야!"

"……."

"나라니까! 나를 보라고, 하하하!"

임씨는 이렇게 말하며 부인을 옆에서 가만히 끌어안았다.

"……."

임씨 부인은 남편의 얼굴은 보지도 않고 흐느껴 울 뿐이었다. 임씨가 말했다.

"허, 참. 울기만 할 거야? 어디, 내 아들이나 보자."

임씨는 부인으로부터 아기를 빼앗아 안고 그 자리를 피해 버렸다. 그러자 할머니가 임씨 부인의 어깨를 감싸며 말했다.

"울긴 왜 울어? 서방이 돌아왔는데……. 자, 이제 집으로 가야지……."

"……."

임씨 부인은 자리에서 일어났다. 임씨는 벌써 마을 남자들 틈에 섞여 앞서가고 있었다. 임씨 부인은 나머지 마을 사람들과 함께 뒤에 처져 걷기 시작했다. 임씨와 부인, 그리고 마을 사람들과의 만남은 이렇게 이루어졌다.

이제 마을 사람들은 임씨와 함께 피난을 마치고 그들의 낙원인 정마을로 돌아가는 것이다. 마을 사람이 걷고 있는 바로 앞길에는 햇빛이 밝게 뿌려지고 있었다.

위기일발

어제 저녁 우물가의 종이 열 번 울렸다. 이는 오랜만에 듣는 소리로 마을의 경사를 알리는 소리였다. 종소리가 울리면 마을 사람들은 다음날 우물가에 모여 잔치를 하곤 했다. 이번에는 임씨의 무사 귀환을 축하하는 자리였다.

마을 사람들은 일찌감치 모여들기 시작했다. 박씨는 돗자리를 깔았고 여자들은 음식을 날라왔다. 그리고 할머니는 술을 준비했다.

임씨는 싱글벙글 웃는 모습으로 부인과 함께 나타났다. 임씨 부인도 밝은 모습이었다. 벅찬 감정들은 지난밤에 다 수습이 되었나 보다!

건영이는 숙영이와 함께 뒤늦게 나타났다. 오늘은 숙영이의 모습도 밝아보였다. 숙영이는 피난길 동안 줄곧 우울했었지만 이제는 근심이 사라진 것이다.

건영이는 건재할 뿐만 아니라 임씨마저 무사히 귀환시켰다. 임씨의 귀환은 일찍이 건영이가 약속한 것으로 갑자기 실현되었다. 사실 건영이는 괴인의 정신을 수습해 주는 것보다 임씨의 생환을 더 중요시했었다.

다만 괴인의 정신이 수습되고 보니 그는 촌장과 절친한 사이가 아니었던가! 여러 모로 잘된 일이었다.

"······."

마을 사람들은 모두 둘러앉아 잔치를 시작했다. 강노인이 먼저 말했다.

"임씨, 돌아와서 기쁘네. 모두들 임씨의 귀환을 축하하는 뜻에서 박수 한번 칠까?"

"예, 좋지요. 반가운 일입니다."

박씨가 큰 소리로 말하자 모두들 웃으며 손뼉을 쳤다.

'짝 짝'

이어서 남씨가 축배를 들었다.

"임씨의 행복을 위해서······."

모두들 술잔을 높이 든 뒤 단숨에 술을 들이켰다. 그러고 나서 남씨가 다시 말했다.

"임씨, 몸은 불편하지 않나?"

"예, 형님. 전과 똑같습니다."

"그럼 좋네. 오늘은 회포나 푸세."

남씨도 오랜만에 밝은 모습을 보였다. 임씨의 환영 잔치는 서서히 막이 올랐다. 날씨는 화창했고 마을 전체에는 평화가 서렸다.

한편 마을에서 멀리 떨어진 곳에서는 전혀 다른 일이 전개되고 있었다. 바로 정마을의 경사는 아랑곳하지 않고 계속해서 진행되어 온 땅벌파의 정마을 파괴 음모였다.

아침 일찍 소양강에 도착한 회장 일행은 즉시 다음 행동에 착수했다. 회장이 미리 도착해 있던 부하에게 물었다.

"나루터까지는 얼마나 걸리나?"

"서너 시간 걸립니다."

"좋아, 자네들은 먼저 가서 동정을 살피게……."

회장은 먼저 1진 열 명을 출발시켰다. 그들은 천막을 걷어 챙기고 신속히 나루터로 향했다. 회장의 계획은 먼저 나루터 근방까지 최대한 진출해 장기 체제를 갖춘 후에 수시로 정마을의 동정을 살펴 공격의 기회를 잡으려는 것이었다.

1진을 출발시킨 뒤 회장은 잠시 주변 경관을 음미하였다.

"좋은 곳이군! 정마을은 이보다 더 좋은 곳이겠지!"

"그렇습니다. 기가 막힌 곳이지요……."

정마을에 가 본 적이 있는 부하가 맞장구를 쳤다. 그러자 옆에 있던 무덕도 한 마디 거들었다.

"그럴 거예요. 저도 빨리 가보고 싶어요."

"허허허. 사모님, 걱정 마세요……."

회장은 가까이 있는 강리 선생을 슬쩍 돌아보고는 말을 이었다.

"이번 기회에 정마을을 아주 차지하게 될 겁니다. 사모님은 그곳에 사시는 일만 남았습니다."

"……."

강리 선생은 회장의 말을 들으며 물가 쪽으로 천천히 걸어갔다. 강리 선생도 회장과 마찬가지로 이번 기회에 능인과 좌설을 요절내고 정마을에 영구히 정착하려는 마음이었다. 지금으로서는 좌설과 능인이 함께 달려들어 공격한다고 해도 충분히 이길 자신이 있었다. 상대방이 비록 신선이 되었을지라도…….

소양강은 한가하게 흐르고 있었다. 강리 선생은 상류 쪽을 바라보며 잠시 생각에 잠겼다.

'정마을…… 저 위쪽에 있겠지! 과연 좌설과 능인이 그곳에 있을까?'

강리 선생의 마음은 오로지 좌설과 능인에게 집중되었다. 강리 선생은 결코 두 사람을 피할 마음이 없었다. 오히려 만나서 한번 겨루어 보고 싶은 심정이었다.

원래 결투의 기법에 있어서 강리 선생은 그들과 막상막하하였다. 단지 공력이 다소 뒤졌을 뿐인데 이제 공력이 크게 향상된 이상 얼마든지 물리칠 자신이 있었다.

물론 검술에 있어서 좌설에게 약간 뒤지는 바가 있지만 이에 대해서는 특별히 준비해 둔 대책이 있었다. 그렇기 때문에 강리 선생은 이번에야말로 끝장을 내고자 하였다.

현재 강리 선생은 깊은 평정을 유지하고 있으며 기운도 충만했다. 운명의 시간은 점점 다가오고 있었다.

1진이 출발한 지 30분가량이 지나자 회장은 다시 2진 열 명을 출발시켰다. 이들도 역시 충분히 장비를 갖추었으며 장기전에 철저히 대비하고 있었다. 나머지 인원도 오늘 안으로 모두 나루터에 진출시킬 예정이었다. 그리고 상황이 적절하다고 판단되면 곧바로 정마을까지 공격해 들어갈 생각이었다. 하지만 회장은 전혀 서두를 마음이 없었다. 어차피 한번은 맞붙어 싸워야 되겠지만 가급적이면 유리한 상황에서 작전을 전개하고자 했다.

정마을 공격에 대한 회장의 집념은 실로 대단했다. 회장은 이미 두 차례 실패한 적이 있었다. 물론 첫 번째 원정은 정마을을 공격하는 것이 아니라 탐색이 목적이었지만 어이없게 참패를 당했었다. 느닷없이 빗자루를 든 괴인이 나타나 끔찍한 살인을 저질렀던 것이다. 이 일로 상당히 충격을 받기는 했지만 여기서 좌절할 회장이 아니었다. 오히려 회장은 더욱더 의욕을 불태우며 칠성을 파견했었다.

칠성은 나루터까지 진출했었다. 물론 강을 건너는 데는 실패했지만 정마을의 위치는 알아낼 수 있었다. 칠성 역시 중야, 즉 좌설의 사제에게 당해 물러났지만 큰 사고는 없었다. 그러나 이제는 그 당시하고는 전혀 사정이 다르다. 강리 선생이 함께 하지 않은가! 게다가 이번 작전은 더욱 신중을 기할 생각이었다.

3진이 또다시 떠나갔다. 회장이 이렇듯 간격을 두고 부하를 출발시킨 데는 다 이유가 있었다. 만에 하나 있을 사고를 미연에 방지하고자 한 것이다. 나루터로 가는 도중에 빗자루 괴인이나 중야를 만나더라도 일부만 피해를 보고 나머지는 대책을 세울 수 있기 때문이었다. 그리고 사실 회장의 실세 전력은 칠성에 있고 더 나아가서는 강리 선생이 있기 때문이었다.

먼저 출발한 부하들은 탐색과 야영 등 잡일에 필요한 인원일 뿐이다. 물론 정마을에 들어서서는 더 많은 인원이 필요할지도 모른다. 특히 정마을을 포위하거나 인질을 확보할 때는 인원이 많을수록 유리하다.

회장은 이번 원정에 몇 가지 작전 계획을 세워두었다. 전투는 심야에 이루어질 계획이었다. 회장의 작전은 한밤중에 정마을을 급습하여 우선 노약자나 부녀자를 인질로 삼는 것이다. 인질은 만약의 사태에 대비한 것으로 별일이 없으면 곧장 대결에 들어간다.

실질적인 대결은 박씨와 칠성 사이에 이루어질 것이다. 5대 1의 결투로 칠성 다섯 명이 일시에 박씨에게 달려들어 싸움을 일찍 마무리지을 생각이다. 박씨가 끝장나면 정마을에 또 누가 있겠는가!

남씨는 지략가이지 싸움꾼은 아니다. 건영이 역시 마을의 지도자라고는 하나 나약한 선비일 뿐이다. 그 외에 더 위험한 존재, 즉 좌설이나 능인 혹은 중야가 나타나면 그때는 강리 선생이 나서면 된다. 물론 칠성이 박씨에게 패한다 하더라도 강리 선생은 도움을 아끼지 않을 것이다.

3진이 떠나간 지 30분이 지났다. 이제 칠성이 떠날 차례였다. 회장은 먼저 칠성 세 명을 출발시키고 나머지 칠성 둘은 무덕과 회장 자신의 경호를 위해 남겨두었다.

칠성은 조용히 출발했다. 이들은 숲에서 무슨 일이 생기지 않는 한 계속해서 전진할 것이다. 그리고 나루터에 도착해서 동정을 살핀 뒤에 가능하면 강까지 건너갈 계획이다.

정마을의 위기는 점점 현실로 다가오고 있었다. 하지만 이런 상황을 정마을에서는 까마득하게 모른 채 흥겨운 잔치가 계속되었다. 건영이의 얼굴은 밝기만 했다. 이미 많은 술을 마신 건영이는 편안한 마음으로 잔치를 즐기고 있었다.

잔치가 한창 무르익을 무렵 임씨 부인이 밝은 얼굴로 건영이에게 말했다.

"건영씨가 우리 부부를 구했어요. 그래서……."

"……."

"감사의 절을 올리고 싶어요. 여보……!"

부인이 신호하자 임씨는 벌떡 일어나 큰절을 올리려고 했다. 그러자 건영이가 급히 그들을 말렸다.

"안 돼요. 절을 많이 받으면 나쁘대요. 난 싫어요."

건영이는 정색을 하며 사양하였다. 건영이가 끝까지 싫다고 하자

하는 수 없이 임씨 부부는 고맙다는 말만 하고는 다시 자리에 앉았다. 그러고 나서 임씨 부인이 건영이를 향해 다시 말했다.

"지난번에 아기 아빠가 돌아오는 것이 마을의 운수라고 했지요?"

"예, 그랬는데요……?"

"그 뜻이 뭐예요? 마을의 운이 개인의 운보다 더 강한 것인가요?"

임씨 부인은 개인의 운과 마을의 운 사이의 관계를 물은 것이다.

건영이는 잠시 망설였다. 쉽게 얘기하고 넘어갈 내용이 아니기 때문이었다. 그러나 마을 사람들은 무척 관심이 있는지 모두들 건영이의 얼굴을 바라보았다.

마을의 운수……? 재미있지 않은가! 모두들 마을 안에 살고 있기 때문에 마을의 운은 간접적으로 각자의 운과 상통한다. 세상에 운명만큼 궁금한 일도 드물 것이다.

할머니도 궁금한지 관심을 나타냈다.

"작은 촌장, 얘기 좀 해 주시게……."

"……."

건영이는 여전히 망설였다. 모처럼의 즐거운 술자리를 깨는 심각한 얘기가 싫었던 것이다. 건영이가 계속 머뭇거리며 말이 없자 임씨가 웃으며 재촉했다.

"건영아, 할머니 말을 잘 들어야지. 그러다 술을 안 주면 어떡하려고?"

"예? 아, 예…… 그럼."

술 얘기가 나오니 건영이도 걱정한 것일까?

"……."

모두들 건영이를 주목하였다. 술은 얘기를 들으면서도 충분히 마실 수 있으니 무슨 얘기인들 어떠리!

마침내 건영이가 얘기를 시작했다.

"마을의 운수라는 것은 전체의 운수입니다. 마을 사람들의 운수는 일부분입니다……."

"……."

"운수라는 것은 모든 것에 다 있지만 전체의 운은 일부분의 운에 우선하는 것입니다."

"……."

남씨가 고개를 갸우뚱거리자 건영이가 남씨를 바라보았다.

"전체란 부분이 합친 것이 아닌가?"

남씨다운 질문이었다. 마을 사람들도 남씨의 말이 맞다는 듯이 고개를 끄덕였다. 작은 것이 모여서 큰 것을 이루는 것이니 당연히 부분이 모여서 전체를 이루는 것이리라! 그렇다면 운수도 마찬가지가 아닐까? 마을 사람의 운수를 떠나서 마을의 운수란 또 뭐란 말인가? 모두들 이렇게 생각하고 있는데 조용히 건영이의 음성이 들려왔다.

"아닙니다, 전체란 반드시 부분이 모여서 이루어진 것이 아니지요. 여기 작은 돌멩이는 산의 큰 바위에서 떨어져 나온 것입니다."

"……."

"우리가 태어나기 전에도 우리나라는 있었습니다. 나라의 운수도 있었지요. 예를 들어 우리나라가 지난날 겪었던 전쟁들은 바로 나라의 운이었지요……."

"……."

"결코 개인의 운들이 아닙니다. 또 하나의 예를 들어보기로 하지요. 만일……."

"……."

"누군가 팔을 다쳤다고 해 봅시다. 이것은 팔의 운이 아닙니다. 그 사람의 운이지요. 바로 전체의 운 때문에 부분의 사건이 일어납니다……."

"……."

"우주의 사물은 부분이 모여서 전체를 이루기도 하지만 때로는 전체가 분해되어서만이 부분이 존재할 경우가 있습니다……."

"……."

"나라의 운명이 반드시 위인을 낳게 되어 있을 때는 누군가 위인이 나옵니다. 그것은 그 위인 개인의 운수이기 이전에 나라의 운입니다……."

건영이의 얘기는 점점 어려워지는 것 같았다. 그러나 마을 사람들은 누구 하나 지루해하지 않았다. 정섭이조차도 매우 흥미롭다는 듯이 눈을 반짝이며 귀를 기울였다. 건영이의 설명이 계속해서 이어졌다.

"……어느 때는 부분이 잔뜩 모여 있어도 그것들은 단순히 부분일 뿐 전체라고 볼 수 없는 경우가 있습니다. 이럴 때는 모두 저마다의 운에 따릅니다. 그러나……."

"……."

"일단 전체라는 것이 형성되면 부분보다는 전체의 운이 우선하는 것이지요……."

건영이의 설명은 핵심 부분에 와 있는 것 같았다. 부분이 모여 있다고 해서 무작정 그것을 전체라고 봐서는 안 된다는 것이다. 그때 강노인이 멋쩍어하며 질문했다.

"운명이란 단체로 찾아오는 것인가?"

건영이가 고개를 끄덕이며 대답했다.

"바로 그렇습니다. 운이란 밖에서 오는 것이지 안에서 오는 게 아닙니다."

"음? 밖이 뭐야?"

이번에는 정섭이가 물었다. 그러자 건영이는 마을 사람들을 한번 훑어보며 천천히 설명해 나아갔다.

"우주에는 미래에서 과거를 이끌어가는 경우가 있습니다. 이것은 밖에서 안에 있는 것을 이끌어간다고 말할 수 있지요. 즉……."

"……."

"보이지 않는 전체가 부분을 이끌어가는 것입니다. 전체란 무조건 모여 있다고 형성되는 것이 아니라……."

"……."

"하나의 미리 정해진 운명이 오히려 부분을 결정합니다. 또한 부분이 모여 특정한 수준의 관계를 이루면 그것을 비로소 전체라고 말할 수 있습니다."

"호, 그래……?"

할머니가 끼어들었다.

"그럼 우리 마을은 전체인가?"

"예."

"마을은 단결되어 있는 것이구먼. 안 그래?"

할머니가 자신 있게 묻자 건영이도 고개를 끄덕이며 확실하게 대답했다.

"그렇습니다, 우리 마을은 단체입니다. 부분이 모여 전체가 된 것이지요. 이제는……."

"……."

"개인을 떠나 전체가 있는 것입니다."

"어렵군. 하나만 더 물을까?"

남씨가 미안한 듯 말했다.

"……."

"부분이 모여 전체를 이루고 또한 전체가 부분을 결정하기도 하는 것이지?"

"예."

"그렇다면 부분과 전체의 운 중에 무엇이 먼저지?"

"대개는 전체가 먼저입니다만, 때로는 부분이 먼저일 때도 있습니다. 이럴 때는 결국 부분이 이탈되어 나갑니다. 전체와 부분을 논하는 것은 아주 어려운 문제이지요……."

건영이의 이 말은 설명을 그만하겠다는 뜻이었다. 술자리에서 너무 깊은 내용을 논할 수는 없는 일! 그러자 아쉬운 듯 정섭이가 나섰다.

"아저씨, 그럼 말이에요……."

"……."

"임씨 아저씨가 돌아온 것은 단순히 마을 전체의 운이란 말이에요?"

"그렇지! 하지만 단순한 문제는 아니야!"

"그럼 뭐예요? 임씨 아저씨가 돌아온 게 개인의 운은 전혀 없었는데 마을 운 때문에 돌아왔다는 뜻인가요?"

"글쎄, 나는 아직 아저씨의 개인 운수를 자세히 살펴본 것이 아니야. 아기의 운과 아주머니의 운만 살펴봤지. 그리고 마을의 운도……."

"그래서요?"

"임씨 아저씨는 마을의 운에 의해 돌아오게 되어 있었어!"

"그래요? 마을이 그렇게 중요한 것인가요?"

"그럼, 지금 현재 마을은 하나의 유기체야. 이 힘은 당분간 지속될 거야."

"수명이 있다는 뜻인가요?"

"물론이지. 모든 것은 수명이 있어. 정섭이가 계속 물으면 잔치의 수명도 끝날 것 같은데……?"

건영이는 심각한 표정으로 말했다. 그러자 마을 사람들은 건영이의 말뜻을 알고 크게 웃음을 터뜨렸다.

"하하하! 정섭아, 그만하자! 자, 술이나 마시죠."

"저도요……."

정섭이도 웃으며 끼어들었다.

마을의 잔치는 다시 흥이 돋기 시작했다.

그런데 이때쯤 나루터에서는 좋지 않은 사건이 일어나고 있었다. 땅 벌파의 1진이 도착한 것이다. 이들은 우선 숲에 숨어서 강 건너의 동정을 살폈다. 이들 손에는 자그마한 망원경이 하나씩 들려 있었다.

"……."

망원경을 통해 강 건너편의 모습이 훤히 드러났다. 강변에는 인기척이 전혀 없었다. 아무도 강가에 나오지 않은 모양이었다.

그들 중 한 사람이 말했다.

"건너가 볼까?"

"안 돼! 들키면 모든 일을 망치는 거야."

"그렇군. 그럼 텐트 칠 곳이나 찾아볼까?"

"그래, 저 뒤쪽으로 가 보자."

이들은 강의 반대쪽 숲 속을 둘러보기 시작했다. 한 사람은 그대로 남아 망원경으로 계속 강 건너편을 살폈다.

정마을의 입구인 강가에서 이렇게 불길한 일이 일어나고 있을 때 정마을에서는 박씨가 태평스럽게 말했다.

"오늘은 나루터에 나가는 걸 쉬자고. 임씨가 돌아왔으니 다른 손님은 없어도 좋은 거 아니겠어?"

"예, 좋아요. 저도 오늘은 운동을 쉴래요."

인규도 박씨의 말에 찬성했다.

"……"

건영이도 별말이 없자 잔치는 계속 이어졌다. 정마을의 시간은 태평하게 지나갔다. 그러나 강가에서는 시시각각 먹구름이 닥쳐오고 있었다.

방금 강가에 도착한 2진은 1진이 미리 봐둔 장소에 천막을 설치하기 시작했다. 말하자면 정마을 습격의 교두보를 마련하는 것이다. 장소는 강가에서 멀찌감치 떨어진 숲 속으로 그 옆으로는 실개울이 흘렀다. 야영하기에는 아주 적합한 곳이었다. 땅벌파 부하들은 마치 여행을 온 것처럼 흥겹게 일을 진행했다. 사실 흥겹기로 말하자면 정마을 사람들의 잔치가 흥겨운 일이겠지만 바로 앞날의 운명은 요동하고 있었다.

지난겨울 할머니는 일부러 술을 더 담가둔 적이 있었다. 할머니가 몇 달 후에 일어날 일을 미리 알았든 몰랐든 간에 지금으로서는 무척 다행스러운 일이었다.

"할머니, 저는 그동안 동굴에서 도를 닦았어요. 마치 신선처럼……"

임씨가 밝은 음성으로 할머니에게 말했다.

"……"

"하지만 술이 마시고 싶어 견딜 수 없었거든요. 할머니가 만든 술이 세상에서 최고예요, 하하하!"

"호, 그래? 왠지 술을 더 만들고 싶더라니⋯⋯."

할머니도 임씨의 귀환을 진심으로 기뻐하였다.

임씨가 없는 동안 정마을에는 수많은 일들이 발생했었다. 이런 일들은 며칠간 두고두고 임씨가 들어야 하겠지만 마을 사람들의 모습은 예전과 조금도 다를 바가 없었다. 다만 다른 점이 있다면 정섭이가 다소 철이 들었다는 것과 숙영이가 갑자기 성숙했다는 것이다.

임씨가 없는 동안 또 달라진 것이 있다면 한 사람의 식구, 즉 이씨가 이주해 왔다는 것인데 이씨야말로 임씨하고는 아주 대조적인 성격을 갖고 있었다. 이씨의 성격은 신중하고 정밀했다. 과장과 허풍이 전혀 없는 성격이었다.

이씨가 진지하게 말을 건넸다.

"임 선생님은 그림이 일품이라지요?"

"호, 그래요? 내 그림을 알아주는 사람이 다 있네!"

임씨는 웃으며 이렇게 말했는데 오히려 인규가 심각하게 되물었다.

"아저씨, 솔직하게 말해 주세요. 임씨 아저씨의 그림이 어떤가요?"

"음? 나는 솔직히 말했는데⋯⋯."

이씨가 말했다면 으레 솔직한 것이리라. 인규가 정색을 하며 다시 물었다.

"누가 솔직하지 않대요? 수준을 묻는 것이지⋯⋯."

"수준⋯⋯? 아주 훌륭한 화가 수준이야!"

이씨는 정마을에서 그나마 인규와 가장 친하게 지낸 편이었다. 이러한 이씨가 인규에게 정색을 하고 말했다면 그 내용은 확실히 신빙성이 있었다.

화가 수준……! 과연 그러하리라! 괴인조차 그 혼란한 정신 속에서도 임씨의 그림을 알아보지 않았는가! 괴인은 임씨가 그린 촌장의 초상화를 봤기 때문에 임씨를 살려두었던 것이다. 임씨의 그림이 형편없었다면 어떻게 알아보았겠는가! 괴인은 임씨의 그림을 보자마자 자신의 도반인 풍곡선을 정확히 알아본 것이다.

임씨는 자신의 그림에 관해서는 결코 겸손하지 않았다. 언제나 자신 있게 말할 뿐이었다. 또 자신의 기분을 표현하는데 있어서도 그랬다. 긴긴 세월을 동굴에 갇혀 있다가 나온 사람이 그동안의 고통을 감추고 마을 사람들과 잘 어울리며 예전과 다름없이 명랑함을 보이고 있지 않은가? 마음속에 왜 쓰라림이 없겠는가? 다른 사람들을 위해서 일부러 밝은 모습을 보이는 것이리라! 그렇다면 임씨야말로 겸손한 사람이 아닐 수 없다.

임씨는 조금도 변함없이 명랑하게 술을 마셨다. 그런데 임씨 못지않게 그 부인도 천하일품이었다. 그동안 그토록 애태우며 조바심 속에 하루하루 세월을 보냈을 텐데 오늘은 어여쁜 모습만 보였다.

정마을의 잔치는 술과 음식, 우스운 얘기와 심각한 얘기, 일상적인 대화에서 심오한 대화까지 어우러지면서 서서히 막을 내렸다.

날은 어느덧 저물어 갔고 마을 사람들은 일찍 흩어져 각자의 집으로 돌아갔다. 어제의 피난, 오늘의 잔치, 고통과 즐거움이 교차하는 가운데 피로가 쌓였던 것이다. 이제 정마을 사람들은 평화로운 휴식을 맞이하였다.

그러나 마을의 입구인 나루터에서는 여전히 부산스런 움직임이 있었다. 뒤늦게 도착한 칠성 세 명은 강을 건너기로 결정했다.

"몇 명이 건너가 보게……."

칠성의 명령이 떨어지자 땅벌파의 행동 대원 세 명이 수영을 하여 강을 건너갔다.

"……."

날은 이미 저물었는데 강변은 여전히 인적이 없었다. 칠성은 특유의 날카로운 관찰력과 직감으로 강을 건너도 좋다고 판단했다. 회장 일행은 아직 도착하지 않은 상태였지만 회장은 이미 상황에 따른 재량권을 칠성에게 맡겼었다. 강 건너편에 도착하자마자 세 사람은 재빨리 둑으로 올라가 정마을의 입구를 살폈다.

…….

정마을의 입구는 정적이 감돌고 있었다. 먼저 건너온 세 명 중 한 명은 강 건너편의 칠성에게 신호를 보내고 또 한 명은 배를 끌어왔다. 나머지 한 명은 마을의 숲 입구까지 접근해 동정을 살폈다. 어느새 배는 조용히 칠성이 있는 쪽으로 이동해 왔다. 칠성은 부하들을 최대한 배에 태워 강을 건너도록 했다.

땅벌파의 원정대는 드디어 정마을로 가는 최후의 관문을 돌파한 것이다. 강만 건너가기만 하면 정마을까지는 아무것도 거리낄 것이 없었다. 정마을은 그야말로 무방비 상태였다. 특히 오늘 같은 날은 아무런 경계조차 없을 것이고 마을 사람들은 머지않아 깊은 잠에 빠질 것이다.

칠성은 부하들을 계속해서 건네 보냈다. 이윽고 부하들은 모두 강 건너편으로 건너가고 칠성들만 남았다. 이때 회장이 도착했다.

"상황이 어떤가?"

회장은 곧장 강가로 나와서 물었다. 칠성이 대답했다.

"조용합니다. 애들은 전부 다 건너갔습니다."

"음, 우리도 건너갈까?"

"……."

이렇게 원정대의 마지막 일행, 즉 지휘부마저 강을 건너게 되었다. 아직 날은 완전히 어두워지지 않은 상태였다. 강 건너 정마을 쪽에 도착하자 칠성이 말했다.

"회장님, 오늘 아예 해치우시지요."

"글쎄……."

회장은 강리 선생을 바라봤다. 의견을 묻는 것이었다. 강리 선생은 말없이 고개를 끄덕였다. 강리 선생의 허락이 떨어지자마자 회장은 둑 위에 올라서서 부하들을 모두 집결시켰다.

"……."

부하들은 재빠르면서도 조용히 모여들었다. 지금 강변에 모인 인원은 정마을이 생긴 이래 최대의 인원으로 강변의 평화를 완전히 짓밟고 있었다. 회장이 지시했다.

"모두들 은밀히 행동할 것! 먼저 강노인의 집과 여인들을 급습한다. 인질을 확보한 다음 우물가로 집합한다……."

"……."

"칠성은 박씨의 출현을 살피며 대기할 것! 수색조 세 명은 먼저 출발하고 도중에 일이 발생하면 무조건 우물가로 모인다. 후퇴를 할 경우에는 전원이 집결하여 확인 후 실시한다. 각 조는 다섯 명씩으로 구성하되 반드시 함께 행동할 것! 낯선 사람이 나타나면 대항하지 말고 곧장 우물가로 와서 보고 할 것! 그럼 조를 짜도록……. 그리고……."

회장은 습격에 관한 세부 사항을 일일이 지시했다. 이윽고 모든 태세가 갖추어지자 회장은 강리 선생에게 말했다.

"선생님, 함께 가시지요."

"……."

강리 선생은 고개를 끄덕였다. 그런데 바로 그때 무덕이 심각한 표정을 지으며 끼어들었다.

"회장님, 잠깐만 지체하시지요!"

회장은 무덕의 뜻밖의 말에 당황하며 강리 선생을 바라봤다. 강리 선생은 무덕의 태도를 살피고 있었다. 무덕은 정마을 쪽을 향해 서서 잠시 눈을 감는 듯했다.

도대체 무엇을 하고 있는 것일까? 갑자기 무덕이 눈을 뜨며 회장을 향해 다급하게 말했다.

"회장님! 정마을에는 지금 위험이 있습니다."

"음? 위험……?"

옆에 있던 강리 선생이 먼저 물었다.

"……."

회장은 영문을 모른 채 무덕과 강리 선생을 번갈아 보며 자세한 설명을 기다렸다. 무덕은 미간을 찌푸리더니 고개를 가로 저었다.

"무슨 일인가?"

강리 선생이 다시 물었다. 무덕이 대답했다.

"선생님, 오늘은 안 될 것 같아요. 정마을에는 지금 무서운 사람이 있어요."

"누군데?"

"모르겠어요. 다만 굉장한 사람이 도사리고 있어요."

"지난번 그 사람인가?"

지난번 그 사람이란 바로 인천 바닷가에 나타났던 능인과 좌설을 뜻했다. 당시 무덕은 두 사람의 출현을 미리 알고 강리 선생을 대피시켰었다.

무덕이 나직하게 대답했다.

"아니에요, 그 사람들보다 더 무서운 사람이에요."

"무섭다니? 무슨 뜻인가?"

"강한 기운이 느껴져요……. 선생님보다 더 강한 힘을 지녔어요."

"음? 확실한가?"

"틀림없어요. 지금 정마을을 공격한다면 매우 위험해요."

"공연히 그러는 거 아니야?"

강리 선생은 의심하는 눈초리로 물었다. 그러자 무덕은 허탈하게 미소 짓고는 단호히 대답했다.

"선생님, 제 목숨을 걸겠어요. 정마을에는 정말 큰 위험이 있어요."

"위험하면 어떤가! 나는 자신 있는데……."

강리 선생은 모처럼의 기회를 포기해야 된다고 말하자 무척 아쉬움을 나타냈다.

"안 돼요! 선생님은 당하지 못해요, 절대로……."

"거참! 그럼 어떻게 하자는 거지?"

"작전을 취소해야 돼요."

"서울로 돌아가자는 말인가? 여기까지 와서……?"

강리 선생은 회장을 흘끗 보며 말했다. 회장은 근심스런 얼굴로 무덕을 바라보고 있었다. 무덕이 다시 말했다.

"서울로 돌아가자는 말이 아니에요."

"그럼?"

"잠시 이 근처에서 기다려 봐요……. 그 사람이 금방 떠날지도 모르잖아요?"

"음, 떠난다고? 하지만 그걸 어떻게 알 수 있지?"

"선생님! 저는 인천에 있을 때 누가 찾아온다는 것을 미리 알아낸 적이 있어요……."

"……."

"그런데 떠날 사람을 아는 게 뭐가 어려워요?"

"그것 참…… 그 사람이 그렇게 위험해?"

"그렇다니까요! 선생님보다 열 배는 더 강할 거예요."

"아무렴, 세상에 그런 사람이 있을라고?"

강리 선생은 단호하게 부정했지만 마음에 짚이는 바가 있었다.

'세상엔 강한 사람이 얼마든지 있어. 옛날 한곡 스승님이 그런 분이셨지……. 그렇다면 다른 사람도 분명 있을 거야. 좌설과 능인이면 문제없을 텐데…….'

강리 선생은 오래 전에 한곡선의 밑에서 수도하던 때를 생각해 내고는 천하가 넓다는 것을 새삼 깨달았다.

무덕이 서둘러 말했다.

"선생님, 빨리 철수해야겠어요."

"음, 그래야 할까……? 어디로 가지?"

"일단 강을 건너 피신해야 돼요……. 강에서 좀 떨어진 숲에 가서 기다려요."

"그 사람이 안 물러가면?"

"그때는 우리가 물러가야겠지요. 그 사람이 있는 한 정마을을 공격할 수는 없어요."

"그렇겠지……. 그 사람, 과연 물러갈까?"

"글쎄요, 그럴 가능성은 있어요……. 우선 빨리 피해요."

"……."

강리 선생은 여전히 망설였다. 그러자 회장이 말했다.

"선생님, 아무래도 불길합니다. 그만 철수하시지요?"

"글쎄…… 꼭 그래야겠소?"

"급할 건 없습니다. 며칠 기다려 보지요."

"……."

강리 선생은 말없이 고개를 끄덕였다. 몹시 아쉬웠지만 무덕의 말을 믿지 않을 수 없었다. 회장은 아주 신중한 사람으로서 무덕의 말을 처음부터 신임하고 있었다. 그리고 천하의 정마을을 정복하는 데 그만한 난관은 있을 법하다고 생각했다. 회장은 철수를 결심했다.

"여보게, 오늘은 안 되겠네. 모두들 철수하게."

회장이 칠성에게 명령하자 정마을 급습 작전은 전면 중단되었다. 땅벌파의 원정대는 다시 강을 건너 철수하기 시작했다. 그 사이 어둠이 짙게 깔렸다.

"야영을 준비하게."

회장은 먼저 강을 건넌 부하들에게 철수하도록 명령했다. 그러나 지금 이 시간에 읍내로 철수하는 것은 불가능하다. 마침 이런 때를 대비하여 천막이 설치되어 있었으므로 철수 행렬은 차츰 어두워지는 숲 속의 천막을 향해 조용히 이동했다. 강가에서는 배를 원래 상태로 가져다 두고 마지막 사람이 강을 건너왔다.

이로써 정마을은 위기에서 일단 한숨 돌린 셈이 되었다. 그리고 무덕은 다시 한 번 강리 선생을 위험으로부터 보호할 수 있었다. 무덕의 신통력은 대단했다. 만일 무덕이 상황을 미리 알려주지 않았다면 강리 선생과 땅벌파는 괴인을 만났을 것이다.

그 무서운 빗자루 괴인, 정신이 되돌아온 괴인이 전처럼 잔인하게 행동했을지는 알 수 없다. 하지만 강리 선생은 분명히 크게 당했으리라.

원정대 전원은 철수를 완료했다. 천막이 설치된 곳은 제법 위치가 괜찮았다. 강가로 들어서는 숲에서 갈라져 작은 언덕을 하나 넘은 곳이었다.

이곳이라면 정마을의 영역이라 할 수 없었다. 다만 문제가 되는 것은 강 건너편과 나루터에 많은 발자국을 남겨 놓은 것이었다. 그러나 이 문제도 쉽게 해결될 조짐이 보였다. 하늘이 점점 흐려지고 있는 게 아닌가! 캄캄한 하늘에는 이미 별 하나 보이지 않았다. 머지않아 비가 올 것 같았다.

'일이 잘 풀려나갈 징조야. 곧 비가 오겠군……. 무덕을 데려오길 잘했어. 여기서 견디는 데까지 견디어 봐야지…….'

회장이 이런저런 생각에 잠겨 있는 동안 강리 선생은 무덕과 함께 천막을 빠져나왔다.

"어디 가시렵니까, 선생님?"

칠성이 정중하게 물었다.

"음, 저 위쪽으로 가려고 하네. 천막 안이 답답하군."

"아, 예. 그런데 비가 올 것 같은데요?"

"상관없네……."

"……."

강리 선생과 무덕은 개울의 상류 쪽으로 사라졌다. 이들에게는 특별한 일이 있으리라! 강리 선생에게는 한시도 놓칠 수 없는 수련의 시간, 그리고 무덕에게는 행복의 시간이 될 것이다. 숲 속의 밤은 점점 깊어갔다.

소환령

분쟁은 저속한 인간계나 성스러운 천계나 마찬가지로 영원히 없어지지 않는 요소 중의 하나이다. 분쟁은 개인이나 집단 간에 조화를 목표로 하기 때문에 생명 있는 것은 모두 필수적으로 갖추고 있다. 아무리 작은 벌레들이라 할지라도 심지어는 무심한 산천초목도 서로 분쟁한다. 지금 우주의 지배자, 그리고 조절자인 옥황부의 산하 세계에서도 분쟁의 조짐이 일고 있었다.

옥황부 산하 세계에서 가장 방대한 선국(仙國)은 동화(東花)였다. 이곳으로 향하는 관문은 곳곳에 있었지만 방금 전 서쪽 관문에서는 옥황부 밀사가 도착했다. 밀사는 특사와는 달리 한 가지 임무를 띠고 간편히 행동하는 선인이다. 물론 적절한 지위가 있는 선관으로, 지역 선부에서는 밀사를 정중히 맞이해야 한다.

"누구십니까?"

동화궁의 관문을 지키는 위선이 물었다.

"옥황부에서 나왔습니다."

"증명서를 볼 수 있습니까?"

"……"

특사나 밀사의 방문은 이미 사전에 통보가 되어 대개는 그 방문 소식이 널리 알려지게 된다. 이처럼 뻔한 일을 서쪽 관문을 지키는 위선은 일부러 불친절하고 까다롭게 다루고 있는 것이다.

"임무가 무엇인가요?"

이런 일은 원래 관문을 지키는 위선 따위가 물을 내용이 아니었다. 밀사는 신분만 확인되면 절차에 따라 영접을 받게 되어 있었다. 밀사가 얼굴을 찌푸리며 말했다.

"나는 옥황부 밀사요. 사사로이 임무를 말할 수 없소이다."

"지금 사사롭다고 했습니까?"

위선은 불쾌감을 표시했다. 그러나 뚜렷한 명분이 있는 밀사는 조금도 위축되지 않았다. 오히려 주변을 둘러보며 거만하게 대답했다.

"그렇소. 나는 지금 바쁩니다."

"우리도 마찬가지입니다. 공무를 집행하는 사람에게 사사롭다는 말은 좀 무례한 것이 아니오!"

"천만에…… 밀사의 방문을 접했을 때는 우선 본궁에 보고부터 하는 법이오. 내 신분을 확인했으면 어서 본궁으로 안내 하시오."

"……"

"어서요. 이러니 사사롭다고 하는 것 아니오!"

밀사가 호통을 치자 위선의 태도가 다소 누그러지며 관문을 통과시켰다.

"저분을 따라가시오."

"……"

밀사는 대기 중이던 선인을 따라 본궁으로 향했다. 본궁에 가기 위해서는 아직도 두 개의 관문을 더 지나야 했으므로 상당히 먼 곳에 위치하고 있었다.

'이곳 선인들은 하나같이 불친절하고, 무례하군. 도대체 왜 그러는 것인지……?'

밀사는 잠깐 이런 생각을 했지만 그 이유는 스스로도 알 것 같았다. 동화궁은 일찍이 옥황부의 명령에 정면 항거하여 인연의 늪에서 전쟁을 벌이지 않았는가! 그 이야기는 온 천하에 널리 알려졌으므로 사건의 당사자인 동화궁의 여러 선인들이 모를 리 없었다.

이 일은 옥황부에 대한 명백한 항명이고 반역일 수도 있다. 동화궁은 이로 인해 자연스럽게 옥황부에 대항하는 세력으로 변하였다. 더구나 인연의 늪 사건 이후 옥황부의 공식 사절의 방문은 이번이 처음이다. 그런 일이 발생한 이후 이 동화궁을 방문한 밀사는 도대체 무슨 내용을 휴대하고 있을까?

그것은 뻔한 일로 질책과 소환 등 제2의 사태가 도래하고 있는 것이다. 지난번 인연의 늪에서 일어났던 전쟁은 남선부의 병력과 충돌했던 것으로, 생각하기에 따라서는 지역 분쟁일 수도 있었다. 하지만 이번에 파견된 밀사는 그동안의 상황을 잘 파악하여 옥황부에서 직접 내려 보낸 밀사였다. 밀사는 무심히 임무를 수행 중이었지만 분명 불길한 여운을 보이고 있었다.

두 번째의 관문에 도달했다. 앞에서 안내하던 선인이 먼저 위부(衛府)로 들어섰다. 그러나 이런 절차도 잘못된 것이었다. 마땅히 동화궁에서 누군가 먼저 나와 밀사를 맞이하는 것이 도리였다. 이러한 무례한 행동에는 공식 사절인 밀사에게도 어느 정도 책임이 있었다. 밀사는 옥황부의 밀명을 받은 입장에서 단신으로 동화궁을 방문할 것이 아니라 정식으로 사절단을 구성하여 위엄을 보였더라면 아마도 이런 문제는 없었을지도 모른다.

두 번째의 관문에서도 환영 행사 없이 그대로 통과되었다. 오히려 첫 번째 관문에서처럼 꼬치꼬치 캐묻지 않은 것만으로도 다행한 일이었다.

"……."

밀사가 천천히 관문을 통과하자 위선이 그의 뒷모습을 태만히 지켜보았다. 밀사는 이에 개의치 않고 주변 경관을 둘러보았다.

동화궁의 경치는 매우 화려하고 신비했다. 길목에는 우주의 모든 꽃을 모아놓은 듯 수많은 종류의 꽃들이 상서롭게 조화를 이루고 있었다. 그러나 꽃들의 세계라고 해서 연약해 보이기만 하는 것은 아니다. 오히려 그 속에 신비한 기운을 함유하고 있는 무한한 힘의 세계가 아닐까! 꽃잎은 끝없이 피어나 드넓은 바다를 연상시키는 반면 멀리 보이는 산들은 터무니없이 높아 보였다. 이것은 무슨 조화일까?

거대한 산언저리에 전개되어 있는 꽃들의 바다. 그곳에 바람이 가볍게 불어와 아름다움을 흔들었다. 밀사를 한 발짝 앞서 안내하는 선인은 걷는 속도를 빨리 했다. 이들은 항상 이토록 아름다운 세계에 살고 있기 때문에 신기할 것이 없는 모양이다.

꽃은 무릇 완성을 의미하여 저 멀리 보이는 거대한 산들은 단절을 뜻한다. 그렇다면 동화궁은 단절의 내면에 완성을 품고 있는 것이다.

동화궁의 세 번째 관문으로 향하는 도중에는 많은 시설물이 보였고 대규모 병력도 눈에 띄었다. 이는 다소 조화가 맞지 않는 것으로 관문 안에 배치된 병력들은 도대체 무엇을 뜻하는 것일까?

밀사의 어리둥절한 표정을 보고 안내하던 선인이 설명했다.

"동화궁의 수비대입니다."

"……."

밀사는 무심코 고개를 끄덕였다. 꽃 속에 잠복해 있는 군사들. 아무튼 동화궁은 대단한 곳이다. 수비대가 저 정도라면 정규 병력은 얼마나 대단한 규모일까?

수비대의 시설물이 사라지고 다시 꽃들의 세계가 펼쳐졌다. 화려함은 앞으로 나아갈수록 더해 갔다. 동화궁은 전 국토가 꽃 속에 쌓여 있지만 본궁에 접근할수록 더욱 오묘한 꽃들이 배치되어 있는 것 같았다.

'아름답구나, 이 장관! 대체 누가 이토록 아름답게 꾸며 놓았을까?'

밀사는 꽃들의 아름다움에 도취되어 잠시 자신의 위치를 잊고 있었다. 꽃들은 그야말로 절묘했다. 옥황부 내에도 꽃들의 벌판이 없는 것은 아니지만 결코 동화궁에 비할 수가 없었다. 동화궁의 꽃은 그 종류나 규모가 실로 바다보다 방대했다.

꽃은 자연의 섭리를 나타내고 있다. 이는 주역에서 화(火:☲)로 표현하며 하늘 위에 있는 화는 위대함이고, 하늘 아래 있는 화는 섭리에 동행하는 것이다. 땅 위의 화는 전진이고, 땅 아래의 화는 인내를 내포한다.

밀사는 방대한 꽃들이 무엇을 말하고 있는지 감히 생각하지 못한 채 숙연해질 뿐이었다. 이윽고 세 번째의 관문에 도착했다. 이곳에 들어서면 동화선부의 본궁이 된다.

"……."

밀사는 가만히 기색을 살폈다. 그러자 한 선인이 나타나 지금까지 밀사를 안내한 선인을 제치고 말을 걸어왔다.

"옥황부에서 오십니까?"

동화궁 영역에 들어선 이래 처음으로 느끼는 친절이었다. 밀사는 예절 바르게 대답했다.

"그렇습니다. 공무로 왔습니다만……."

"알고 있습니다. 미처 마중을 나오지 못한 죄를 용서하십시오."

"아닙니다. 동화궁주를 뵐 수 있습니까?"

"그렇다마다요……. 지금 기다리고 계십니다."

"……."

밀사는 동화궁을 한번 훑어보았다. 동화궁은 결코 장엄한 궁궐은 아니었지만 전체의 궁이 하나로 연결되어 거대한 평면을 이루고 있었다. 그러나 건물은 담보다 그리 높지 않았고 담으로 이루어진 각각의 영역은 꽃과 나무, 그리고 호수와 기묘한 돌로 장관을 이루고 있었다.

영접을 나온 선인은 미로 같은 동화궁의 내부로 밀사를 안내했다. 잠시 후 어딘가로 들어서자 몇몇 선인들이 차례로 줄지어 서 있었다. 이곳은 동화궁주의 휴식처로 동화궁주는 마침 업무를 떠나 이곳에서 쉬고 있는 중이었다.

"……."

환영하는 선인들의 사이를 빠져나오자 자그마한 문이 나타났는데 문은 활짝 열려 있었다. 밀사가 한 발자국 안으로 들어서자 어디선가 음악 소리가 들려왔다. 그리고 왼쪽에는 언덕이 보였는데 그 그늘 속에 아름답고 신비로운 조화를 이룬 꽃들이 간간이 피어 있었다.

오른쪽에는 밝고 얕은 연못이 있었는데 그 속에 몇 송이의 연꽃이 외롭게 피어 있었다. 길은 오른쪽으로 전개되어 자그마한 누각이 나타났다. 그 누각은 연못을 등지고 서 있어 매우 특이한 느낌을 주었다.

누각의 이름은 화심루(花心樓)로 놀라운 이름이었다. 꽃은 섭리를 나타내는 것으로 그 마음을 볼 수 있는 누각이라는 뜻이다. 즉, 천지의 섭리를 볼 수 있다는 뜻이 아닌가! 꽃은 또한 미숙한 완결을 의미하는 바 그 마음은 영원과 통하고 있다. 그러므로 화심루는 바로 영원과 통한다는 뜻이다.

밀사는 계단을 천천히 올라갔다. 그러자 누각의 한쪽에서 뒷모습을 보이고 있던 한 선인이 얼굴을 돌려 밀사를 쳐다봤다. 바로 동화궁주였다. 동화궁주는 호수 반대쪽에 피어 있는 꽃을 바라보고 있다가 등을 돌린 것이다.

"어서 오시오……. 먼 길에 수고가 많소이다."

동화궁주가 먼저 인사를 건넸다. 밀사도 급히 예의를 갖추었다.

"평안하시온지요? 방해는 안 되었는지……."

"아닙니다. 마침 적적하던 차였습니다. 자, 이쪽으로 앉으시지요……."

"고맙습니다."

밀사는 자리에 앉았다. 의자는 기댈 곳이 전혀 없는 평상이었다. 밀사가 자리에 앉자 어디선가 선인이 나타나 임다(臨茶)를 차려왔다. 동화궁주가 차를 권하고 나서 말했다.

"서로가 바쁜 것 같으니 이곳에서 일을 보시지요."

"아, 예. 저는 옥황부의 명령을 전하러 왔을 뿐입니다."

"그러신가요? 무엇인데요?"

동화궁주는 편안히 물었다. 이때 특사는 속으로 생각했다.

'나무랄 데 없는 선인이구나! 그런데 어째서 먼 곳에서 보면 부덕하게 느껴질까?'

동화궁주는 행적과 소문을 살펴보면 안하무인이고 옥황부에 대해 저항하는 인물이었다. 하지만 지금 가까이서 보니 결코 부덕한 사람으로 느껴지지 않았다.

밀사가 정중하게 대답했다.

"저는 소환장을 가지고 왔습니다. 궁주께서는 옥황부에 들어오셔야겠습니다."

"예? 소환장이오?"

동화궁주는 적이 놀랐다. 특사도 동화궁이 그토록 엄청난 사건을 저질러 놓고 소환당할 것조차 생각지 않은 채 태평하게 생활하는 것을 보고 매우 놀랐다. 시치미를 떼고 있는 것일까? 아니면 인연의 늪에서의 사건을 정당하게 생각하는 것일까?

밀사가 느끼기에 시치미를 떼는 것처럼 보이지는 않았다. 그렇다면 정당성을 주장하고 있는 것이리라!

견해의 차이란 이렇게 허무한 것일까? 고도의 수련과 학식을 갖춘 선인들이 한 가지 사안에 대해 어쩌면 이렇게 생각이 다를 수 있단 말인가!

밀사는 잠시 마음을 수습하고 말했다.

"좋지 않은 소식을 전해서 미안합니다."

"아니오. 밀사께서는 단지 옥황부의 명령을 전해 줄 뿐이 아닙니까!"

"이해해 주시니 고맙습니다. 이 소환장을 받으시지요."

"……"

동화궁주는 소환장을 정중히 받아들고 그것을 펴보았다. 틀림없는 옥황부의 공식 문서였다. 잠시 생각에 잠겼던 동화궁주는 침착한 말투로 물었다.

"소환의 이유가 무엇인지요?"

"소환장에 쓰여 있는 그대로입니다. 지난번 인연의 늪 사건 때문이지요……"

"호, 그렇습니까? 그 사건이 나를 소환할 만한 일인가요?"

동화궁주는 진지하게 물었다. 그는 자신이 저지른 죄상을 전혀 느끼지 못하는 것처럼 보였다. 밀사가 매우 당황하며 대답했다.

"저는 잘 모릅니다. 다만 옥황부의 결정이 그러할 따름이지요."

"옥황부의 결정이라니요?"

동화궁주는 문서의 출처를 물었다.

"옥황부 중앙회의에서 결의된 사항입니다."

"상일선이 말입니까?"

"그분은 의장일 뿐입니다. 이 일은 개인의 생각으로 이루어진 것이 아닙니다."

"그럼 옥황상제의 재가를 받았습니까?"

"예? 그렇지는 않은 것 같습니다."

"그래요? ……옥황상제의 명령이 아니라면 과연 누구의 명령입니까?"

동화궁주는 다소 날카롭게 물어왔다. 밀사도 지지 않고 대답했다.

"천명관 회의에서 명령을 내렸습니다."

천명관 회의란 옥황부 중앙회의를 말한다. 다만 천명관이라는 명칭을 사용하여 은근히 옥황상제의 권위를 내보이고 있는 것이다.

그러나 동화궁주는 전혀 망설임 없이 당당하게 말했다.

"나도 천명관의 직위에 있습니다. 더군다나 동화궁주라는 직책은 옥황상제로부터 직접 받은 것입니다. 나를 소환하려면 옥황상제의 재가가 필요할 것입니다."

"……."

밀사는 잠시 난감함을 느꼈다. 하지만 밀사 자신이 동화궁주와 논쟁을 벌일 입장은 아닌 것이다.

"저는 잘 모릅니다. 다만 중앙 집정회의에서 발행한 소환장은 곧 옥황상제의 뜻이 아니겠습니까?"

밀사는 먼 곳을 바라보며 이렇게 말했다. 그러자 동화궁주는 약간 미소를 짓는 듯하더니 공손하게 반박했다.

"서로의 생각이 무척 다르군요. 나는 우주의 대덕(大德)인 평허선공의 명을 받들어 인연의 늪에 동화궁의 병력을 파견했습니다. 더군다나 평허선공은 난진인의 영패까지 소지하고 계십니다. 이런 상황에서 중앙회의의 결의에 따를 수는 없습니다."

"……."

밀사는 더욱 난감함을 느꼈다. 동화궁주가 평허선공과 난진인까지 거론하며 반박하기 때문이었다. 밀사는 고도의 명분론에 끼어들고 싶지 않았다.

"저는 배경을 알고 싶지는 않습니다. 단지 소환장을 전할 뿐입니다."

"그럴 테지요. 그럼 나도 간단히 얘기하겠습니다. 소환장은 잘 받았습니다. 그러나 소환을 거부합니다."

"……."

밀사는 난처했다. 하지만 이 내용도 옥황부에 그대로 전하면 그만인 것이다. 단지 지금의 이 자리가 몹시 쑥스러웠다. 그러자 동화궁주가 다정하게 말했다.

"자, 이제 화제를 바꿉시다. 공무는 끝났으니……."

"……."

밀사는 낙심한 표정을 지으며 잠시 생각했다. 도대체 알 수 없는 인물이다.

당당하고 천진함은 바로 선인의 상징이다. 선인은 솔직할 뿐 꾸밈이 없는 법이다. 그런데 이 모든 모습이 바로 동화궁주에게 있었다.

명분론만 해도 그렇다. 인연의 늪에서의 사건이 비록 많은 인명 피해를 냈으나 평허선공의 명령을 기필코 이룩하겠다는 동화궁 측의 심정은 백번 이해할 수 있었다. 당시는 옥황부의 명령이 동화궁의 행동을 중지시키는 것이었지만 동화궁으로서는 어찌해야 좋았을까? 순순히 옥황부의 명령에 따라 평허선공의 명령을 저버리는 것이 옳았단 말인가! 물론 평허선공의 명령은 옥황 천하에서 공식적으로 통용되는 명령이 아니다. 하지만 온 우주의 보편적인 인격자가 모처럼 당부한 혹은 지시한 것을 마다하기는 힘들었을 것이다. 게다가 평허선공은 난진인의 영패마저 소지하고 있었다고 하지 않은가. 선인들에게 있어 난진인의 영패는 공식 명령 그 이상인 것이었다.

과연 당시에 쌍방이 어떻게 처리하는 것이 가장 합리적인 행동이었을까? 혹시 옥황부 측에서 평허선공의 입장을 생각해서 자신들의 처음 결정을 바꿀 수는 없었던 것일까? 소지선의 문제가 뭐가 그리 대단하단 말인가!

당시 옥황부가 소지선을 보호하려 했던 것은 단순히 평허선공을 방해하기 위함이었다고 해도 과연은 아니었다. 옥황부는 평허선공을 방해하기 위해 옥황부에 끌어들이기조차 했던 것이다.

들리는 바에 의하면 평허선공이 소지선을 찾는 것은 연진인·난진인의 섭리를 깨닫기 위함이라고 한다. 물론 소지선은 연진인의 징계를 사면 받는 것뿐이다. 사실 내용은 별게 아니었다. 그런데도 옥황부는 결사적으로 이를 방해하려 하지 않았던가! 평허선공의 명을 받은 동화궁 측이 그토록 소지선을 찾고자 했다면 차라리 옥황부에서 양보했던 것이 옳지 않았을까?

현재 옥황부의 모든 여론은 동화궁의 행동이 지나쳤다고 하는데 실은 어쩔 수 없는 일이었다. 이것을 반드시 막아야 했을까? 당하는 쪽의 입장에서는 오히려 황당했을 것이다. 그렇기 때문에 모든 책임을 옥황부 쪽에 미루고 필사적으로 행동했던 것이 아닐까? 사실 당시의 사안이라면 옥황부 측에서 점잖게 평허선공의 허락을 받는 게 나았을 것이다.

또 하나 문제가 있다. 그 당시 인연의 늪에서 한참 전쟁을 벌일 때 평허선공은 기만당해 옥황부에 붙들려 있었다. 한편 밖에서는 평허선공의 명령이 무력으로 제지당하고 있었던 것이다. 이 모든 사실을 평허선공이 어떻게 생각하고 있을까?

현재 평허선공은 인연의 늪 사건을 보고받지 못한 상태이다. 단지 당신을 기만했던 유인 작전에 대해서는 너그럽게 해량해 준 것 같다. 그런데 옥황부가 인명 피해까지 감수하면서 평허선공의 뜻을 방해했다면 이는 분명히 분노를 살 수도 있을 것이다. 전쟁에 의해 인명 피해가 났다면 이는 전쟁을 일으킨 장본인에게 책임이 돌아갈 수밖에 없다.

전쟁은 과연 누가 일으켰는가! 동화궁 측에서는 지엄한 명령을 받들어 전진하고자 했을 뿐이다. 이를 무작정 막아선 것은 전쟁마저 각오했던 행위이다. 그러므로 전쟁의 책임은 당연히 옥황부가 져야 하지 않을까?

당초 동화궁의 목표는 불선(不善)한 일도 아니었고 평허선공의 명령에 따라 갈 곳이 한정지어졌던 것이다. 이에 비해 옥황부는 행동의 선택의 여지가 많았다. 그러한 입장에 있는 옥황부가 양보하지 않고 유독 전쟁으로 갈 수밖에 없는 길을 선택했다면 책임 소재는 분명하다 할 것이다.

밀사는 번민했다. 옥황부에서 보면 자명했던 명분이 이곳 동화궁에 와서 보니 이토록 불분명해지다니! 동화궁에는 잘못이 없다는 것이 밀사의 결론이었다. 하지만 일개 밀사의 입장으로서는 어쩔 수 없는 일이다. 지금이라도 옥황부가 달리 생각한다면 얼마나 좋으랴! 밀사는 이런 생각을 하면서 낙심한 표정을 지었다.

동화궁주의 말이 들려왔다.

"대선관! 모든 것을 자연에 맡깁시다. 당신은 옥황부에 사실만 보고하면 될 것이오."

"……"

"그러하니 이곳에서는 마음 편하게 지내시길 바랍니다."

밀사는 동화궁주의 대범한 성격에 깊은 감명을 받았다.

"궁주님의 배려에 감사드립니다. 저는 개인적으로는 이곳에서 편히 지내고 싶습니다. 하지만 임무 중에 있으므로 그만 돌아갈까 합니다."

"정히 그러시겠습니까?"

"예. 다만 궁주님께서 훗날 저를 개인 신분으로 초청해 주신다면 영광으로 생각하겠습니다."

"허허허. 대선관께서는 진지하십니다. 좋아요, 오늘은 공인으로 만났으니 더 잡지는 않겠습니다. 그러나……."

"……"

"다음번에 사적으로 이곳을 방문해 달라고 지금 이 자리에서 초청을 하는 바입니다."

"아, 예, 고맙습니다. 그럼 이만."

밀사는 정중히 인사를 하고는 자리에서 일어났다. 그 순간 화심루의 정면이 보였다. 화려하지만 소박한 꽃들, 분명 천지의 섭리를 말하고 있는 것이다.

밀사는 화심루를 내려왔다. 그러자 안내하던 선관이 대기하고 있었다.

"……."

두 선인은 말없이 걸었다. 이리하여 옥황부의 밀사는 동화궁을 조용히 떠나갔다.

우주의 비밀을 벗기려는 두 선인

온 우주에서 인간은 하나의 꽃과 같은 존재이며 인격을 갖춘 인간일수록 그 아름다움은 더 찬란히 빛난다. 인격을 이루는 덕목은 일일이 다 열거하기는 힘들겠지만 무엇보다도 평정이 최우선이고, 그 다음은 너그러움일 것이다.

그러므로 이 두 가지를 모두 갖춘 염라대왕은 인격자라 아니할 수 없으며 아름다운 꽃이라고도 말할 수 있다. 이러한 면모는 평허선공과의 대결에서도 선명하게 드러났다. 염라대왕은 평허선공의 거침없는 공격을 받고도 침착성을 발휘하여 모든 위기를 극복하였을 뿐만 아니라 전혀 반격을 시도하지 않았다. 자신이 평허선공에게 죄를 지었든 그렇지 않든 간에 평허선공의 마음을 최대한 누그러뜨리기 위해 끝까지 공격을 자제했었던 것이다. 이는 평허선공의 입장을 이해하는 너그러움에서 비롯된 것이다.

평허선공과 염라대왕은 대결을 끝내고 단둘만의 술자리를 나누고 있었다. 평허선공이 먼저 궁금한 듯 물었다.

"대단하오. 어째서 반격을 하지 않으셨소?"

"시간이 없기 때문이오."

염라대왕은 술잔을 내려놓으며 대답했다.

"시간이 없다니?"

"술을 마셔야 하지 않겠소? 그리고 긴요한 대화를……."

"긴요한 대화? 그것은 또 무엇이오?"

평허선공은 염라대왕을 쏘아보며 날카롭게 질문했다.

"평허공, 우리 정리를 좀 해 봅시다……."

"……."

"의논이라고 해도 좋소만, 이제 평허공은 방황을 그만둘 때가 된 것 같지 않소이까?"

"글쎄요. 잡힐 듯하면서도 전혀 실마리가 잡히지 않는군요. 내게 가르침을 주시오."

평허선공은 염라대왕을 똑바로 바라보며 부드럽게 표현했다. 아는 것이 있으면 깨우쳐 달라는 평허선공의 말에 염라대왕은 고개를 저으며 단호하게 부정했다.

"당치 않은 말씀, 내 얘기는 우리의 생각을 서로 합쳐보자는 뜻이외다."

"그거 좋은 생각이오. 하지만 내겐 아무것도 아는 것이 없으니 어찌하면 좋겠소?"

"천만에요. 아는 것이 없다는 그것이 바로 아는 것이 아니오? 우리가 서로 무엇을 모르고 있는지 따져봅시다."

"문제점을 찾아보자는 뜻이오?"

"그렇소이다. 평허공게서는 언제나 문제가 많지 않소?"

"허허허, 내가 그렇단 말이오? 좋소, 한번 차분히 생각해 봅시다."

"……."

염라대왕은 진지한 표정으로 술잔을 들어 마셨다. 그러자 나직이 평허선공이 말했다.

"나부터 시작하지요……."

"……."

"천명(天命)이 어긋나는 이유를 염라공께서는 무엇이라 생각하시오?"

"모르겠소. 그렇다면 이런 사태가 앞으로도 계속된다고 봅니까?"

염라대왕은 심각하게 대답하며 다시 질문했다.

"그렇다고 봅니다."

"나도 그렇게 생각합니다. 아무튼 여기에서 한 가지 결론은 나왔군요!"

"……."

평허선공이 웃음을 머금으며 고개를 끄덕였다. 그러자 이번에는 염라대왕이 먼저 질문을 던졌다.

"연진인께서는 어디에 계실까요?"

"모르겠습니다."

"난진인께서는?"

"역시 모르겠습니다."

"좋습니다. 두 분은 함께 계실까요?"

"아마 그럴 가능성이 높다고 생각합니다."

평허선공이 눈을 잠시 감았다 뜨면서 대답했다. 염라대왕이 다시 물었다.

"그렇다면 두 어른께서는 어느 한 곳에 머물러 계시다는 뜻이 아닙니까?"

"그렇군요. 그곳이 어딘지는 모르지만……."

"그나마 이만큼 알아낸 것만으로도 대단한 수확입니다. 두 어른께서 이리저리 옮겨 다니지 않고 한 곳에 계신다면 찾기가 훨씬 수월하지 않겠습니까?"

"……."

평허선공은 말없이 고개를 끄덕이며 잠시 눈을 찡그렸다. 아마도 깊은 생각에 빠져 있는 모양이었다. 염라대왕이 평허선공의 모습을 살피며 다시 말했다.

"현재 두 어른께서는 우주 어딘가에 정착해 계십니다. 그곳이 과연 어디인지는 나중 문제이고……."

"……."

"우선 그곳에서 두 어른이 무엇을 하고 계신지 생각해 봐야겠습니다."

"호, 순서가 그렇게 되는군요. 그럼 염라공께서는 어찌 생각하시오?"

"글쎄요. 매우 중요한 일을 하고 계시겠지요!"

"중요한 일이라면……?"

"현재의 이 혼란스러운 우주 사태에 관한 것이 아니겠습니까?"

염라대왕은 뻔한 것을 묻는다는 듯이 평허선공을 똑바로 쳐다봤다. 평허선공은 술잔을 들어 올렸다가 다시 제자리에 놓으며 물었다.

"두 어른께서 모종의 일을 하고 계신다는 뜻이군요?"

"그렇습니다. 평허공은 어떠하신지요?"

"글쎄요……. 아무튼 한가히 지내시지는 않을 것 같군요. 그런데……."

"……."

"우리들에게는 왜 거처를 알려주시지 않을까요?"

평허선공은 적이 원망스런 표정을 지었다. 그러자 염라대왕이 멋쩍은 미소를 지으며 말했다.

"우리에게는 그만한 자격이 없는지도 모르지요. 혹은……."

"혹은 무엇입니까?"

"예, 내 생각입니다만 우리에게 어떤 일인가를 하도록 무언의 지시를 남긴 것은 아닐까요?"

"그래요, 그렇다면 도대체 그 일은 무엇일까요?"

"허허허, 내게만 묻지 말고 평허공의 의견도 한번 말해 보시오."

"아, 예. 내 의견이라……. 우선 찾아다니면서 무엇을 깨달으라는 뜻인 것 같고 또 찾지 못하면 무슨 일이든 다른 일을 하라는 뜻이 아닐까요?"

"허허허. 그걸 내가 어찌 알겠소! 평허공의 의견을 듣고 싶소이다."

평허선공은 염라대왕의 재촉에 미소를 지으며 고개만 가로저을 뿐 아무런 대답이 없었다. 그러자 염라대왕이 날카로운 시선을 보내며 진지하게 말했다.

"평허공, 이건 순전히 내 생각입니다만 우리는 이미 무엇인가를 깨달은 것 같소. 다만 무엇을 알았는지 우리 스스로 모를 뿐이지만……."

"그건 또 무슨 말씀이오?"

평허선공이 흥미를 나타내자 염라대왕은 심각하게 말을 이었다.

"당초 우리의 각축, 즉 도망가고 쫓는 일은 두 어른의 뜻이었던 것 같소."

"그래요? 어째서 그렇습니까?"

"장담할 수는 없습니다만…… 평허공께서 당초 활동을 전개한 것은 두 어른의 뜻을 알고자 함이 아니오?"

"그렇소이다."

"나도 마찬가지입니다. 나도 두 어른의 뜻을 이해하기 위해서 당신을 방해했던 것이오!"

"그러실 테지…… 하지만 결론이 뭐요?"

"결론은 이미 나와 있습니다."

"그게 도대체 무엇이냔 말이오?"

평허선공은 다소 조급하게 물었다. 그러자 염라대왕은 눈을 가늘게 뜨고 천천히 대답했다.

"우리 함께 생각해 봅시다. 나는 도망하는 일을 중지했소. 따라서 당신도 더 이상 추적할 수는 없을 것이오……."

"……."

"즉, 우리는 할 일을 다 했다는 것이오."

"예? 할 일을 다 했다니?"

"두 어른의 뜻 말이외다. 두 어른께서 우리에게 비밀히 지시했던 뜻 말이오!"

"그래 그 뜻이라는 게 도대체 무엇인지요?"

"모릅니다."

"뭐요? 모르다니……."

"내 말을 간략히 줄이면 이렇습니다. 우리는 이제 도망가고 추적하는 일을 끝냈습니다. 즉, 할 일을 다 했다는 말입니다. 그런데……."

"……."

"그것이 바로 두 어른이 우리에게 바랐던 일입니다. 우리는 단지 과거에 우리가 한 일 속에서 무엇인가를 발견하지 못했을 뿐이라는 겁니다."

"음…… 그럴 듯한 견해요."

평허선공은 몇 차례 고개를 끄덕였다.

"우리는 우리가 행한 근간의 일들 속에서 새로운 길을 찾아야 할 것입니다."

"내 생각에도 그런 것 같소이다. 염라공은 앞으로 어찌할 생각이오?"

"나는 이제 원점으로 되돌아왔습니다. 그리고 그동안 내게 있었던 일을 생각하는 중입니다."

"……."

"지난 일은 별게 아닌 것처럼 생각되게 마련이지만 그 속에는 엄청나게 큰 뜻이 숨어 있다고 봅니다. 특히……."

"……."

"하계에 내려갔던 일에 유의하고 있습니다."

"하계에 내려갔던 일이 그렇게 중요합니까?"

"그렇습니다. 그곳에서 위인을 만났지요!"

"정우 말입니까?"

평허선공은 다소 놀란 듯이 보였다.

정우는 바로 속계에 있는 건영이임을 평허선공도 익히 알고 있었다. 염라대왕이 담담하게 대답했다.

"예. 나는 정우에게 조언을 받았습니다. 정우는 내게 피신하지 말고 염라부로 돌아가라고 했지요."

"……."

평허선공은 염라대왕의 말에서 어떤 의미를 찾으려는 듯 주의 깊게 경청하였다.

"그리고 나는 속계에서 또 한 가지 일을 당했습니다. 음, 당했다는 말이 적당하겠군요."

"……."

"……나는 천명을 어겼습니다. 속인을 한 사람을 구해 줬는데 부득이 진명(眞命)을 세워주었던 것입니다."

"진명을? 그건 너무 무리한 일 아니오?"

평허선공은 상당히 의아스럽게 생각하고 있었다. 천명을 어기는 일은 자연의 운행을 임의로 바꾸는 일이고 그중에서도 한 사람의 운명에 관여하여 선인을 만들어 놓는 것은 가장 큰 위반 사항이 된다.

하늘의 다스림이란 저마다의 운명을 어느 누구의 도움이나 박해 없이 처음 계획된 대로 흘러가도록 보장하는 데 있다. 개인의 운명이 비록 나쁜 곳으로 흘러갈지라도……. 그런데 염라대왕은 속인을 단순히 구해 준 차원을 넘어서 억지로 선인을 만들어 준 것이다. 다시 말하자면 속계로부터 한 영혼을 이탈시킨 동시에 천계에는 느닷없이 한 선인을 등장시킨 것이다. 이는 염라대왕과의 인연이 새로이 맺어졌음을 뜻하고 기존의 능인의 모든 인연이 함께 부상하게 됨을 의미한다. 이 일은 다른 곳에도 영향을 미쳐 자연의 운행에 뜻하지 않은 결과를 초래할 것이 틀림없다.

염라대왕이 허탈하게 말했다.

"나는 단지 고휴선의 부탁을 들어줬을 뿐이오!"

"고휴선? 그 자가 관계됐습니까?"

평허선공은 적이 놀랐다. 고휴선은 평허선공이 일찍이 사면해 준 바 있는 선인이었다. 그런 그가 염라대왕까지 만났다는 말은 우연의 일치를 넘어 무엇인가 시사하는 바가 있는 듯 보였다.

염라대왕이 다시 말했다.

"그렇습니다. 고휴선이 죽어가는 사람을 구해 달라고 애타게 청원했습니다. 나는 한사코 거부했으나 끝내 당할 수가 없었지요……!"

"예? 당할 수가 없었다니요?"

"그 자는 정우를 언급하며 나를 회유했습니다. 나는 정우를 만나기 위해 하계에 갔던 것이고요. 그런데……."

"……."

"정우는 이미 소지선을 구해 주었습니다. 내가 보호해야 할 책임이 있는 소지선을 말입니다. 그러므로 나는 정우에게 신세를 졌던 것인데 문제는……."

"……."

"정우를 구해 줬던 어떤 속인이 죽기 직전에 있다는 것입니다. 아주 급한 상황이었지요."

"……."

"고휴선은 내게 정우와 면담을 원한다면 그 속인, 능인이라고 합니다만……. 그 자를 반드시 구해야만 한다고 말했습니다."

"……."

"일리가 있었지요. 결국 나는 능인을 구해 줬는데 능인이 누군지 아십니까?"

"글쎄요, 나까지 알아야 합니까?"

"그렇습니다. 실은 능인이 보통 인물이 아니기 때문입니다."

"……."

"능인의 스승은 한곡선인데, 한곡선은 소지선의 탈출을 도왔던 선인이며 풍곡선의 도반입니다."

"풍곡선 말입니까?"

평허선공은 미소를 지었다.

풍곡선이 누구인가! 일찍이 옥황부 안심총의 작전에 개입하여 평허선공을 끌어들인 장본인이며, 지금은 평허선공에게 도전하여 도주 중이 아닌가! 참으로 묘한 일이 아닐 수 없었다. 어째서 이런 선인들이 염라대왕과 관련이 있단 말인가! 이것은 곧 평허선공과 염라대왕의 연결고리가 되었다.

염라대왕도 미소를 지으며 말했다.

"풍곡선은 정우의 보호자 격입니다. 당초 그 자가 평지풍파를 일으켰습니다."

"그렇군요. 풍곡선은 내게도 빚을 졌습니다."

"호, 그래요? 그게 무엇인지요?"

"나는 그 자 때문에 소지선을 놓쳤습니다."

"어째서 그렇습니까?"

"그 자가 나를 옥황부로 끌어들였습니다. 나의 발길을 묶어 놓으려고……."

"그렇습니까? 그거 묘하게 됐군요."

"뭐가 말입니까?"

"허허허, 그게 말입니다……."

염라대왕은 재미있다는 듯이 미소를 지으며 말했다.

"풍곡선은 평허공을 잡아놓고, 그의 보호 아래 있는 정우는 소지선을 피신시켰습니다. 손발이 척척 맞는 것 같지 않습니까?"

"그런 셈이군요……."

평허선공은 씁쓸한 표정을 지었다. 염라대왕이 다시 말했다.

"일이 복잡하지만 하나 제안할 것이 있습니다."

"……"

"나는 이미 옥황부에도 한 가지 제안한 바 있습니다. 즉, 연진인과 난진인을 찾는 문제를 정우에게 의뢰해 보라고 했는데 당신도 정우를 한 번 만나보면 어떻겠습니까?"

"글쎄요…… 어떤 일로 말입니까?"

평허선공이 관심을 보이자 염라대왕은 평허선공의 기색을 살피며 말을 이었다.

"정우의 의견은 매우 중요한 부분을 차지한다고 봅니다. 어쩌면 연진인·난진인 두 어른을 찾을 수 있을지도 모릅니다. 아니면……"

"……"

"우리가 그동안 벌였던 모든 행동의 뜻을 알게 될지도 모릅니다."

"그럴까요?"

"분명히 정우는 알고 있을 겁니다. 현재 많은 운명들이 정우와 관련되어 벌어지고 있으니 어쩌면 그가 우리를 올바른 길로 안내할지도 모릅니다."

"어디로 말입니까?"

"우리는 현재 방황하고 있지 않습니까?"

"그런 셈이지요……"

"그러니 정우를 만나서 자문을 구하는 것도 나쁘지 않다고 봅니다."

"글쎄요…… 그보다는 먼저 풍곡선을 잡고 봐야지요!"

"그럴 필요가 있습니까?"

"이 자는 나를 기만했습니다. 게다가 소지선까지 놓치게 했으니 거꾸로 거슬러 올라가면 소지선을 찾을 수 있지 않겠습니까?"

"그렇게 됩니까?"

"아직 모르겠습니다. 그동안 나는 방해만 당하였으니 이제는 방해를 해 봐야겠어요……."

"그것에 뜻이 있다면 괜찮은 일인 듯 싶습니다."

"물론입니다. 자연의 법칙은 둥글게 작용하지 않습니까! 당한 것을 그대로 갚는 과정에서 혹시 길이 열릴 수도 있을 것입니다."

"좋습니다. 평허공께서는 뜻한 바대로 일을 진행해 보십시오. 나는 이곳에서 생각에 몰두하겠습니다."

"무엇을 말입니까?"

"그동안 우리에게 벌어졌던 일 말입니다. 그 속에서 두 어른의 뜻을 발견하고자 합니다."

"좋아요, 나는 돌아다니면서 생각해 보겠습니다. 오늘 염라공과의 대화는 크게 도움이 되었습니다."

"……."

염라대왕은 아무 말도 하지 않았다.

"나는 우선 풍곡선을 잡으러 가야겠습니다. 술자리는 이것으로 끝난 것 같고……."

평허선공이 자리에서 일어나려 하자 염라대왕이 급히 말을 꺼냈다.

"잠깐, 만나봐야 할 사람이 있는 것 같군요."

"예?"

"아, 별일 아닙니다만 혹시 모르는 일이니 잠깐 기다리시지요. 지금 막 옥황부에 갔던 선인이 돌아왔다는데 만나보는 게 좋겠군요."

"……."

염라대왕은 방금 마음속에서 하나의 신호를 받았던 것이다. 평허선공과 이야기를 나누는 줄 번연히 알면서도 이런 신호가 발출되었다면 필경 평허선공과 관련된 일일 것이라고 생각한 염라대왕이 잠시 평허선공을 지체시킨 것이다.

평허선공도 염라대왕의 당부를 마다할 이유가 없었으므로 고개를 끄덕였다. 그러자 염라대왕은 즉시 어딘가로 염파를 보냈다.

"……"

염라대왕과 평허선공은 마지막 남은 술 한 잔을 들며 신호를 받은 선인을 기다렸다.

"자, 마지막 잔이군요. 대접을 잘 받았소이다."

평허선공은 미소를 지었다.

"……"

두 선인은 단숨에 잔을 비워냈다. 잠시 후 한 선인이 나타나 평허선공을 보고는 급히 무릎을 꿇었다.

"어른을 뵈옵니다. 방해가 안 되었는지요?"

"일어나게."

평허선공은 인자한 음성으로 말했다.

"예, 감사하옵니다."

선인은 다시 염라대왕을 향해 가볍게 인사를 올렸다.

"부르심을 받고 왔사옵니다."

"……"

염라대왕은 날카롭게 선인의 기색을 살핀 뒤에 고개를 끄덕였다.

여기에는 깊은 뜻이 있었다.

당초 염라대왕이 평허선공과 자리를 같이한 직후 근방의 모든 선인들을 천리 밖으로 물러가게 한 다음 한 차례 결투까지 치룬 사실은 이미 소문으로 퍼져 누구나 다 알고 있었다. 하지만 그 이후에도 염라대왕의 소식은 전해지지 않았고 생사도 전혀 알 수 없었다. 이일로 염라부의 선인들은 안절부절못하였지만 그렇다고 지엄한 자리에 함부로 끼어들 수는 없었다. 그런데 이때 옥황부에 다녀온 선인이 평허선공에 대한 소식을 가져왔다는 핑계로 신호를 보냈던 것이다. 물론 이것은 유사시 둘러대기 위한 수단에 불과했다.

이제 염라대왕의 안부가 확인된 이상 그 소식을 발설해야 할지 염라대왕의 염파를 받고 나타난 선인은 잠시 망설이지 않을 수 없었다. 이에 염라대왕은 선인의 기색을 살피며 서로 눈빛을 은근히 주고받았는데 그 내용은 말해도 된다는 뜻이었다.

선인은 당당히 앞으로 나서며 말했다.

"어른의 자리에 끼어든 것은 매우 송구스러운 일이오나 실은 평허선공께서 관심 두실만 한 일이 있어서 그만……."

"얘기해 보게."

염라대왕은 은근히 재촉하였다.

"예, 그럼……."

선인은 평허선공을 향해 서두를 꺼냈다.

"저는 대왕님의 명령을 받고 옥황부 중앙회의에 참석하고 돌아오는 중입니다."

"……."

"그 회의에서는 어른의 일이 거론되었습니다."

"무엇인가?"

평허선공이 관심을 나타냈다. 선인은 정중히 고개를 숙여 보이고 말을 이었다.

"예, 속계에서 한 물건이 전달되어 왔습니다. 고휴선이 보내온 것인데 남선부를 경유하여 옥황부에 도착했습니다……."

"……."

"옥황부에서는 이 물건을 동화궁으로 보냈습니다."

"음, 속계의 물건이라……? 그게 무엇인지 아는가?"

"예, 그것은 녹석이었습니다."

"녹석?"

"예. 녹석은 이번 시석회에 출품된 작품의 일부였습니다."

"음? 그건 무슨 뜻인가?"

"예. 그것은 이번 시석회에서 최우수 작품으로 선정된 돌의 일부분이었습니다."

"무어? 그게 속계에서 왔단 말이지?"

"그렇습니다."

"호, 기이한 일이로세. 그게 어떻게 속계에 있을 수 있단 말인가?"

평허선공은 어처구니없다는 듯한 미소를 지었다. 그러자 선인이 말했다.

"그 녹석은 태상노군의 동자가 속계에 가져다 놓은 것으로 판명되었습니다."

"태상노군……! 음, 그 녹석이 동화궁에 있다고 했나?"

"예. 옥황부에서는 어른이 그곳에 계실 것으로 알고 보냈습니다."

"음, 알겠네. 다른 일은 없나?"

"예. 그 일을 보고 드리려고 왔을 뿐입니다."

"음, 잘한 일이야. 자네는 그만 가 보게."

"……."

선인이 물러가자 평허선공이 염라대왕에게 말했다.

"동화궁부터 가 봐야겠습니다. 풍곡선의 추적은 그 이후로 미뤄도 늦지 않겠지요!"

"……."

염라대왕은 대답하지 않았다. 사실 염라대왕의 바람은 평허선공이 풍곡선을 추적하지 않는 것이었다. 그러나 이것을 입 밖에 낸다면 오히려 평허선공의 심정만 건드려 일을 그르칠 염려가 있었다. 그러나 다행스럽게도 녹석의 출현으로 인해 평허선공의 행동 방향이 바뀐 것이다.

동화궁은 풍곡선이 간 방향과 정반대 방향에 위치해 있었다. 다만 평허선공의 속도가 워낙 빠르기 때문에 그동안 풍곡선이 얼마나 멀리 피신할 수 있을지는 미지수였다.

"염라공, 환대에 좋은 소식까지 들었소이다. 급해서 이만 실례를 해야겠습니다."

"예, 다시 뵙기를 원하겠습니다."

"……."

평허선공은 조용히 그 자리에서 사라졌다. 순간 평허선공이 앉아 있던 자리에는 상서로운 무지개가 감돌았다. 평허선공은 이렇게 떠나갔다. 염라대왕은 까다로운 평허선공이 떠나가자 서운함과 편안함을 동시에 느꼈다.

다가오는 정마을의 위기

　속세의 정마을은 이제 선계의 그 어떤 지역보다도 더 유명하고 널리 알려졌다. 얼마 전 옥황부의 중앙집정회의에서도 거론되었으며 최근에는 염라대왕과 평허선공의 대화에서도 중요하게 논의되었다. 이는 분명 정마을이 상서로운 지역이라는 뜻일 것이다. 하지만 현재 정마을은 저속한 무리들에 의해 둘러싸여 있었다.

　땅벌파 무리에 의해 포위되어 있는 정마을은 이틀 동안 평온한 시간을 보냈다. 이는 바깥 사정을 전혀 모르기 때문에 가능한 일이었다. 하지만 포위하고 있는 쪽, 즉 땅벌파의 입장에서는 결코 평온할 수는 없었다. 그들은 괴인의 출현도 걱정해야 하는 입장이었으므로 숨어서 살피는 도둑보다도 더 초조하였다.

　또한 원정군은 시간이 지날수록 사기도 저하되고 방비 태세도 해이해져서 목표에 대한 집중력이 감소되기 마련이었다. 뿐만 아니라 시간이 지체되는 그 하나만으로도 아주 불길한 징조로 해석되곤 했다.

　이러한 점들이 회장에게는 걱정거리가 아닐 수 없었다. 숲속에서 언제까지나 기다리고 있을 수만도 없는 법이고 회장인 자신뿐만 아

니라 많은 패거리들이 빠져나온 서울의 일도 걱정이고 당장 보급에
도 한계가 있다.

회장은 우선 무덕의 의견을 물어보았다.

"사모님, 정마을의 괴인은 아직 안 떠나갔습니까?"

"예."

"언제까지 기다리면 될까요?"

"글쎄요, 오래 있을 것 같지는 않습니다만……."

"그래요? 그것을 장담할 수 있나요?"

"난 잘 몰라요. 그저 느낌일 뿐이에요."

"아, 예, 그렇군요……."

회장은 더 이상 물어볼 수가 없었다. 어차피 판단은 스스로가 해야
한다. 그리고 판단력에 있어 회장은 누구보다도 뛰어난 인물이었다.
회장은 결론을 내리기에 앞서 몇 가지 조건을 염두에 두었다.

첫째는 강리 선생과 무덕은 현재의 상태에 대해 전혀 부담감을 느
끼는 것 같지 않았다. 여인과의 육체관계에 있어 장소가 특별한 의미
를 띠는지는 모르겠지만 강리 선생은 이곳을 좋아하는 기색이 역력
했다. 무덕도 아예 그날그날을 즐거워할 뿐 정마을 습격은 뒷전이었
다. 정마을은 현재 괴인에 의해 철저히 보호되고 있는 셈이었으므로
습격은 그 자체만으로도 문제가 있는 것이 틀림없었다.

둘째는 보급 사정이다. 2~3일 후면 식량이 바닥나게 되어 어차피
그때쯤은 철수할 수밖에 없다. 그럴 바에는 며칠을 더 기다린다고 해
도 뾰족한 방법이 없다.

셋째는 우선 철수한 후 다음에 다시 오는 방법도 생각해 볼 수 있
는데 여기에는 한 번에 많은 인원이 수시로 오가야 하므로 왠지 자연

스럽지 못한 인상을 주게 마련이다. 또한 엉뚱한 일에 걸려들어 다른 문제가 발생할지도 모를 일이다. 그렇다면 일부만 철수하여 기회를 봐 가며 다시 합류하는 방법은?

무덕은 현재 머물고 있는 장소에서만이 정마을의 상황을 감지할 수 있다고 했다. 그리고 완전히 철수하지 않은 상태에서 회장이 잠시 서울이나 읍내에 다녀온다면 무덕은 이곳에 남겠다고 말했다. 물론 강리 선생도 무덕과 같은 생각이었다.

그렇다면 결론은 아예 철수하여 훗날을 기약하든지, 아니면 보급을 위해 패거리 중 일부만 나갔다 오는 두 가지 방법 중에 하나를 선택할 수밖에 없다.

그러나 첫 번째에 해당하는 완전한 철수는 원정의 실패로 훗날을 기약해야 한다는 뜻인데, 과연 공격의 기회를 다시 잡을 수 있을지 알 수 없는 일이었다. 또 앞으로의 상황 전개가 반드시 땅벌파에 유리하리라는 법도 없다. 현재의 상태로 미루어 본다면 오히려 조합장 측이 득세할 것만 같았다.

그리고 강리 선생만 해도 힘의 원천인 무덕이라는 여인을 발견했기 때문에 자신의 편에 서서 영원히 도와주리라는 보장도 없다. 무덕이 아닌 또 다른 여인이 필요하다면 언제까지나 땅벌파에 남아 있겠지만 지금은 그런 상황이 아니다. 더구나 무덕은 회장의 세력권 밖에 있는 사람이다. 그러므로 강리 선생이나 무덕을 잡아둘 능력이 회장에게는 없는 것이다. 강리 선생과 무덕은 범인들과는 다른, 뭐랄까 속세를 떠난 사람이라고 볼 수 있다. 이들이 아직 회장의 주위에 있을 때 패권을 잡아야 한다. 그러기 위해서는 더욱더 이번 원정 기회를 놓칠 수가 없었다.

회장은 이런 생각을 하면서 더욱 결의를 다졌다.

'어쩌면 강리 선생의 도움을 받는 것도 이번이 마지막이 될지 몰라. 강리 선생은 이미 목표를 완성했기 때문에 내 곁에 있을 이유가 없어……'

회장은 다소 초조한 입장이었다. 회장은 이번에는 반드시 정마을을 공격하여 조합장 세력의 근원을 없애고 그 여세를 몰아 서울의 조합장을 영원히 말살시켜야 한다고 새삼 결의를 다짐하며 강리 선생을 찾았다. 강리 선생은 패거리의 무리에서 동떨어진 자리에 따로 만들어 놓은 천막 속에서 명상에 잠겨 있었다.

"선생님……."

"……."

회장이 조용하게 한 번 부르자 강리 선생이 밖으로 나왔다. 회장이 두 손을 모으고 정중하게 다시 말했다.

"선생님, 읍내에 좀 다녀올까 합니다. 사모님한테 맛있는 음식이 필요할 것 같아서……."

"아, 그렇습니까? 다녀오시지요."

강리 선생은 흔쾌히 허락했다.

"예, 그럼 다녀오겠습니다. 혹시 선생님께서도 필요한 것이 있으면……."

"나야 뭐, 괜찮습니다. 애들에게 필요한 것이나 준비하세요."

"……."

회장은 고개 숙여 인사를 하고 물러나왔다.

강리 선생은 원래 음식에 대한 욕심이 없었다. 그러나 부하들에 대해서만은 각별히 신경을 썼다. 회장은 이 점에 대해서 새삼 감명을 받았다.

'속세의 사람이 아니야. 언젠가 떠나시겠지……. 그나저나 누구를 데리고 나갈까?'

회장은 잠깐 생각에 잠겼다가 경호원으로 칠성 두 명, 그리고 짐을 나를 사람 다섯 명을 정했다. 이외에 두 명을 더 정했는데 이는 서울 사정을 알아보기 위해 떠날 사람이었다.

회장은 점심을 먹고 길을 떠났다. 오늘 밤은 어차피 돌아오지 못할 것이다. 오늘은 춘천에 도착하여 물품을 준비하고 빠르면 내일 새벽에 돌아올 생각이었다.

땅벌파의 회장이 이토록 집요하게 정마을 정복을 위해 일을 추진하고 있을 때 정마을 사람들은 저마다 한가한 시간을 보내고 있었다.

임씨는 하루 종일 집 근처를 서성이며 부인과 한가한 시간을 보냈고 때로는 마을 사람들을 불러 얘기를 나누기도 했다. 박씨는 수시로 나루터를 드나들었고, 인규는 무술 수련에, 남씨는 글씨에 열중했다.

정마을의 작은 촌장이라 불리는 건영이는 색다른 생각에 잠겨 있었다.

'촌장님은 어디 계실까? 그동안 정마을에는 많은 일이 일어났었지! 소지선은 과연 무사할까……? 능인 할아버지는……? 그런데 요즘은 마음이 너무 산란해…….'

건영이는 가끔씩 망연히 하늘을 바라보았다. 생각이 복잡하기 때문이었다. 봄이라서 그런 것일까? 봄이란 만물을 소생시키는 계절이라서 인간의 마음도 들뜨게 만드는지도 모를 일이었다.

건영이의 마음속에는 최근 괴인의 정신병과 우주의 현실적인 문제, 그리고 천상의 사연 등이 봄날의 아지랑이처럼 피어오르고 있었다. 특히 우주의 현실적인 문제에 관해서는 무엇인가 자신에게 맡겨진 역할이 있을 것만 같았다. 그리고 지난밤에 꾸었던 꿈은 심상치 않은 느낌을 주었다. 그 꿈은 아주 기묘했다.

건영이는 햇볕이 내리쬐는 벌판을 걷고 있었다. 건영이가 걸어가는 앞에는 그림자가 한 발 앞서 걸었는데 갑자기 그 그림자가 벌떡 일어섰다. 건영이는 꿈속에서도 너무 놀라 비명을 지르며 도망치기 시작했다. 그러나 그림자를 떼어놓을 수는 없었다. 결국 건영이는 지쳐 쓰러졌는데 이때 그림자가 말했다. 심한 질책이었다.

"나는 바로 너다. 나를 자세히 보라. 내 모습이 이상하게 변하지 않았나?"

건영이는 자신의 그림자를 살펴보았는데 과연 그 모습이 엉망이었다. 그림자가 다시 말했다.

"내가 이런 모양이 된 것은 바로 너의 탓이야. 만일 너의 모습을 고치지 않으면 내가 일어나서 너를 그림자로 만들어 버릴 거야!"

영원히 땅바닥에 깔려서 일어나지 못하는 그림자가 되다니! 건영이는 자신의 모양을 고치려고 무던히 애를 썼다. 그러나 그림자의 모양을 고칠 수가 없었다. 결국 민망함과 공포에 떨다가 꿈에서 깨어났다. 건영이의 옷은 땀으로 흠뻑 젖어 있었다.

"……"

이 꿈은 건영이를 우울하게 만들었다. 그 꿈은 여러 가지를 시사하고 있었다. 우선 그림자는 건영이의 잠재의식, 또는 전생의 모습으로 심층부의 정신을 의미한다. 이것이 험상한 모양을 하고 있다는 것은 결국 정신이 혼란스럽고 질서가 잡히지 않았다는 뜻이다. 이는 건영이의 현재 의식이 문제점을 갖고 있다는 뜻이 된다. 말하자면 자신의 정신을 제대로 운용을 못 한다거나 공부가 잘못되어 정신이 향상되지 못한다는 것이다. 그리고 그림자가 일어난다는 것은 바로 죽음을 뜻한다. 건영이는 죽음의 경고를 받은 것이다.

"……."

건영이는 난감한 표정을 지었다.

'내 정신이 잘못된 것은 틀림없어……. 앞으로 환난이 닥치려……. 혹시 누가 찾아오는 것일까?'

건영이의 마음속에는 수많은 소용돌이가 일고 있었다. 그러나 한 가닥 실마리조차 잡히지 않고 오히려 혼란만 가중되었다.

건영이는 우물가를 지나 강노인의 집으로 걸어갔다. 시간은 오후 5시경, 날씨는 다소 흐려 있는 편이었다.

이 시간 박씨와 인규는 강가로 향하고 있었다. 하루에 정해진 일과인 나루터에 손님이 왔는가를 살피는 것과 합동 수련을 하기 위해서였다. 인규는 박씨와 하루에 두 차례씩 합동 수련을 하였고 그 외에는 하루 종일 자신의 도장에 가서 명상이나 무술 연구 등으로 시간을 보냈다.

두 사람은 나루터에 도착했다. 박씨는 우선 강 건너편을 살폈다.

"……."

강 건너편의 숲은 언제나처럼 고요할 뿐 기척이 전혀 느껴지지 않았다. 그러나 박씨의 마음은 아쉬움이 없었다. 근래 최고의 손님인 임씨가 돌아오지 않았는가! 지금은 인고(忍苦)의 세월, 공부를 하며 때를 기다리는 것이다. 물론 박씨에게는 특별히 할 일이 있는 것이 아니라 다만 자신의 역량을 기르며 향상의 길로 나아가고자 할 뿐이다. 오늘도 그 길로 다가서기 위해 충실히 생활한다.

지금은 몸을 단련할 시간, 두 사람은 마주 서서 가볍게 몸을 풀기 시작했다. 그런데 이때 그들의 행동을 유심히 살펴보는 존재가 있었다. 땅벌파의 무리가 마침 강변의 동정을 살피기 위해 나왔다가 두 사람을 목격하였다.

"형님, 이리 와 보세요."

망원경을 들여다보고 있던 부하가 칠성을 조용히 불렀다. 칠성은 망원경을 받아 쥐고는 잠시 방향을 조절했다. 이윽고 박씨와 인규의 모습이 나타났다. 두 사람은 몸을 풀고 지금 막 인규의 시범 동작이 시작되고 있었다. 칠성은 잔뜩 긴장했다. 심상치 않은 장면을 목격하고 있기 때문이었다.

"……"

망원경의 시야 안에서 인규의 동작이 끊임없이 이어지고 있었다.

'저건 어떤 무술일까……? 대단하군! 동작이 완벽해. 다만 속도와 힘이 떨어지는군. 하지만 위력을 발휘하겠는데……!'

칠성은 오랫동안 망원경에서 눈을 떼지 않은 채 인규와 박씨의 행동을 자세히 관찰했다. 이윽고 인규와 박씨의 수련이 다 끝나자 망원경을 내렸다. 눈을 잠깐 부빈 칠성은 생각에 잠겼다.

'박씨도 달라졌어. 저 사람, 인규라고 했던가! 인규에게도 칠성이 하나 붙어야겠는데……'

원래 칠성은 오직 박씨만을 상대하기로 되어 있었다. 나머지 마을 사람들은 부하들만으로 충분히 대응할 수 있다고 생각했었다. 하지만 지금 상황은 그게 아니었다. 인규는 칠성의 부하들을 능가하는 실력을 갖고 있었다. 따라서 칠성이 직접 상대해야만 한다. 그렇게 되면 박씨에게 달려들 칠성이 하나 줄게 되는 것이다. 이것은 일에 차질을 줄 우려가 있다.

게다가 한 가지 문제가 더 있다. 박씨의 역량이 예전에 비해 많이 향상된 것이다. 그동안의 박씨는 오직 힘으로만 행세했다. 그러나 지금의 박씨는 무술의 형태를 갖춘 것이다. 박씨 같은 정도의 힘을 소유한 사람은 무술의 기본 동작만 약간 알아도 크게 효과를 발휘하게 된다.

이제 정마을의 습격에 관한 세부 작전을 다시 검토해야 할 것이다. 아무것도 아닐 것이라고 본 인규가 저 정도라면 또 숨은 실력자가 없으라는 법이 없을 것이다. 칠성은 이 일을 회장과 의논해야겠다고 생각했다.

"자, 이제 돌아가지."

칠성은 부하에게 망원경을 돌려주며 숲으로 걸어갔다.

강 건너편에서는 박씨와 인규가 이미 보이지 않고 있었다.

땅벌파의 정마을 침투

날은 점차 어두워지기 시작했다. 어둠이 드리우는 것을 가장 좋아하는 사람은 무덕이었다. 무덕은 날이 새면 거의 모든 시간을 잠으로 보냈다. 왜냐하면 밤에는 강리 선생과의 육체적인 접촉을 통해 강리 선생의 몸을 위할 뿐만 아니라 자신도 즐기기 위해서는 힘을 비축해 둘 필요가 있기 때문이었다.

그러나 매일 밤 계속되는 육체의 향연에도 불구하고 무덕은 비교적 건강한 몸을 유지할 수 있었다. 원래 무덕의 몸이 매우 튼튼한데다가 매일 밤 강리 선생이 기운을 주입시켜 주어 힘이 날로 증강되기 때문이었지만 거기에는 또 다른 이유도 있었다.

그것은 강리 선생과의 육체 접촉에 있어 전보다 체력이 덜 소모되기 때문이었다. 요즘 들어 강리 선생은 전처럼 과도한 자극을 원하지 않았다. 한 번 크게 열린 강리 선생의 몸은 적당한 자극만으로도 공력이 향상되었다.

물론 적당한 자극이라 할지라도 다른 평범한 여인은 이를 감당할 수가 없다. 강리 선생을 상대하는 일은 오직 무덕만이 가능한 것이다.

그렇기 때문에 강리 선생은 무덕을 각별히 보호해 주었다. 이를 사랑이라고 하는 것일까? 무덕은 당연히 사랑이라고 믿었지만 강리 선생에게도 다른 보통의 인간처럼 감정이 존재하는지는 알 길이 없었다.

다만 평소의 행동으로 미루어 본다면 단순히 감정을 가지고 있는 정도가 아니라 인자하고 다정한 마음의 소유자인 것 같았다. 강리 선생이 다정하다는 것은 무덕의 느낌이었고 인자함은 칠성들과 회장의 느낌이었다.

다른 여러 상황에서도 강리 선생은 보통 사람과 크게 다르지 않았다. 단지 어느 때는 며칠씩 굶기도 하는 것이 보통 사람과 다를 뿐이었다. 하지만 요즘 들어 더욱더 인간다워진 것 같았다.

평소 고독을 즐기던 강리 선생은 오히려 사람들과 자주 어울렸고 사소한 일에도 귀를 기울였다. 그뿐만이 아니라 모든 일에 대체로 긍정적으로 변했으며 때로는 다른 사람의 의견을 묻기조차 했다. 표정도 전보다 훨씬 온화해졌다. 천진해졌다고나 할까? 부드럽게 화합하는 행동들…… 어떻게 보면 연약해졌다는 느낌마저 들 정도였다.

하지만 최근 들어 나타나는 이 인간적인 면모로 보아 혼마는 어쩌면 공력이 증강될수록 더욱더 부드러워지는 것이 아닐까? 이 순간 강리 선생은 모닥불 곁에 편안히 앉아 있었다. 예전에는 좀처럼 볼 수 없는 행동이었다. 하지만 오늘은 나뭇조각을 불에 집어넣는 등 주변 사람들과 자연스럽게 어울렸고 가끔 하늘을 바라보기도 했다.

하늘에는 수많은 별들이 수놓아져 있었다. 이는 정마을 주변에 펼쳐져 있는 아름다움 중의 하나이지만 오늘따라 별은 유난히 반짝였다. 한바탕 큰비가 쏟아진 뒤 맑게 갠 까닭이리라.

그런데 평소와는 달리 무덕도 이 자리에 참석했다. 무덕은 태양이 거의 중천에 떠오른 후에야 간신히 일어나 강리 선생과 함께 식사도 하고 숲 속을 산책하기도 했었다. 밤이 되자 무덕은 하늘의 별을 바라보며 즐거운 표정을 지었다.

"어머, 저렇게 아름다울 수가……! 선생님, 저 별 좀 봐요! 참 아름답지요?"

"……."

강리 선생은 무덕이 가리킨 하늘을 바라보며 미소를 지었다. 무덕이 다시 애교 섞인 목소리로 재잘거렸다.

"선생님, 우리 이곳에서 살아요. 반드시 정마을을 차지해서 말이에요."

"……."

강리 선생은 이번에도 미소를 지으며 말없이 고개만 끄덕였다. 강리 선생의 마음은 지극히 평정한 상태인 것 같았다. 밤이 더욱 깊어가자 땅벌파의 부하들은 하나둘 모닥불 주위에서 떠나갔다. 하지만 무덕과 강리 선생은 밤이 깊은 것에 상관하지 않고 오래도록 그 자리에 앉아 있었다. 이윽고 마지막까지 남아 있던 칠성도 물러가자 자리에는 무덕과 강리 선생만 남았다.

…….

무덕은 무심히 나뭇가지 하나를 모닥불에 던졌다. 순간 나뭇가지에 불이 확 타오르며 홍조를 띤 무덕의 얼굴이 비쳐졌는데 그 모습은 무척 아름다웠다. 강리 선생은 은근한 미소를 지으며 부드럽게 말했다.

"무덕!"

"……."

"자네는 상당히 예쁘구먼……."

"어머! 선생님, 정말이세요?"

무덕은 깜짝 놀라며 강리 선생의 얼굴을 가만히 들여다보다가 그의 어깨에 살며시 자신의 얼굴을 기댔다. 강리 선생이 언제 이토록 다정한 말을 해 주었던가! 무덕의 얼굴은 행복감으로 더욱 아름답게 빛났다.

강리 선생은 말없이 고개를 끄덕이고는 흘끗 하늘의 별을 바라봤다.

"선생님, 우리도 그만 자요!"

무덕은 요염한 표정을 지으며 은근하게 말했다.

"음, 그럴까?"

강리 선생은 즉시 자리에서 일어나 무덕에게 손을 내밀었다. 무덕은 미소를 지으며 강리 선생의 손을 잡았다. 잠시 후 두 사람은 언덕 위로 조용히 사라져 갔다. 그들이 사라진 뒤 하늘의 별은 더욱 신비하게 반짝이고 있었다.

날이 밝자 정마을의 일과는 여느 때와 똑같이 시작되었다. 다만 임씨가 돌아왔기 때문에 정마을은 그 어느 때보다도 온화한 기운에 휩싸여 있었다. 새벽에 강가로 나가는 박씨와 인규의 발걸음도 가벼웠고, 아침에 일어나 맨 먼저 하늘을 바라보는 것으로 하루를 시작하는 강노인의 마음도 무척 편안했다.

이제 마을 사람들은 봄을 맞이해서 농사지을 준비를 시작해야 한다. 정마을에는 논이라고는 없지만 밭은 곳곳에 펼쳐져 있다. 그동안은 마을 사람들의 노동력에 따라 밭의 크기가 줄어들거나 늘어나곤 했었는데 올봄에는 아주 특이한 일이 일어났다. 그것은 바로 남씨에 관한 일이었다.

남씨는 자신의 경작지를 올해 들어 처음으로 일구기 시작했다. 그런데 이게 웬일인가! 땅을 파는 일이 너무나 쉬웠다. 마치 쟁기로 모래밭을 일구는 것처럼 겨우내 얼었던 단단한 땅이 힘없이 갈라지는 것이 아닌가!

물론 겨울 동안 땅이 변한 것은 결코 아니다. 변한 것은 바로 남씨의 몸이었다. 남씨는 지난겨울 수치선의 도움으로 일갑자(一甲子)의 공력을 얻어 범인(凡人)의 능력을 초월했었다. 그런데 그 효과가 봄이 되어 더욱 뚜렷하게 나타난 것이다. 평소 그리 힘이 강하지 않던 남씨가 이제는 웬만한 장사보다 더 강력한 힘을 갖추게 된 것이다.

......

남씨는 자신의 몸이 이토록 달라진 데 대해 새삼 놀랐다. 이제 남씨는 쉽사리 지치는 일이 없었다. 남씨에게 주어진 밭은 제법 넓어 보통 일주일 정도가 걸려야 다 일구어 놓을 수 있었다. 그런데 이번에는 반나절 만에 다 해치웠다. 그러고도 남씨는 몸의 피로를 전혀 느끼지 않았다.

남씨는 자신에게 일어난 일을 하늘에 감사하는 한편 올해에는 농사의 폭을 대대적으로 넓히기로 마음먹었다. 그러나 오늘 당장 마음먹은 것을 실현하기는 무리가 아닐 수 없었다. 그래서 남씨는 우선 자신의 남아돌아가는 힘으로 마을 사람들을 도울 방법을 궁리한 끝에 그들의 밭을 대신 일궈주기로 결론을 내렸다. 그 중에서도 마을에서 가장 연로한 강노인의 밭을 최우선적으로 일구기 위해 농기구를 짊어지고 한가하게 강노인의 밭으로 걸어갔다.

......

마을의 중앙에 위치해 있는 강노인의 밭은 평평하고 매우 넓었다. 남씨는 무작정 눈에 보이는 곳부터 파헤치기 시작했다.

그러나 이때 남씨의 마음속에는 문득 한 가지 색다른 생각이 떠올랐다. 그것은 바로 온 심혈을 기울여 쓰고 있는 글씨로, 자신이 현재 오른손으로 땅을 파헤치고 있기 때문에 그런 느낌을 받았던 것이다. 글씨를 쓰는 것과 마찬가지로 땅을 일구는 것도 무작정 파헤치기만 해서는 안 될 일이다.

……

남씨는 자신이 힘을 무턱대고 남용한다는 생각이 들자 차분히 마음을 가다듬었다. 그러고는 정교하게 밭을 일구기 시작했다. 우선 열을 가지런히 맞추고 깊이는 일정해야 한다. 흙 속에 돌이 있으면 하나도 빠짐없이 골라내야 한다.

가로세로의 줄은 어떠해야 하는가? 가로줄은 남쪽을 향해야 하고 밭고랑은 경사에 따라 세로로 만들어야 유리하다. 남씨는 땅을 종이로 삼고 괭이를 붓으로 삼아 글씨를 쓰듯 온 정성을 다해 밭을 일구었다. 팔에 들어가는 힘도 적당하고 속도도 평정을 유지하며……

남씨가 온 정신을 집중해 일을 진행하자 밭의 모양이 현저하게 달라지기 시작했다. 남씨는 땅을 일구는 도중에 솟아난 돌을 모두 골라내어 한 곳에 모았다. 이 돌은 나중에 한꺼번에 다른 곳으로 옮길 생각이었다.

남씨가 구슬땀을 흘리며 밭을 일구는 사이 시간은 어느새 정오를 향했다.

이때쯤 나루터 건너편 숲에서는 춘천에 나갔던 땅벌파의 회장이 돌아왔다. 회장은 많은 부식을 마련해 가지고 왔는데 무척 느긋한 표정이었다. 정마을을 정복하기 위해 바로 곁에 진을 치고 기회를 엿보면서도 오늘이 안 되면 내일, 내일이 안 되면 그 다음날 하는 식으로 회장은 여유만만한 태도를 보였다. 언젠가 기회가 오면 신속하게 정복할 뿐 결코 서두르지 않겠다는 뜻이었다.

정마을 습격에 대해 집요하게 매달리는 회장은 어차피 때를 기다려야 할 바에는 아예 마음을 편히 가지고 자연 경관이나 즐기며 느긋이 지내기로 작정했었다. 회장이 잠시 한숨 돌리는 사이 칠성이 다가왔다.

"회장님, 단단히 준비해 오셨군요!"

"음, 이왕 여기까지 온 바에는 끝장을 내야지. 식량이 떨어지면 나중에 또 한 번 춘천에 다녀오자고……."

회장은 태연하게 말하였다. 칠성은 슬쩍 미소를 짓다가 심각하게 말을 꺼냈다.

"회장님, 말씀 드릴 게 있습니다."

"……."

"회장님이 안 계시는 동안 저희는 강변에서 정마을의 동정을 자세히 살펴봤습니다. 그런데 제법 실력이 뛰어난 녀석이 하나 있더군요."

"음? 그게 누군가?"

"인규라고 하는 젊은 애인데 예전에 서울에도 한 번 나타났던 친구입니다."

"……."

"무술 수련을 하고 있는데 제법 위력이 있었습니다. 보통은 넘겠더군요."

"어느 정도인가?"

회장이 다소 걱정스러운 어투로 묻자 칠성이 심각하게 대답했다.

"아무래도 저희 쪽 애들이 못 당할 것 같습니다. 그렇다고 우리 수준은 안 됩니다만……."

"그래? 그럼 어떡하면 좋겠나?"

"글쎄요…… 인규에게도 칠성 한 명이 상대해야 할 겁니다. 그만큼 우리의 전력은 분산되겠지만요. 게다가……."

"……."

"박씨도 전과는 다릅니다. 족히 세 명의 칠성이 달려들어야 할 것 같습니다."

"음, 알겠네. 생각했던 것보다는 별일 아닌 것 같군. 그 외에 다른 일은 없었나?"

회장은 안색을 펴며 한가하게 물었다. 당초 박씨에게는 세 명의 칠성이 배치되어 있었는데 그 계획에는 전혀 변화가 없기 때문이었다. 인규가 제법 힘을 쓴다면 칠성을 한 명 붙이면 그만이고, 박씨가 예상과는 달리 좀 달라졌다 해도 네 명의 칠성이 상대하면 그만이었다.

"다른 일은 없습니다. 하지만 인규가 저 정도의 무술을 연마했다면 정마을에 또 다른 숨은 인물이 있을지도 모르는 일 아닙니까?"

"그럴 테지. 그러니까 더욱 조심을 해야 돼. 그러나 이쪽에도 그들 못지않게 뛰어난 강리 선생이 있고, 또 사모님도 한가닥 할걸?"

"예? 무덕, 아니 사모님 말입니까?"

"그렇다네. 사모님이 자네들보다는 못하겠지만 인규라는 애 정도는 충분히 물리칠 수 있을걸……."

회장은 회심의 미소를 지으며 대답했다. 칠성은 회장의 말이 매우 의아스럽다는 듯이 되물었다.

"그 정도입니까? 대단한 여자인 줄은 알고 있었지만……."

"그렇다마다. 전에 선생님이 말씀하셨지 않나. 괴력을 가진 여자라고……. 어쩌면 앞으로 자네들의 실력을 능가할지도 모르네."

"……."

칠성은 알겠다는 듯 말없이 고개만 끄덕였다. 회장이 다시 골똘한 표정으로 말했다.

"문제는 정마을에 있는 괴인이야……. 그 괴인만 없다면 내게도 방법은 있는데 말이야……."

"예, 바로 그 괴인이 가장 큰 문제입니다. 그렇지만 우리가 언제까지나 여기 가만히 앉아서 괴인이 떠나기만을 기다릴 수는 없지 않겠습니까?"

"괴인이 떠나기만 한다면 나는 언제까지라도 기다릴 수 있네. 그런데 자넨 무슨 바쁜 일 있나?"

"예? 아, 예, 아닙니다."

"그럼 걱정 말고 가 보게. 사모님은 지금 어디 계신가?"

"산 위에서 자고 있을 겁니다."

"알겠네. 나도 이젠 잠이나 좀 자야겠네."

"……."

회장은 휴식을 취하기 위해 천막 안으로 들어갔다. 시간은 오후 1시 무렵. 이때 산 위에서는 무덕이 막 잠에서 깨어났다. 무덕은 지난밤 깊고 깊은 육체의 쾌락을 만끽하고 깊은 잠에 떨어졌다가 이제야 정신을 차린 것이다. 강리 선생은 무덕에게서 멀리 떨어지지 않은 곳에 단정히 앉아 눈을 감고 있었다. 마음속으로 기운의 흐름을 조절하는 중이었다.

"어머, 선생님!"

무덕은 잠에서 깨자마자 주위를 둘러본 뒤 강리 선생을 발견하고는 살며시 다가갔다.

"……."

강리 선생은 무덕의 기척에 조용히 눈을 떴다.

"선생님, 어땠어요?"

무덕은 애교 섞인 목소리로 무척 궁금하다는 듯이 물었다. 사실 무덕은 잠에서 깨자마자 매일 이렇게 묻곤 했었다. 즉, 지난밤 자신의 몸으로 인해 강리 선생의 공력 증강에 도움이 됐느냐는 질문이었다.

강리 선생이 무덕의 헝클어진 머리를 매만지며 대답했다.

"즐거웠네!"

"……."

강리 선생의 대답은 전혀 뜻밖이었다. 그동안 무덕은 무수한 밤을 강리 선생과 함께 보냈지만 날이 밝은 후 자신의 물음에 대한 강리 선생의 대답은 언제나 도움이 됐다든지, 조금 모자란다는 말로 대신해 여자로서의 행복감에 젖어들지 못했었다. 그런데 지금은 공력의 증진에 대해 말하는 것이 아니라 남녀의 관계 그 자체의 즐거움에 대해 말하는 것이 아닌가!

그렇다면 강리 선생도 밤의 쾌락을 느낀다는 말인가? 무덕은 이 순간 세상의 그 무엇으로도 만끽할 수 없는 큰 행복에 젖어들었다. 강리 선생이 공력 증진 외에도 육체의 쾌감을 즐길 수 있다면 얼마나 좋은 것이랴! 이로써 두 사람은 남녀의 평범한 사랑도 이룩할 수 있으리라……!

무덕은 자신의 목덜미에 얹혀진 강리 선생의 손길에 달콤한 미소를 지으며 생각에 잠겼다. 잠시 후 강리 선생이 무덕에게 향했던 손을 거두어들이며 힘 있게 말했다.

"무덕, 나는 지금 힘이 넘치고 있네. 그런데도 내가 괴인과 진정 상대하면 안 되겠나?"

강리 선생은 정마을에 있는 괴인과 한번 겨뤄보고 싶었다. 그러자 무덕은 꿈에서 깨어나듯 황급히 고개를 저으며 대답했다.

"안 돼요, 어림없어요."

"어째서?"

"선생님, 고집 피우지 마세요. 저는 선생님의 기운을 이곳에 앉아서도 충분히 느낄 수 있어요. 물론 괴인의 기운도 느끼고 있지요. 그런데……."

"……."

"괴인의 기운이 더 강하게 느껴진단 말이에요. 상당히 먼 곳에 떨어져 있는데도 말이에요."

"음, 그런가? 그렇다면 나는 아직 멀었군!"

강리 선생은 적이 실망한 눈치였다. 그러자 무덕이 한 걸음 더 가까이 다가가서 다정히 어깨를 감싸며 말했다.

"선생님, 너무 서두르지 마세요. 저와 함께 하면 앞으로 얼마든지 공력이 세질 수 있잖아요?"

"그야 그렇지!"

"그럼 뭐가 걱정이에요. 충분히 힘을 기른 후에 괴인이든 누구든 다 물리치면 되잖아요."

"……."

강리 선생은 허공을 응시하며 고개를 끄덕였다. 그런데 바로 그 순간 무덕도 갑자기 허공을 응시했다.

"어머! 선생님……!"

"……."

"괴인이 와요!"

"뭐, 괴인이 온다고? ……그렇다면 한 번 대결해 봐야겠군!"

강리 선생은 자리에서 벌떡 일어나 서서히 기운을 일으키기 시작했다.

"……."

무덕은 눈을 감고 괴인의 행동을 감지했다. 그리고 잠시 후 안도의 한숨을 내쉬고 눈을 뜨며 다시 말했다.

"선생님, 아니에요. 이쪽 방향이 아니에요."

"음? 그럼 괴인이 어느 쪽으로 움직이고 있다는 얘긴가?"

"강의 상류 쪽으로 가버렸어요. 이곳에서 점점 멀어지고 있어요……."

"……."

"분명해요. 괴인은 이제 마을에서 사라졌어요."

무덕은 자리에서 일어나 상류 쪽을 향해 섰다.

"가버렸다고?"

"예. 하지만 잠시 기다려 보지요……."

"음, 그래야겠군."

순간 강리 선생의 얼굴에는 날카로운 미소가 스쳐 지나갔다. 드디어 괴인이 사라지고 있는 것이다. 그렇게 되면 정마을은 완전히 고립되고 위험에 노출된다. 마침내 땅벌파 회장이 꿈꾸던 기회가 다가오고 있는 것이다.

무덕은 여전히 상류 쪽을 주시한 채로 움직이지 않았다.

"……."

강리 선생은 조용히 기다릴 뿐 재촉하지 않았다. 이윽고 무덕이 말했다.

"선생님, 괴인이 아주 사라졌어요."

"확실한가?"

"예. 제 느낌 밖으로 사라졌어요. 바로 멀리 떠났다는 뜻이지요."

"음, 잘됐군. 그럼 이제 시작해 볼까?"

"아니에요, 혹시 모르니까 좀 더 기다려 봐야지요."

"그래, 일단 회장에게 내려가 보지."

"……."

두 사람은 땅벌파가 진을 치고 있는 곳으로 내려가기 시작했다. 그때 땅벌파의 회장도 무엇을 느꼈는지 잠에서 깨어났다.

회장은 급히 텐트 밖으로 나왔다. 그러자 저만치에서 황급히 다가오는 강리 선생의 모습이 보였다.

"선생님, 내려오셨군요."

회장은 정중하게 인사를 건넸다. 강리 선생은 아주 인간적인 미소를 지어 보였는데 햇살을 등지고 서 있는 그 모습이 무척 신비하게 느껴졌다. 강리 선생의 인간적인 모습은 공력이 증강되는 요즘 들어 더욱 뚜렷하게 나타났다. 그렇다면 몸의 공력이 높아짐에 따라 일어나는 부수적인 현상일까?

결국 혼마라는 존재는 인간으로 다시 태어나는 과정 중에 나타나는 하나의 형태인 것이다. 그래서 인비인(人非人)이라고 하는 것일까? 강리 선생은 자신을 텐트 안으로 모시려는 회장을 제지하며 더욱 인간적으로 말했다.

"회장님, 비로소 때가 된 것 같습니다."

"예? 괴인이 떠나갔습니까?"

회장은 뜻밖의 소식에 무척 당황한 듯하였으나 금방 사태를 깨닫고는 기쁜 얼굴로 강리 선생의 옆에 서 있는 무덕을 쳐다보며 물었다. 무덕은 살포시 미소를 띠우며 고개를 끄덕였다.

"그럼 이제 공격을 해도 되는 겁니까?"

"물론이에요. 그것은 회장님이 결정하실 문제이지요."

"아, 예. 그럼 실수 없이 차근차근 일을 시작해야겠군요. 선생님, 괜찮으신지요?"

회장은 자신의 오랜 기다림 끝에 드디어 공격의 기회가 주어지자 새로운 결의를 다지면서 강리 선생의 의견을 물었다. 정마을에 대한 공격 명령권은 회장 자신에게 있었지만 만약 강리 선생이 주저한다면 작전은 진행될 수 없기 때문이었다. 그러나 강리 선생은 흔쾌히 대답했다.

"나는 아무 문제가 없습니다. 다만 이 사람이 말리지만 않는다면……"

강리 선생은 사랑스러운 표정으로 무덕을 가리켰다. 무덕은 갑작스런 강리 선생의 행동에 무척 무안해했다. 강리 선생은 아직까지 한 번도 다른 사람 앞에서 자신에 대해 사랑을 표현 한다든지 그 어떤 내색도 하지 않았는데 이토록 중대한 시기에 그런 행동을 보였다는 것은 무덕에게 무척 행복한 일이었다. 무덕이 붉게 물든 얼굴을 숙이며 회장에게 말했다.

"공격하세요. 저도 이제 기다리는 것에 진력이 났어요."

"음, 좋습니다. 얘들아……!"

회장은 곧바로 공격 명령을 내렸다. 그러자 땅벌파의 패거리들은 그동안 기다리던 것이 지루했었는지 온 산을 뒤흔들 듯한 함성을 질러 댔다. 회장은 맨 앞에서 싸울 공격조의 편성을 끝냈다. 이제 완전히 고립된 정마을을 마음껏 공격하여 정복한 다음 서울에서도 조합장의 세력을 배제한 채 주도권을 잡게 될 것이다. 그동안 산 한쪽 귀퉁이에 웅크리고 있던 땅벌파의 병력은 순식간에 강변으로 이동했다.

......

강은 이 험악한 인간들의 살기를 느끼지 못하는지 한가하게 흐를 뿐이었다. 강변에 도착한 그들에게 맨 처음 닥친 문제는 어떻게 강을 건너느냐 하는 것이었다. 그때 패거리 중 하나가 배를 끌어오기 위해 물 속으로 뛰어들었다. 나머지는 강 건너편을 예의주시하며 기다렸다. 시간은 오후 1시가 조금 넘어서고 있었다.

이때, 정마을에서는 남씨가 건영이를 찾아왔다. 남씨는 박씨와 인규를 데리고 급히 집을 나섰던 것이다.

"어? 아저씨!"

건영이는 방 안에서 명상에 잠겨 있다가 인기척을 느끼고 밖으로 나왔다.

"내가 쉬는 걸 방해했나?"

남씨는 미안한 표정으로 인사를 건넸다. 건영이는 남씨와 함께 나타난 박씨와 인규를 의아하게 둘러보며 말했다.

"아니에요. 그런데 무슨 일이 생겼나 보군요?"

"음, 문제가 좀 있는 것 같아……. 물론 확실한 것은 아니지만……."

남씨는 몹시 걱정스러운 얼굴로 망설이며 대답했다.

"무슨 일인데요?"

건영이는 별로 놀라는 기색 없이 물었다. 그러자 이번에는 박씨가 나서며 말했다.

"음, 마을에 손님이 온 것 같은데……."

"손님이라니요?"

"별로 반가운 손님은 아닌 것 같아. 강가에 나가 보니 누군가가 배를 건드린 흔적이 남아 있더군……."

"우리 배를요?"

"음. 그리고 수상한 발자국도 여기저기 어지럽게 흩어져 있었어."

"그래요? 그렇다면 누군가 오긴 왔나 보군요!"

건영이는 뭔가 계획을 세워야 하는 이 긴박한 상황 속에서도 여전히 태연하게 말하였다. 남씨가 한 걸음 앞으로 나서며 건영이의 불분명한 태도를 환기시켰다.

"서울에서 온 것 같아. 기분이 안 좋은데……."

"서울……?"

"음, 지난번에 두 명의 등산객이 우리 마을에까지 찾아왔었지……. 지금 생각해 보니 그들이 무척 수상했던 것 같아."

"아, 예, 저도 그들을 수상하게 생각했어요. 아마 땅벌파의 앞잡이겠지요."

"그래? 건영이도 그렇게 생각하니?"

"예, 저는 그들을 처음 본 순간부터 그렇게 생각했어요."

"그래? 그럼 왜 그때 얘기하지 않았니?"

남씨는 건영이의 행동이 이해되지 않는다는 듯이 몹시 의아스럽게 되물었다. 그러나 건영이는 모든 것을 포기한 것처럼 힘없이 고개를 저으며 대답했다.

"제가 말했던들 어쩔 수 있었겠어요? 저들은 벌써 오래 전부터 우리 마을을 노리고 있었는데요."

"그래도 무슨 대책을 세워야지. 이대로 그냥 앉아서 당할 수만은 없잖아."

"글쎄요, 대책을 세우긴 세워야겠지요. 하지만 무슨 방도가 있어야지요."

건영이의 맥 빠지는 대답이 계속되었다. 그러자 더 이상 못 참겠는지 남씨가 다소 언성을 높이며 말했다.

"뭐? 그럼 이대로 내버려두자는 말이야?"

"예? 아, 저…… 그게 아니고 단지 아직까지 우리 앞에 당도하지 않은 적에 대해서는 뚜렷한 방법이 없다는 뜻이에요."

"그야 그렇겠지……. 그럼 지금 당장 그들이 우리 눈앞에 나타난다면?"

"올 테면 와 보라지요, 아무 소득도 없을 테니……. 지금은 시기가 안 좋아요."

"음? 도대체 무슨 말이야?"

"저들에겐 아직 때가 안 됐다는 말이에요. 지금 우리 마을은 운수가 점점 좋아지고 있어요."

"그래? 그럼 이젠 걱정할 것 없단 말이지?"

"예, 걱정 마시고 가서 일 보세요. 다만 강변 근처에는 절대 가지 말고……."

건영이는 무심히 기지개를 펴며 하늘을 바라보았다. 그런데 강변에 나가지 말라는 말이 박씨의 귀에 거슬렸다.

"강변에 나가지 말라니?"

"예, 아저씨. 강변은 지금 매우 시끄러울 거예요."

"그럼 누군가 이미 강변에 와 있다는 말이냐?"

심각한 표정으로 남씨가 물었다. 그러나 건영이는 남씨의 걱정에는 아랑곳없이 고개를 끄덕이며 한가하게 대답했다.

"예, 아마 서울에서 왔겠지요."

"뭐? 그럼 우리의 짐작대로 서울 사람들이 지금 마을 입구까지 와 있다고 확신하는 거니?"

"예."

"땅벌파가……?"

"예."

"그럼 큰일 아니야? 적이 우리의 눈앞에까지 왔으니 좀 전에 네가 말했던 것처럼 이젠 계획을 세워야 하잖아."

"글쎄요."

남씨의 경직된 표정과 달리 건영이는 여전히 딴청을 부렸다. 그러자 이번에는 인규가 나섰다.

"괴인 할아버지가 아직까지 우리 마을에 머물러 계시니?"

"아니, 그분은 조금 전에 멀리 떠나가셨어."

"그래? 그럼 이번엔 누가 우리를 도와주지?"

"도와주긴…… 우리들 스스로 견뎌 봐야지."

"뭐……?"

인규는 답답하다는 듯이 남씨를 바라봤다. 남씨는 잠시 생각에 잠겨 있더니 드디어 말을 꺼냈다.

"이제 그만 가지, 건영이가 괜찮다고 말하니까 아마 별일 없을 거야. 안 그러니, 건영아?"

"예."

건영이는 힘주어 분명하게 대답했다. 남씨와 박씨는 서로를 쳐다보며 걱정스런 표정을 애써 지워버렸다. 이제는 운명에 맡길 수밖에 없는 것이다. 그리고 그 운명을 꿰뚫어보는 능력이 있는 건영이가 이토록 태연하게 행동하는 것을 보면 이 위급한 상황은 그냥 비켜갈 운명인 듯했다.

"갑시다, 형님!"

박씨는 어처구니없다는 표정을 지으며 남씨의 손목을 잡아끌었다.

"……."

세 사람은 천천히 건영이의 집을 나왔다. 건영이는 떠나가는 세 사람을 물끄러미 바라보며 혼잣말로 중얼거렸다.

"손님이 많이도 찾아오는군……. 이번에는 또 누구지?"

건영이는 풍곡림을 향해 걸어갔다.

이즈음 땅벌파는 한참 강을 건너고 있었다. 맨 먼저 강을 건넌 칠성들이 둑 위로 올라가 정마을로 통하는 숲을 감시했다. 누군가 나타나면 즉시 행동을 개시할 태세였다. 하지만 정마을로 통하는 숲은 고요하기만 했다. 봄날 오후, 생기 가득한 숲은 평화롭기 그지없었다. 그러나 그와는 반대로 강가에서는 험상궂은 무리들이 쉴 새 없이 부산하게 움직였다.

마침내 회장과 강리 선생이 강을 건너자 정마을 습격의 일 단계 행동은 조용히 이루어졌다. 회장은 음흉한 미소를 짓고는 강을 건너 사기충천한 패거리들을 둘러보며 다시 명령을 내렸다.

"선발대 출발! 먼저 인질을 확보하도록……."

선발대는 칠성 두 명을 포함해 모두 여덟 명이었다. 이들은 정마을에 조용히 잠입해서 먼저 강노인의 집을 습격할 예정이었다. 정마을에 관한 모든 정보는 등산객을 가장해 잠입한 바 있는 두 명의 패거리를 통해 이미 파악된 상태이므로 별다른 어려움 없이 계획을 세울수 있었다. 강노인의 집은 외따로 떨어져 있어서 정마을 습격의 교두보 역할을 톡톡히 하리라는 회장의 의견에 의해 첫 번째 목표가 된것이다.

만일 강씨 내외가 인질이 된다면 정마을 정복은 상상 외로 쉽게 끝날 수 있을 것이다. 그리고 비록 많은 패거리들을 몰고 오긴 했지만 만약 일어날지도 모르는 돌발 사태를 대비하기 위해서도 인질을 확보하는 일이 가장 중요했다. 인질만 확보되면 설사 능인이나 좌설이 나타난다 해도 걱정이 없다. 물론 인질을 확보 못 할 경우라도 대비책은 충분히 세워져 있었다. 회장은 모든 사태에 대해 이미 치밀하게 계산하고 있었다.

선발대가 숲 속으로 들어서자 잠시 후 회장은 또다시 명령을 내렸다.

"2진 출발! ……무슨 일이 있으면 즉시 보고할 것."

2진의 임무는 먼저 떠난 선발대의 성공 여부를 살피고 유사시 본대에 빨리 보고하는 일이었다. 그런데 바로 그때 뜻밖의 일이 발생하고 말았다. 선발대가 겁먹은 표정으로 허겁지겁 되돌아온 것이다.

"아니, 어떻게 된 일인가? 왜 그냥 돌아와?"

회장도 그들을 발견하고 중얼거렸다. 그러나 그 이유는 금방 드러났다. 선발대는 선선히 제 발로 되돌아온 것이 아니라 무엇엔가 쫓겨 급히 도망온 것이었다. 선발 대원중에 한 명은 부상을 입었는지 두 사람이 부축을 하고 있었다. 다친 사람은 바로 칠성이었다.

"어! 일이 생겼군……!"

회장의 안색은 흙빛으로 변했다. 문제가 심상치 않았다. 저렇게 빨리, 그것도 상당한 무술 실력을 자랑하는 칠성이 당한 것을 보면 적은 아주 막강한 인물이리라. 결정적인 상황에 꼭 나타나 찬물을 끼얹던 좌설과 능인이 또다시 나타난 것일까? 아니면 정마을에 머물러 있던 괴인이 다시 돌아온 것일까?

회장은 당황해하며 무덕을 쳐다봤다. 하지만 무덕 역시 영문을 모르겠다는 듯한 표정을 짓고 있었다. 오직 강리 선생만이 회심의 미소를 지으며 천천히 앞으로 나섰다.

'드디어 강적이 나타났군. 심심하던 차에 잘됐어. 어디 한번 겨뤄볼까……!'

강리 선생이 이런 생각을 하며 태세를 갖추는 순간 숲 속에서 한 물체가 나타났다. 사람이었다. 아니, 옷차림과 자세를 살펴보니 도인이나 신선인 것 같았다.

도인은 주위의 분위기를 완전히 압도하며 천천히 그들 앞으로 걸어왔다. 강리 선생은 이를 물끄러미 바라볼 뿐 섣불리 행동하지 않았다. 회장은 손짓으로 부하들을 물러나게 했다.

숲 속에서 나타난 도인은 분명 적의(敵意)를 가지고 칠성을 공격했으며 지금도 매우 위협적인 자세로 접근하고 있었다. 회장과 패거리들은 위협을 느끼면서 가급적 강리 선생의 뒤쪽으로 몸을 피했다.

강리는 이미 한 걸음씩 앞으로 나서고 있었다. 상대방도 강리를 의식하고는 제자리에 멈추어 섰다. 결투의 자세를 가다듬고 있는 것처럼 보였다. 그러나 이에 아랑곳하지 않고 강리가 먼저 말을 건넸다.

겉보기에는 단순한 인사치레로 보였다. 하지만 이는 무술의 고수들이 적의 실력을 점검하기 위해 흔히 사용하는 하나의 수단에 불과했다. 언어 속에는 평정·호흡·집중력·의지·감정 등이 들어 있기 때문에 그 반응을 살피면 그 사람의 진짜 실력이 드러나는 법이다.

"실례하겠소이다. 당신은 뉘신지요?"

강리의 말투는 태연한 듯 보였다.

"나는 이 마을을 지키는 사람이오. 당신들은 누구요?"

두 사람의 대결은 이렇게 말로부터 시작되었다. 상대방이 심상치 않은 존재라는 것을 서로의 말에서 느낀 그들은 한동안 아무 말 없이 바라보고만 있었다. 드디어 강리가 먼저 침묵을 깨고 말했다.

"우리는 이 마을의 손님이외다. 그런데 당신은 무엇 때문에 우리 길을 막아서는 것이오?"

"손님이라고? 내가 보기엔 불청객 같은데, 안 그렇소?"

도인의 반격은 사뭇 날카로웠다. 강리는 잠깐 미소를 짓고는 다시 말했다.

"불청객이면 어떻소? 사람은 저마다 서로 다른 사연이 있는 게 아니오!"

"글쎄……. 좋은 사연 같지는 않은데 이쯤에서 끝내고 조용히 돌아가는 게 어떻겠소?"

"뭐요? 우리의 일을 끝까지 방해하겠다는 뜻이오?"

강리가 위협적으로 한 걸음을 더 나서며 말했다. 그러나 도인은 꿈쩍 않고 제자리에 서서 다시 말했다.

"방해가 아니오. 당신네들을 위해서 하는 소리니 지체하지 말고 어서 떠나시오."

"허허, 당신은 자신의 힘을 과신하는구려."

"힘? 나를 밀어내겠다는 뜻이오?"

"그렇다면?"

강리의 말투가 거칠어졌다. 도인은 눈을 지그시 감았다 뜨고는 발을 미세하게 움직였다. 기운을 끌어올리는 한편 공격을 준비하는 자세였다. 그러나 공격은 강리 쪽에서 먼저 시작했다.

"얍 ──"

날카로운 기합 소리가 강변의 봄기운을 얼려버렸다. 이와 함께 강리는 양손을 앞으로 뻗어 백호추산(白虎推山)의 첫 번째 행동에 들어갔다. 강리는 비스듬히 선 자세에서 오른손을 앞에, 왼손을 뒤에 두고 격렬한 장풍을 쏟아냈다.

그러나 도인은 꼼짝 않고 그 자리에 서서 장풍을 받아냈다. 도포와 머리카락이 흩어져 얼굴을 때려도 전혀 발을 떼지 않았다. 도인은 마치 장풍 정도는 그대로 받아낼 수 있다는 듯 바람을 즐기고 있는 것처럼 보였다. 무술의 고수쯤 되면 장풍이란 그리 위험한 공격이랄 수 없으므로 도인의 이와 같은 태도는 당연한 일일 것이다. 하지만 강리는 장풍을 펼쳐낸 후 어느새 도인의 곁으로 다가와서 목을 노리는 일격을 뻗어냈다. 그러나 도인은 이를 쳐내면서 살짝 피했다.

강리의 몸은 서서히 허공으로 떠올랐다. 그 속도는 아주 느린 듯 보였지만 위험하기 그지없는 공격이 계속해서 이어졌다. 하체는 상승하고 상체는 하강하는 자세에서 발로 안면을 내지르며 몸을 움츠렸다. 강리는 수도(手刀)로 내리찍는 공격을 시도한 것이다. 이 두 가지 공격은 순식간에 같이 이루어졌다. 발로 차고, 손으로 내리찍고…….

하지만 도인은 강리의 두 공격을 다 피해 냈을 뿐만 아니라 아직 제자리에서 발을 떼지 않고 있었다. 이는 발을 떼지 않고도 충분히 상대방의 공격을 감당해 낼 수 있다는 경멸의 뜻이 담겨 있는 태도였다.

그러나 강리는 그 누구도 얕잡아 볼 수 없는 극강의 고수였다. 그리고 결투에 있어서도 그 누구도 따를 수 없는 음흉스러운 마음의 소유자이기도 했다. 강리는 허공에 뜬 채로 엎드린 자세를 취했다. 즉, 두 발은 뒤로, 두 손은 앞으로 향해 다음 공격을 준비했다. 그리고 두 손으로 도인의 안면을 양쪽에서 후려쳤다. 그러자 도인은 이를 두 손으로 가볍게 막았다.

순간 강리는 도인의 손을 꽉 잡았다. 이는 강리의 특기로서 공력으로 대결하겠다는 뜻과 함께 모략이 숨어 있는 것이다. 강리는 또 한 번 몸을 움츠렸다. 이미 두 손이 상대방에게 잡혀 있는 상태였으므로 도인은 앞발로 올려 찰 수밖에 없었다.

그러나 강리가 몸을 최대한 움츠렸기 때문에 도인의 발길질은 빗나갈 수밖에 없었고, 한편으로는 강리의 움츠렸던 발이 곧장 도인의 목을 향하게 되어 있었다. 도인은 손이 잡혀 있어서 움직임이 곤란한 상태였다. 설상가상으로 강리는 자신이 최근 쌓아온 공력으로 도인의 팔에 압박을 가해 왔다.

이 모든 동작은 순식간에 이루어져 도인의 대응법이 주목되었다. 회장과 칠성, 그리고 패거리들은 이 모습을 예의 주시하고 있었지만 내용은 잘 알 수 없었다. 다만 강리 선생이 최선을 다해 공격을 퍼붓고 있다는 것을 느낄 수 있었다.

"엽 ——"

강리의 기합 소리는 끈끈한 느낌을 주었다. 이때 도인은 위기를 느꼈다. 꽉 잡힌 팔, 그리고 몸을 움츠렸다 펴면서 그 강한 반동을 이용하여 목을 찔러 차려는 강리의 모습이 한순간 눈앞에 그려졌다. 그러나 팔이 잡혀 있기 때문에 공격을 피하기도 힘겨웠다.

도인은 다급한 나머지 아래로 주저앉으면서 강리에게 잡혀있던 팔을 뽑아내고 간신히 발길질을 피했다. 그러나 이로 인해 모든 자세는 엉망이 되었다. 이때 쉴 새 없이 계속되는 강리의 공격으로 인해 도인은 땅바닥으로 뒹굴면서 간신히 위기를 모면했다.

마침내 도인은 한 곳에 꼿꼿이 서서 강리의 공격을 받아내던 그 자리를 이동함으로써 기선을 빼앗겼고 자신감조차 잃어버리는 꼴이 되었다.

'이거, 위험한데. 대단한 작자로군. 내가 못 당하겠어……!'

도인은 이렇게 생각하며 처음의 얕보던 마음을 수정해야만 했다. 두 사람은 이제 일정한 거리를 유지한 채 다음 공격을 준비하고 있었다. 이번엔 어떤 공격이 펼쳐질지 모르는 팽팽한 긴장감 속에 구경하는 사람들의 숨소리도 이미 멈춰졌다. 강변의 바람조차 얼어붙어 신비로움과 공포감마저 자아냈다.

"얍 ──"

날카로운 기합 소리와 함께 이번에는 도인의 공격이 먼저 시작되었다. 그러나 도인은 마땅히 공격 방법을 생각해 내지 못한 듯 장풍을 한 번 날렸을 뿐이다. 장풍으로 먼저 공격하여 찰나의 시간이라도 벌어놓고 재차 공격을 시도하려는 의도였다.

도인은 이제 진지한 자세로 한 손을 펴서 하늘로 향한 채 신중히 발걸음을 옮겼다. 이때 강리는 속으로 생각했다.

'못 보던 행동이야. 분명히 인간의 무술은 아닌데……. 그렇다면?'

강리의 눈은 잠시 방심하는 듯 보였다. 하지만 이때가 가장 예민하게 적을 관찰하고 적의 공격에 대해 만반의 준비를 갖추는 시기였다.

"획 ──"

도인이 날아올랐다. 또 한 차례 접전이 펼쳐지려는 순간 강리는 수비 자세를 취하였다. 그 찰나 도인의 공격이 강리의 몸에 퍼부어졌다. 처음에 다가온 것은 무망(无妄)의 기운으로 신선만이 가능한 공격이었다. 강리는 최근에야 이러한 공격법을 터득하였다. 이것은 몸으로 받아낼 수 없는 극강의 기운으로 영혼과 몸을 동시에 공격하는 것…….

'번쩍 ──'

강리의 움직임은 찰나에 이루어졌기 때문에 어느 누구도 보지 못했다. 그는 무망의 공격을 피하여 이미 도인에게 접근하고 있었다. 도인도 허공을 걷듯이 다가와 상대방의 대응에 따라 급격하게 공격을 시도했다. 강리는 신중히 도인의 공격을 피하였다.

'번쩍 —— 꽝 ——'

도인은 손발을 자유자재로 움직이며 공격하는 한편 간간이 무망의 기운도 발출했다. 이것은 혼돈의 술책으로 지극히 난해한 공격이었다. 아닌 게 아니라 강리는 도인의 공격을 간파할 수가 없어 상당히 고전하고 있었다.

'도무지 종잡을 수가 없군. 이대로 계속된다면 내가 위험해지겠는데……. 검을 가져올걸 그랬어.'

강리는 적의 공격이 자신보다 우위에 있다는 것을 깨닫자 검에 의지하고 싶은 생각마저 들었다. 하지만 이미 상황은 자신에게 너무 벅찬 상태였기에 후회만 하고 있을 수는 없었다.

"획 —— 획."

도인의 공격은 시간이 갈수록 험악해졌다. 강리는 또 한 차례 도인의 팔을 잡으려 시도해 봤다. 그러나 도인은 슬쩍 피해 버렸다. 이는 힘보다는 기술에 자신 있다는 뜻이기도 했다.

도인의 동작은 상당히 빨라 강리보다 약간 우위에 있는 듯 보였다. 그러나 기운에 있어서는 강리도 결코 뒤지지 않았다.

"얍 ——"

이번에는 강리가 보기에도 시원한 무망의 기운을 발출했다.

'꽝 —— 번쩍.'

무망의 기운은 땅바닥을 때리고 섬광을 일으켰다. 두 사람은 다시 자세를 바로잡았다. 그런데 이때 무덕이 조용히 회장에게 신호를 보냈다.

"……."

"회장님, 누가 이길 것 같아요?"

무덕은 긴장감이 감도는 가운데 엉뚱한 질문을 했다. 그러나 회장이 최고수들의 싸움을 판정할 수는 없었으므로 적당히 대답할 수밖에 없었다.

"글쎄, 선생님이 낫지 않을까요?"

"아니에요, 회장님. 지금은 선생님이 매우 위험한 상태란 말이에요."

"그게 사실이오?"

"예, 틀림없어요. 저는 확실히 알 수 있어요."

"그래요? ……거참. 우리가 어떡하면 좋겠소? 칠성이 좀 도울까요?"

"당치 않은 소리 하지도 마세요. 지금 이 상황에서 칠성은 있으나마나 한 존재에요."

"그럼 어떻게 손써 볼 도리가 없군요."

"이렇게 하세요."

"……."

"회장님, 칠성은 지금 당장 정마을로 들어가야 해요."

"음?"

"빨리 정마을로 가서 인질을 잡아와야 해요. 더 이상 시간을 끌면 선생님이 분명 패할 거예요."

"그럼 빨리 행동해야겠군."

회장은 지체 없이 손짓으로 칠성들을 불렀다.

"……."

칠성은 강리 선생의 악전고투하는 모습에서 눈을 떼지 않은 채 급히 다가왔다.

"자네들…… 급히 움직여야겠어. 지금 선생님이 위험해."

"예? 그렇게 보이지 않는데요."

칠성은 무술의 고수로서 나름대로의 판단을 얘기했다. 그러나 회장은 고개를 저으며 날카롭게 얘기했다.

"자네들은 잘 몰라. 시키는 대로 하게."

"……."

"자네들 적당히 기회를 봐서 정마을로 들어가게."

"……."

"가서 재빨리 인질을 확보해. 아니, 아무나 끌고 이곳으로 곧장 오게."

"아, 예. 한번 해 보겠습니다."

칠성들은 회심의 미소를 지었다. 회장은 인질을 데려와서 도인의 공격을 제지시키려는 것이다. 칠성들은 회장의 마음을 알아차리고 신속하게 움직였다. 그들은 우선 강리 선생과 도인 곁에서 멀리 떨어져 숲으로 들어가려 했다.

하지만 칠성의 움직임을 눈치 챈 도인이 경계의 눈초리를 보냈다. 도인은 이들이 정마을로 들어서는 것을 막으려 했지만 강리의 격렬한 공격을 받으면서 칠성을 저지하기는 무척 힘겨운 일이었다.

게다가 강리는 칠성의 뜻을 금방 이해했다. 따라서 이제부터는 칠성이 빠져나갈 수 있도록 출구를 열어주기 위해서라도 공격을 퍼부어야 했다. 이런 일은 원래 강리의 특기였기에 그의 얼굴에는 미소조차 떠올랐다. 이와 대조적으로 도인은 무척 난감한 기색이었다. 한 사람이 여러 사람을 막을 수 없는 법이다. 단숨에 적을 물리친다면 모를까…….

지금 도인은 강리를 상대하면서 칠성의 잠입을 차단해야 하는 힘겨운 입장이었다. 그러나 칠성을 신경 쓰다가는 자신의 목숨이 위험할 지경이므로 재빨리 강리를 물리칠 수밖에 달리 선택의 도리가 없었다. 하지만 생각대로 되지는 않았다. 강리는 일부러 시간을 끌면서 상황이 자신에게 유리해지기를 기다렸다.

도인은 강리를 제쳐둔 채 칠성을 먼저 공격하려고 시도해 봤다. 그러자 강리가 곧바로 막아섰다. 한편 도인이 칠성 쪽으로 다가서자 반대편에 공백이 생겼다.

"얍——"

도인은 이를 돌아보며 장풍을 날렸다. 그러자 땅벌파의 졸개 몇 명이 나뒹굴었다. 하지만 칠성은 이 순간을 놓치지 않고 숲 속으로 달려가기 시작했다. 또한 이와 때를 맞춰 강리가 한 차례 강력한 공격을 시도했다.

날아오르면서 발차기, 이와 동시에 무망의 기운도 발출했다. 강리는 이러한 방식을 도인과 싸우면서 배웠던 것이다.

'획——'

'번쩍——꽝.'

강리의 계속되는 공격으로 도인은 칠성 쪽을 돌아볼 여유가 없었다. 그러자 다른 패거리들도 숲을 향해 내달릴 수 있게 되었다. 도인은 이들의 의도와 행동을 분명히 파악했지만 체념할 수밖에 없었다. 사실 눈앞에 버티고 서 있는 적을 물리치기도 힘겨운 문제였다.

도인이 어떤 이유로 정마을을 지키려는지 알 수 없으나, 현재 도인은 눈앞의 적을 한시라도 빨리 물리치고 정마을로 뒤따라가 잠입한 패거리들을 완전히 없애려는 생각뿐이었다. 물론 무덕의 입장에서도 한시 바삐 인질을 확보해서 강리 선생을 보호하고 싶었다.

무덕은 분명히 강리 선생이 도인에게 밀리고 있다고 느꼈다. 그것이 무덕의 눈으로 확인되었다기보다는 무덕 특유의 신통력, 즉 예지력이 그것을 알리고 있었다.

회장과 몇 명 남은 땅벌파도 잠시 결투를 지켜보다가 이 사실을 깨달았다.

"음, 정말 위험하군. 인질이 필요한데…… 가만 있자, 그럼 나도 가 볼까?"

회장은 부하들을 지휘하기 위해 몸소 나서기로 했다. 사실 강변에서 싸움만 구경한다는 것은 강리 선생에게 전혀 도움이 되지 않는다. 이윽고 회장은 행동을 개시하여 나머지 부하들을 이끌고 숲 속으로 향했다.

회장 일행은 도인의 방해 없이 무사히 숲으로 들어섰다. 마침내 정마을을 정복하려는 땅벌파의 무리들이 정마을의 관문을 통과하기에 이른 것이다.

이제 정마을까지의 거리는 걸어서 30여 분, 급히 서두르면 10분 정도가 걸릴 것이다. 정마을에서는 위험한 패거리들이 침투한 사실을 알고 있을까? 건영이는 이들에 대해 분명히 알고 있는 듯했으나 크게 걱정하는 기색은 아니었다. 현재 정마을의 운수가 나쁘지 않다고…… 건영이는 정마을의 운수 외에도 도인이 강변을 지키고 있기 때문에 안심했던 것일까?

세상의 일 모두가 운수대로만 되지 않는 법, 좋은 운수 중에도 간

혹 우연하게 위험이 발생할 수 있다. 이런 점에 있어서는 남씨가 아주 현실적이다. 남씨도 세상에 운명이란 것이 존재한다는 것을 부정하지는 않지만 그에 비해 우연적인 요소도 많다는 것을 깨닫고 있었다. 그래서 남씨는 건영이와 대화를 나눈 후에도 완전히 마음을 놓을 수가 없었다.

이 점에 대해서는 인규도 마찬가지였다. 단지 박씨만이 건영이의 말을 굳게 믿고 편안한 기분을 유지하였다. 그러나 남씨의 제안에 의해 대비책을 강구하는 것도 잊지 않았다.

우선 마을 사람들, 특히 노약자와 아녀자들을 한 곳에 모아놓고 수비 태세를 갖추었다. 남씨가 말을 꺼냈다.

"건영이가 안심하는 것을 보니 우리를 도와주기 위해 마을에 누군가 와 있는 것 같군. 혹시 능인 할아버지일까?"

"글쎄요. 어쩌면 그럴지도 모르지요. 하지만 저들은 강리를 데리고 왔을지도 모르잖아요. 그러니까 우린 우리대로 준비를 해야겠어요."

인규가 단호하게 대답하자 남씨는 급히 작전을 짜기 시작했다. 박씨는 남씨의 지시에 따라 우물가에서 적을 막아서기로 하고, 마을 사람들은 모두 임씨 집에 대피하기로 했다.

잠시 후 정섭이가 강씨 내외를 데려오기 위해 줄달음치기 시작했다. 반면 땅벌파 패거리들은 정마을로 들어서는 마지막 관문을 통과한 이래 행동이 크게 위축되어 속도가 현저히 떨어졌다. 또다시 누군가 괴력을 소지한 자가 나타날까 봐 조심스럽게 행동하고 있는 것이다.

그 사이 뒤늦게 출발한 회장도 합류하여 결국 강리 선생을 제외한 땅벌파의 모든 병력이 저지선을 돌파한 것이다.

회장은 다시 지휘를 시작했다.

"너희들이 먼저 가 봐."

회장은 먼저 정마을의 현재 상황을 살피기 위해 몇 명의 패거리들을 내보냈다. 우선 앞서서 탐색을 하며 뒤에 신호를 보내는 식으로 천천히 전진하려는 의도였다. 한편 강변에서는 여전히 숨 막히는 결전이 벌어지고 있었다.

— 10권에 계속 —

인지
본사
소유

대하소설 주역 ⑨

1판 1쇄 발행 2015년 10월 20일
1판 3쇄 인쇄 2019년 02월 20일
1판 3쇄 발행 2019년 02월 30일

지 은 이 김승호
편집주간 장상태
책임편집 김원석
디 자 인 정은영

펴낸이 김영길
펴낸곳 도서출판 선영사
주 소 서울시 마포구 서교동 485-14 영진상가 지층
TEL (02)338-8231~2 **FAX** (02)338-8233
E-mail sunyoungsa@hanmail.net

등 록 1983년 6월 29일 (제02-01-51호)

ISBN 978-89-7558-209-7   03810